天蚕土豆 著

图书在版编目（CIP）数据

斗破苍穹. 13 / 天蚕土豆著. -- 杭州：浙江文艺出版社, 2025. 3. -- ISBN 978-7-5339-7799-3

Ⅰ. I247.5

中国国家版本馆CIP数据核字第20246EA775号

策划统筹　许龙桃　周海鸣
责任编辑　何晓博
营销编辑　宋佳音
封面设计　嫁衣工舍
版式设计　吕翡翠
责任印制　吴春娟

斗破苍穹13

天蚕土豆　著

出版发行	浙江文艺出版社
地　　址	杭州市环城北路177号
邮　　编	310003
电　　话	0571-85176953（总编办）
	0571-85152727（市场部）
制　　版	杭州天一图文制作有限公司
印　　刷	浙江新华数码印务有限公司
开　　本	710毫米×1000毫米　1/16
字　　数	213千字
印　　张	15.25
插　　页	2
版　　次	2025年3月第1版
印　　次	2025年3月第1次印刷
书　　号	ISBN 978-7-5339-7799-3
定　　价	49.00元

版权所有　侵权必究

目录

001	第一章 解决麻烦
010	第二章 生死时刻
026	第三章 大开杀戒
036	第四章 噬生丹
045	第五章 大战来临
054	第六章 同门之战
075	第七章 魂殿再现
084	第八章 幽海纳戒
093	第九章 扩建势力
106	第十章 修炼开山印

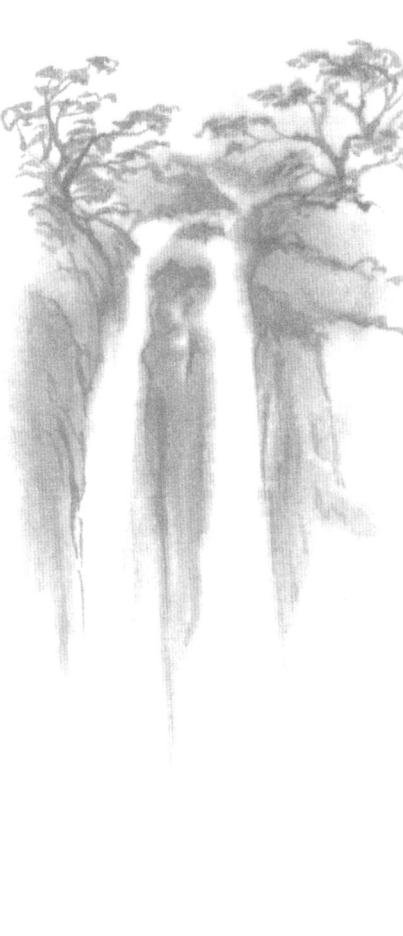

	第十一章 三大势力
114	
127	第十二章 炼制复灵紫丹
136	第十三章 丹药拍卖会
148	第十四章 药老苏醒
161	第十五章 炼制躯体的材料
170	第十六章 姚氏三兄弟
179	第十七章 安置磐门
188	第十八章 万事皆备
203	第十九章 回归加玛
226	第二十章 加玛情势

第一章
解决麻烦

"大长老,天焚炼气塔中的心火的确是在逐渐减弱,按照这速度,怕是不久后就会完全消失了。"

一处宽敞的大厅中,苏千听得一名长老的探查结果,脸上的表情顿时变得复杂起来。他转头望着一旁讪笑的萧炎,狠狠地咬了咬牙,片刻后,却无奈地颓丧了下去,心中一阵苦笑:"没想到异火没被别人夺走,却被这个家伙直接炼化了。"

天焚炼气塔对于内院来说自然是极具分量,不然也不会令苏千等人誓死守护。不过如今随着陨落心炎的消失,其能够提升修炼速度的效果,也会逐渐减弱乃至消散。如此,天焚炼气塔的存在也就没有多少意义了。失去了天焚炼气塔,内院引以为傲的强者培养系统或许就会因此被打破,那后果是很严重的。

大厅中的气氛有些凝重,望着大长老那颓丧的神情,众位长老也是万分无奈。如今陨落心炎已经被萧炎炼化,总不可能再让他吐出来吧?而且若萧炎是敌人倒还好,强行抓住取出陨落心炎也并非不可,可棘手的是这个家伙对内院

还有着不小的恩情。两年前的那场大战，若是没有萧炎击败两名斗皇强者，恐怕内院在那一次大战中早已损失惨重。

感受着大厅中的气氛，萧炎也有些尴尬。说实话，他心中对苏千还是抱有一些歉意的，毕竟他从一进入迦南学院，打的就是陨落心炎的主意。后来虽然在那场大战中帮了内院一个大忙，但是隐性目的，仍是尽力让自己获得陨落心炎的概率变大一点。

"大长老，还有没有什么其他挽救办法？"萧炎小心翼翼地问道。事到如今，想让他交出陨落心炎，那不太可能，不过若是干看着内院因此而遭受重大损失，他也深感愧疚。

"唉，现在看来，只能用人力制造一个陨落心炎了，不然天焚炼气塔就将彻底失去修炼效果。"苏千沉默了许久，才轻叹一口气，有些无奈地说。

"人造陨落心炎？"萧炎一怔，这异火还能人造？

"制造这东西算不得多困难，当年院长大人在离开之前，留下了一个备用的陨落心炎容器，只要将一些陨落心炎灌入其中，就能够令天焚炼气塔具备提升修炼速度的效果，只不过效果比以前的要差一些。"苏千看了萧炎一眼，接着道，"这需要你的帮助，将你炼化的陨落心炎分出一些交予我们，这应该没问题吧？"

闻言，萧炎在心中悄悄松了一口气，连忙点头。陨落心炎已经被他炼化成了本源火种，只要本身斗气不枯竭，就能够源源不断地制造和使用。要将之分离一些出来，虽然有些消耗斗气，但是已算得两全其美的方法，他已经极为满意了。

"不过那种召唤出来的陨落心炎有着诸多限制，一旦我掺杂在其中的斗气消散，火焰就会自动消失……"突然想起这一点，萧炎不由得有些迟疑。

"那容器由院长大人亲自所造，这些问题你倒不用担心。但是这容器也只能起到延缓的作用，所以以后你可能要间断性来内院，替天焚炼气塔补充火焰。"苏千沉吟道。

"间断性来内院？"萧炎微微一怔，苦笑道，"这个'间断性'有确切的期限吗？我日后若是离开了内院，总不能隔个十天半月就回来一趟吧？"

"这个还不太确定，不过我想只要你留下足够的火焰让我们保存，支撑个一两年不是什么问题。"苏千思索了一下说。

"那就好。"萧炎松了一口气，笑着点了点头，"好吧，就按照大长老所说的办。"

"唉，便宜你这小子了，没想到韩枫那么费力都未到手的东西，却被你这么轻松地得到。我内院众多长老辛辛苦苦守护了这么多年，却为你这个小子做了嫁衣。"苏千翻了翻白眼，语气里有些酸意。陨落心炎的效果如何，他自然最为清楚，萧炎将之炼化，日后，他那本就恐怖的修炼速度怕又要提升许多了。这等诱惑对于任何人来说，都是极为巨大的。

萧炎讪笑了一声，旋即微皱眉头，缓缓地问道："那韩枫……如今还在黑角域吧？"

"嗯。"苏千眼睛虚眯，淡淡的冷芒闪掠而过。当年韩枫纠结大批强者袭击内院之仇，至今他还牢牢记在心中呢！

"呵呵，那就好，有些事也该找他了结一下了。"萧炎十指交叉，笑容中透着丝丝寒意。当年被那家伙侥幸逃过一劫，如今自己能活着从那岩浆死域中出来，头一件事，自然就是将这个"师兄"的事给解决了，不然如何向沉睡中的药老交代？

"虽然你现在实力大涨，但是仅凭你一人，怕是有些困难。"苏千摇了摇头，沉声道，"韩枫在黑角域成立了一个黑盟，不少实力不弱的势力都加入了其中。如今黑盟强者云集，就连我都头疼不已，你不在的这两年里，内院几次去找那些家伙算账，却都被黑盟挡了回来。"

"黑盟？"萧炎微皱眉头，手指轻轻敲打着桌面，片刻后，才轻声道，"那……大长老还想为内院报仇吗？"

苏千眼中闪过一道凶芒，恶狠狠地道："怎么不想？内院的名声可不能在我手里毁了，不然日后院长回来，我如何向他交代？"

"呵呵，那好，大长老先调集人手吧，三日之后，前往黑角域！"萧炎手指一顿，站起身来，笑着道。

"好，既然你有这兴趣，那我内院也陪你玩一把！"苏千重重一拍桌面，颇为豪迈地大笑道。如今有了萧炎这个战斗力超强的家伙加入，想来定能改变这两年一直与黑盟僵持的局面。

"三天之后，我会召集人手，那时候，便是与黑盟彻底了断恩怨之时！"

萧炎笑着点了点头。

"不过……"苏千似是想起了什么，微微一皱眉头，望着萧炎道，"在这之前，我觉得你应该先把与那位找你麻烦的斗宗强者的恩怨解决好，不然大战时，一旦她出来插一脚……你也应该清楚一名斗宗强者拥有何等战力，她若是加入黑盟，那我们即使不全军覆没，也一定会损失惨重。"

"她倒是不会加入黑盟。"萧炎笑了笑，望着苏千那严肃的脸，轻叹了一口气道，"好吧，我先解决和她之间的问题。"

"需要我们帮忙吗？"苏千迟疑了一下，问道。

"呵呵，放心吧，我和她之间的问题靠人多是没用的。"萧炎苦笑了一声，对着苏千拱了拱手，道，"既然事情都交代得差不多了，那我也就先回去了。"

"等等。"瞧得萧炎转身，苏千沉吟了一会儿，缓缓地道，"我想我应该告诉你一件事。"

"什么事？"萧炎疑惑地转头。

"你二哥萧厉是在黑角域吧？"苏千刚刚说完，就猛然感到面前的萧炎浑身的气势都暴动了起来，他当下抬起一双布满诧异的老眼，望着那脸色瞬间阴寒的青年。

"我二哥出什么事了？"萧炎的声音森寒如冰，不带丝毫情感。

"现在还没什么事。"苏千压下心中的惊诧,摆了摆手道,"在你被陨落心炎拖入地底之后,我派了人去暗中保护他。刚开始他只是安稳地修炼,不过半年之后,他在一次猎杀中被追杀逃进深山,再次出现时,便已是两个月之后。而那时,他的实力已经突然诡异地暴涨至斗王级别,对于他在深山中发生了什么事,我并不清楚。

"据情报说,他在黑角域暗中创建了一个颇为神秘的组织,这个组织如今在黑角域也有着不弱的名声。他们专门挑战黑盟的人,而且是见一个杀一个,很显然,你二哥是想给你报仇。"

萧炎缓缓平静下来,默默地点了点头,二哥没事就好。然而刚刚平静下来,苏千下面的话,却令他的脸色彻底阴森起来。

"但你二哥长久以来对黑盟成员的狙杀,也引起了黑盟的震怒。据我所知,如今已经有好几个实力不俗的势力开始对你二哥和他的组织实施围剿,现在他的状况,怕也不是很好。"

萧炎此刻的脸阴寒得可怕,甚至隐隐间透着一股狰狞,冰寒的声音透着强烈的杀意:"有我二哥的方位吗?"

萧炎脸色有些阴沉地从长老议事厅里走出,一抬头,就看到林焱正站在不远处,他这才缓缓收敛了一些,冲着林焱笑了笑。

"没想到你竟然还留在内院。"萧炎缓步走上前,微笑道。

"我当初不是说了嘛,想跟你去加玛帝国晃晃。"林焱笑着耸了耸肩。两年了,他比以前成熟了不少,原本的毛躁也褪去了许多。

萧炎一怔,随即脸色柔和地笑了笑,没想到这小子竟然还记得当初的那句话,这倒令他在诧异之余有些感动。

"放心,等将一些事情解决之后,我便会回加玛帝国,到时候一定带上你。"萧炎轻笑了一声,目光在林焱身上转了一圈,笑着道,"看来你这两年也不错

啊，都突破到斗王强者了。"

"唉，哪儿能和你比。"林焱苦笑着摇了摇头。两年时间，即使他修炼天赋不弱，可也只达到三星斗王，这速度与萧炎比起来，简直令人自卑。不过他却不知，萧炎能有这般迅猛的实力飙升，所吃的苦头也比寻常人多出了很多倍。

萧炎笑了笑，不再在这话题上继续纠缠。

"接下来你是想去你二哥那里吧？"林焱笑了笑道，"你二哥的事，我也知道，当初我正好被大长老派出去暗中保护他，不过他实力大涨后发现了我，还差点交了手。"

"我二哥如今实力如何？"萧炎微微皱了皱眉，心头总有种不祥的预感。

"很强，单打独斗的话，我不是他的对手，再加上他斗气为雷属性，攻击力极强，寻常斗王强者，根本不可能与他对抗。不过我总感觉他的气息有点古怪，却又说不上来哪里不对劲。"林焱沉吟了一下道。

萧炎默默地点了点头，轻声道："我先去一趟磐门，见见吴昊他们，然后就会赶去黑角域。"

"呵呵，这一次，你或许需要带一些人手。"林焱笑了笑道，"据情报所说，这次前去围剿你二哥的那些势力实力不凡，光是斗王强者便至少有三人，而且还有一个斗皇。虽然你如今实力极强，但是只要那斗皇强者能拖住你一会儿，恐怕另外三名斗王强者就能在短时间内击杀你二哥。"

萧炎微微一怔，沉默了一会儿，点了点头。事关二哥生死，他自然不会逞强，不过……

"去哪儿召集人手？内院长老被大长老调集准备要与黑盟大战，怕是分不出人手了。"萧炎有些为难地道。

"你难道把磐门忘了？如今吴昊与琥嘉都处于斗灵巅峰，已经是半只脚踏入斗王级别的强者。而且除了他们两人，磐门中斗灵巅峰的强者不下十人，这可是一股不弱的力量呢，更何况……还有紫妍那个蛮力王呢。再者，我这段时间也正好有空闲，我们聚齐这些力量，足以和黑角域的一流势力相抗衡了。"林焱嘿嘿一笑。

"没想到当年那个小磐门，如今已经这么强了啊，看来吴昊与琥嘉管理得很好嘛！"萧炎一愣，不禁有些感叹。当年他被陨落心炎拖进地底时，磐门之中，斗灵巅峰的似乎没有一人，如今却已强悍至斯。

"作为内院的最强势力，有这点底子，可不算过分。当然，磐门能有今天这实力，你与薰儿的影响，可是无人能及的。"林焱笑了笑道，"以你在磐门中的声望，只要你振臂一挥，就会有上百人满腔热血地跟你冲去黑角域救人。你在他们心中，可是如同神一般的存在。"

萧炎挠了挠头，这两年，自己近乎完全失踪，还能拥有这等声望，实在是令他有些诧异。

"对了，那些去围剿你二哥的势力中，有你的一个老冤家——血宗，那所谓的斗皇强者，也正是当年那个范痨。"林焱突然记起了什么，说道。

"范痨？"萧炎微微一怔，嘴角缓缓浮现一抹冷笑，"正好，当年让他侥幸逃了，这次再看看他能否还有这般好运吧！

"既然如此，那你现在就带我去一趟磐门吧，这事不能再拖了，迟则生变。"

"嗯。"

磐门。

宽敞的大厅中，一道道充斥着狂热尊崇的目光紧紧地盯着那名一脸微笑的黑袍青年，一些当年的磐门老成员，更是激动得无以言表。

"呵呵，诸位，头儿说他现在需要人手，大家若是自认达到了条件，并且有胆子跟我们闯一闯黑角域，就站出来吧！"吴昊望着满大厅黑压压的人，笑着道。

轰！整齐的落脚声在大厅中轰然响起，几十道身影皆激动地向前迈出了一

大步。

望着那些没有丝毫迟疑便挺身而出的人,萧炎心中忍不住有些触动,一股感激之情自心中升起。

"十四名斗灵巅峰,其他都是斗灵强者,怎样?够了吗?"紫妍看了一眼站出来的那些人,转头冲着萧炎说道。

"嗯,足够了。"萧炎笑着点了点头,拍了拍紫妍的脑袋,笑着道,"两年没见,小丫头还是没长大。呵呵,放心,我会帮你炼制一枚真正的化形丹,到时候你便能自如地变幻身躯了。"

本来听到前面一句话还有些不乐意的紫妍,在听完萧炎后面那句话后,顿时变得高兴起来。虽然在这两年时间里实力增长未受到阻碍,但是她始终保持着小女孩的体形,这令她颇为苦恼。

"这还差不多,你失踪了两年,也让我吃了两年难吃的药材,这就当作赔偿吧!"小丫头故作老成地拍拍萧炎的手臂,宝石般的眸子中,尽是可爱的笑意。

萧炎笑了笑,抬头望着满大厅一脸激动和狂热的人,笑着道:"多余的话,我萧炎也不说了,等事成归来,定会陪大家好好喝上一场!"

听得萧炎此话,大厅中众人咧嘴笑了起来。虽然萧炎失踪了两年,声望却随着时间的推移酝酿得越加醇厚。如今他们只要一想到磐门真正的首领再度出现,就浑身充满了战力。

"走!"萧炎环视了一下大厅,片刻后,猛然一挥手,率先迈开大步朝着门外走去。其后,众人紧跟而上。

如此大规模的队伍行走在内院之中,自然引起不小的轰动。众人目光移到那大部队领头的黑袍青年身上时,都不禁惊呼出声。显然,他们已认出了萧炎。

萧炎一行人并未理会周围的那些目光,直奔内院出口。他们穿过密林,看到那隐藏的空间大门早已打开,其外,一阵阵狮鹫兽的低吼声不断响起。

"外面已经有十几头狮鹫兽在等待,它们会载你们直飞目的地。"就在萧炎有些诧异时，林焱突然闪掠而出，冲着众人笑着道，"这些都是大长老为我们准备的。"

萧炎一怔，看来苏千也知道自己召集人手的事情啊。原本按照内院规矩，私人之事并不能动用内院之人解决，不过看苏千这意思，明显并未反对，反而还特意帮了他们一把。

"呵呵，大长老好意，萧炎回来时再行道谢。"萧炎冲着内院方位笑着拱了拱手，一挥手掌，低喝道，"走！"

喝声落下，大群人影急速闪掠而出，最后都消失在那银色能量大门之外。就在萧炎等人消失之后，银色大门微微波荡，旋即缓缓变淡，最后完全消散不见。

内院深处，一处楼阁上，苏千双手背在身后，眺望着内院出口的方向，片刻后，轻声道："他们已经去了。"

"大长老，您让萧炎带内院的学员去黑角域，是不是有些……"在苏千身后，一名长老有些迟疑地道。

"呵呵，放心吧，以萧炎的实力，应该不会出现什么伤亡。而且，内院学生能经历一些真正的生死拼杀，对他们的成长也是有好处的。"苏千摆了摆手，微笑道。

闻言，那位长老只能苦笑着点了点头。黑角域那地方，可尽是一些杀人不眨眼的家伙啊。

"你去通知内院所有长老，三天之后，准备集结，这一次，定要将黑盟彻底击溃！"苏千眼中凌厉寒芒闪过，手一挥，寒声道。

"是！"听得此话，那位长老一怔，随即沉声应是，身形闪动，悄悄退出了房间。

房间之内，变得安静下来，苏千目光闪烁，片刻后，猛然紧握拳头，森寒的声音在安静的房间中徘徊不散。

"所有恩怨，这次就彻底了清吧！"

第二章
生死时刻

茫茫天空之上,隐约间有十几个细小黑点出现,半晌,黑点逐渐变大,最后化为十几头巨大的狮鹫兽呼啸而过。

在领先的一头狮鹫兽上,萧炎微眯着眸子望向遥远的天际,随即偏头对身旁的吴昊道:"我们现在已经进入黑角域了吧?"

吴昊点了点头,从纳戒中取出一卷地图,缓缓摊开,用手指着某一处,说道:"据情报所说,黑盟的几大势力正朝这里聚集,想必你二哥萧厉也在此处,以我们的速度,明日清晨便能够抵达。"

萧炎微微点点头,缓缓平复有些急切的心情,盘腿坐在狮鹫兽宽敞的背上,闭目养神。

因为有狮鹫兽这等极其擅长长途跋涉的飞行兽代步,萧炎等人免去了舟车劳顿之苦,错开了黑角域那重重的麻烦,仅仅一夜时间,他们便已经接近目的地了。倘若换作步行的话,就算沿途一切顺利,没有个四五天时间,也是绝对不可能到达的。

站在狮鹫兽头顶，萧炎眺望着远处笼罩在淡淡迷雾中的山峦，随着逐渐接近，他心中那份不安也越发浓郁。他有些坐立不安地待了几分钟后，终于忍不住转头对林焱、吴昊等人道："我先行一步，你们尽快跟来。"

听到萧炎此话，吴昊等人一怔，但是并未劝阻。以萧炎如今的实力，恐怕就算是黑角域中，也寻不出几个人能够令他吃亏，而且萧炎已不是初出茅庐的毛头小子，无论是战斗经验还是其他方面都很出色。因此吴昊等人对他倒是没有多少担心，只是习惯性地嘱咐他小心一点。

萧炎冲着吴昊等人笑着点了点头，肩膀一抖，华丽的火焰双翼从他背后探出。或许是体内斗气也因异火的融合转化成了碧绿颜色，连那本来是青色的火焰双翼，都转化成了碧绿之色，看上去犹如翡翠，极为绚丽，惹人艳羡。自从萧炎的斗气双翼出现后，后方众人脸上的表情便为之一变。

碧火双翼轻轻一振，萧炎径直从狮鹫兽背上跳跃而下，双翼几次闪动，身形便化为一道黑影，飞快地消失在众人的视野里。

"呵呵，看来我们也要加快速度了啊，不然等到了那里，什么事都已经被他一个人给解决了。"望着萧炎那迅速消失的身影，吴昊笑了笑，手掌一挥，十几头狮鹫兽皆发出整齐的低吼声，旋即振动巨翅，巨大的身形闪掠而过。

这里是一处地形颇为复杂的山峦地带，四周密布的巨树犹如擎天柱般直插云霄，令阳光难以倾洒进来，山峦之中光线颇为阴暗。

在深山某处，一个颇为宽敞的寨子耸立在葱郁的巨树之下。由于巨树的掩盖，这里颇为隐秘，倘若不仔细寻找，还真难以察觉。

整个寨子非常安静，不过来往的人影却是不少。这些黑影脚下无声，匆匆地在道路上闪掠而过。虽然整个寨子充斥着一种紧张气氛，却丝毫不显得慌乱。

在寨子中心处的高台上，一个全身包裹在黑袍中的人影挺拔矗立着，其身体上散发出的浓郁血腥气息，即使相隔老远，也清晰可辨。不过高台之下那将

近百名的黑影人却犹如未闻到一般，安静地站立着。整个场中，除了轻风刮过黑衣发出的哗哗声，便只能听见极为细微的脚步声。

安静氛围中，一道黑影突然从远处飙射而来，出现在高台之下。黑影单膝跪地，用低沉的声音报告道："头儿，根据探查，我们在森林中的七八处暗哨都已被人暗中拔除。从森林中出现的一些痕迹来看，我们的踪迹似乎已经被发现，如今这里已经不再安全。"

"黑盟终于要对我们动手了吗？"高台上，黑袍人缓缓地抬起头来，声音淡漠地说道。阳光洒下，照耀在那渗透着死气的年轻面孔上，看其模样，赫然便是萧炎的二哥萧厉！

"这次围剿我们的人，有多少？"听见这般令人不安的消息，萧厉脸上依然没有丝毫的动容，毫无情感的眼睛扫了下方黑影人一眼，淡淡地问道。

"不下两百人，个个实力不弱，而且彼此间的配合也颇为默契。"黑影人毫不犹豫地回报道。

"领头的是谁？"

"并未亲眼见过，不过属下却在围剿势力中发现了血宗的人，最差的结果，应该便是血宗宗主范滂领头。"

"范滂吗？"萧厉眼睛缓缓虚眯，片刻后，一抹冷笑自嘴角扩散开来，三弟似乎便是与这个老不死的有着不小的恩怨吧？当初参加袭击内院的强者，这个老东西也是一个。

"反正时日无多，今日就拼了这条命，让他给我三弟陪葬去吧。"萧厉阴森一笑，旋即手掌轻挥，淡漠的声音在全场响彻，"狙杀队，潜伏进入森林，边战边退，尽可能地消耗他们的战斗力。记住，就算死，也得拉一个垫背的，否则可不值得！"

"是！"台下将近一半之人猛然齐声应和，旋即身形闪动，一条条黑影在林荫间穿行而去，最后跃出寨子，消失在茫茫森林之中。对于那似乎是必死的下

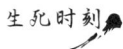

场，他们没有半句质疑，因为在这狙杀队中，对萧厉话语有质疑的人，早已经被彻底清理，能够留下来的，全部都是将心乃至灵魂都交给萧厉的人。

"其他人防御寨子，全力戒备！"

"是！"剩余之人也整齐应声，最后身形闪掠，窜进寨子中各处阴暗角落，手中被涂得漆黑的锋利匕首，散发着寒芒。

萧厉冷漠地望着那些黑影逐渐消失，缓缓闭上眼睛，淡淡的死气缭绕周身，宛若死神。

"三弟，等着二哥给你拉个垫背的下来！"

葱郁的森林里，在清晨来临时，猛然爆发出数十道凄厉惨叫。惨叫声在山脉中回荡着，令人浑身泛起寒意。

阴暗森林之中，无数满身杀气的人影闪掠而进，刚朝着那目的地快速行去时，森林中的阴影里便暴射出道道黑影，锋利刀芒闪掠间，带着切割肉体的细微闷响，鲜血泼洒而出。

虽然突如其来的暗杀令那支部队损失不小，但是这些人明显战斗经验十分丰富，因此在极短的时间内，他们便凭借着人数的优势，稳住了局面，然后便是双方那近乎惨烈的凶狠交锋……

山寨之中，紧闭着眼睛的萧厉猛然睁开双眼，望着那十几道自森林中掠回的黑影。只见那些影子快速地闪回寨中，最后全部在高台之下单膝跪地。

"头儿，狙杀队伤亡过半，对方死伤人数是我们的双倍。不过这次前来的围剿队伍，全部都是各大势力的精英，而且还有三名斗王与一名斗皇的协助！我们的暗杀，并未取得太大的效果。"阴沉的声音，从下方一名黑影人嘴中传出。

萧厉一脸冷漠，微微点了点头。

"按照他们的攻势，最多十分钟，便能抵达寨外！"

"分散开去，随时准备与来犯者拼死一战。"萧厉一扬下巴，淡淡地说道。

萧厉从始至终并未说过一句撤退的话，这些犹如木头般的黑影人也没有一人提出异议，全都按照他的命令执行。

望着那些分散开来的人影，萧厉目光微抬，望着遥远处的森林，脸上涌现出疯狂的狰狞。

真实的情况，比那个黑影人报告的还要糟糕。就在五分钟过后，森林中，便有些许人影出现。之后人影接连不断地闪掠而出，短短几分钟时间，整个山寨便被围得水泄不通。

"你便是这个连名字都没有的组织的首领吧？"山寨半空，一道冷笑声突然响起。

萧厉抬起头，只见天空中，四道身影悬空而立，庞大的气势将整个寨子都笼罩其中。而那当先一人，便是当年差点死在萧炎手中的血宗宗主范痨！

萧厉目光森然地望着空中的范痨，未曾搭话，手掌一握，一杆漆黑长枪闪现而出，雄浑的银色斗气带着淡淡雷鸣声响，将之悉数包裹起来。

范痨漠然地望着准备誓死抵抗的萧厉，嘴角勾起一抹不屑。他手掌一挥，喝道："杀了他！"

听到范痨的命令，其身后三名斗王强者眼中顿时凶光浮现，一声低喝，三道身影夹杂着雄浑的气势，犹如陨石般，自天空暴掠而下。三名斗王强者联手，让空气都发出了呜呜的声响。

萧厉脸色狰狞地望着暴掠而来的三道身影，握着长枪的手掌顿时紧了许多。如果面对的是一名斗王，他不会有丝毫忌惮；对手若是两名斗王，或许自己会与他们陷入缠斗；若是三名的话，自己将会直接处于下风。

不过，即使如此，他也依然没有丝毫退缩。所剩时间本就不长的他，连命都豁出去了，还有何可惧怕的？

"死吧！"三名斗王强者一声厉喝，这三人彼此配合明显颇为默契，而且也都是心狠手辣之人，因此一出手便是重击。三道强悍斗气掠过天空，最后彼此缠绕，宛如一个疯狂旋转的三角锥，对着萧厉暴射而去！

"区区斗王，也敢得罪黑盟，不自量力！"望着在三道雄浑攻击下显得格外渺小的萧厉，范痨嘴角一撇，阴冷地嘲讽道。

萧厉面目狰狞地望着暴掠而来的凶悍攻击，他长枪一抖，银色光芒大振，雷鸣声在枪尖酝酿，瞬间之后，一道宛如电蛇般的银色斗气，猛然暴射而出，最后与那三道攻击重重轰击在一起。

嘭！巨声在半空响起，凶悍的能量自半空中扩散开来，在这股劲风扩散间，萧厉与那三名斗王强者皆被震退了几步。不过显然萧厉吃的亏更多，听其喉咙间传出的闷哼声，便知他在正面对碰中受了轻伤。

范痨望着那在三名斗王强者联手攻击下竟然坚持下来，且未受太过明显伤害的萧厉，脸色顿时阴沉了许多。他阴鸷地望着那连退了十几步的萧厉，身形突然一颤，旋即骤然消失。

地面上，刚刚稳住身形的萧厉还来不及喘口气，脸色便陡然一变，旋即双掌习惯性地向着身前狠狠击出。

就在萧厉击出手掌的一刹那，范痨的身影诡异地浮现在他跟前。范痨阴笑一声，将干枯双掌与萧厉手掌结结实实地印在了一起，顿时，恐怖劲气暴涌而出！

噗！萧厉虽然强横，但是与范痨这等斗皇强者相比依然有着极大的差距，如此硬碰，自然是他吃亏。萧厉当下便喷出一口鲜血，双脚擦着地面暴退，最后后背撞在一块巨石之上，劲力一卸，身后巨石立马布满无数裂缝，眼看就要崩裂。

范痨阴森地望着吐血受伤的萧厉，冷笑一声，不给他丝毫喘息的时间，手掌一握，一把血矛凝聚而出，之后手臂一抖，血矛夹杂着腥臭之气，闪电般地对着体内斗气仍有些滞塞的萧厉暴掠而去。

"敢杀我血宗之人，今日便先断你四肢，将你豢养成血奴！"

　　由于体内斗气出现滞塞，此刻的萧厉只能眼睁睁地看着血矛对着自己暴射而来，没有丝毫的躲避能力。

　　"三弟，二哥无能，竟然连一个垫背的都不能替你拉下来。"

　　血矛在眼瞳中急速放大，萧厉嘴角缓缓浮现一抹苦涩，眼睛悄然闭上，在心中喃喃叹息道："真是天亡我萧家啊……"

　　哧！就在血矛即将击中萧厉时，一道细微的雷鸣声突然在天空响起，旋即，一道碧绿色火墙在萧厉面前突兀涌现。范疠猛然变了脸色，而那血矛一接触到火墙，便犹如残雪遇见沸油般急速融化，并且还发出了一阵哧哧声。

　　"是谁？我黑盟行事，还请不要多管闲事！"范疠脸色阴沉地望着突然出现的碧绿火焰，抬头厉声喝道。

　　"呵呵，范宗主，两年不见，真是越来越威风了啊。当年让你侥幸逃脱，不知道今天你还有没有这般好运。"

　　淡淡的笑声在天空缓缓响起，随后，一个黑袍人影在众人惊骇的目光中，浮现在天空上。

　　紧闭着眼睛等死的萧厉浑身猛然一颤，他骤然睁开双眼，不可置信地望着天空中那道挺拔的黑影。

　　"三弟？"萧厉紧盯着那个依稀有些熟悉的身影，面对死亡都未曾有过丝毫动容的脸，此刻布满了难以置信的惊愕。

　　"萧炎？你竟然还没死？怎么可能！"萧炎一出现，范疠就将视线全部转移了过去。目光扫到那张依稀熟悉的年轻面孔时，脸上的表情顿时凝固，惊骇与恐惧交叉浮现，最后，一道因为恐惧而变得尖锐的声音，从其嘴中传了出来。

　　"萧炎？他就是当年那个击溃范疠，并且差点击杀药皇韩枫的萧炎？"

　　一旁的三位斗王强者，见到萧炎的容貌时倒没有什么特别大的反应，但在范疠喊出那个在黑角域中如雷贯耳的名字时，脸上也瞬间涌现了骇然的神色，失声喃喃道。

"我没死,你很失望?"萧炎的身形缓缓自天空落下,最后出现在萧厉面前,他先是冲着范癆冷笑了一声,旋即转头,望着依然难以置信的萧厉,柔声笑道,"二哥,不认识了?"

"你……你真的是萧炎?"萧厉张着嘴,伸出手来想要触摸一下萧炎的身体,可似乎在恐惧什么,始终不敢真的触摸到,似乎生怕面前这一幕只是临死前的幻境。

萧炎微微一笑,伸出手掌,握住萧厉那泛白的手,轻声道:"二哥,是我,萧家有大仇未报,我怎敢轻易死去?"

感受着萧炎手掌上传来的温度,萧厉原本有些苍白的脸逐渐涌上一抹红润。他浑身颤抖地盯着萧炎,那握着萧炎的手掌越发用力,甚至连眼圈都在此刻红了起来。以萧厉那无比冷漠的性子,竟然流露出这般动情模样,可以想象其心中是何等激动。

"呵呵,二哥,等我先将这老狗解决了,再好好与你叙旧。"萧炎拍了拍萧厉的手,微笑道。

"别,那家伙可是斗皇强者。"闻言,萧厉脸色微微一变道,"他们人多,我看我们还是先撤,来日方长,有的是报仇机会,你现在可绝对不能再出任何岔子!"

本来萧厉早已经抱着必死之心,若是他一人的话,自然是不打算逃跑,如今却不同。萧炎的出现,令他那死气缭绕的灰暗的心重新焕发了生机。他一反常态,生了逃跑的念头。

"呵呵,二哥放心,两年前我能打得他半死,今日照样能。"萧炎笑着摇了摇头,手掌微动,便犹如游鱼般自萧厉手中脱离出来。他冲着萧厉微微一笑,柔和的声音充满着令人心安的自信:"相信我,二哥。"

"那……那你小心点,我来帮你拦住其他三名斗王。"望着自信的萧炎,萧

厉一怔，咬着牙站起身来，手中黑色长枪重重戳地，雄浑气势蔓延而出。

"都交给我，你现在伤得很重。"萧炎微微摇头，不待萧厉出言反对，便转过身来，脸色顿时变得阴寒。

萧炎手掌一翻，硕大的玄重尺从苏千大长老随手所赠的一枚低级纳戒中闪掠而出。玄重尺随意挥动，一阵低沉的气爆之声在尺下成形，最后将地面上的碎石屑悉数吹拂而散。

"范宗主，今日，你的这条老命，我收定了！"玄重尺遥指对面范痨，萧炎含笑的声音中充斥着杀意。

先前这个范痨对萧厉的出手尽是杀招，若是萧炎再晚来片刻，怕只能看见萧厉的尸体了。再加上以前的恩怨，更令萧炎心中充斥着澎湃杀意。范痨之名，已经在其必杀名单之上。

范痨脸色阴晴不定地望着对面杀气滔天的黑袍青年，心中的那份难以置信在现实面前逐渐消退，取而代之的是一种异样的忌惮与愤怒。当年他败在萧炎手中，令他这两年在黑角域中受了不少嘲讽，甚至连带着血宗的声望都下降不少。而这些，全部都是拜面前的这个家伙所赐。

"你们分出两人擒住那个受伤的家伙，记住，不能击杀。只要擒住他，萧炎就只能束手就擒……剩余一人和我一起拖住萧炎，若是最后能够取得他的性命，那报酬将会令你们极其满意。你们不是想要斗灵丹吗？只要这次杀了萧炎，就定然能够如愿！"范痨偏头对身旁三名斗王强者阴声道。

范痨有了当年败在萧炎手中的阴影，此时要对战他，心中难免有些忐忑，所以也顾不得身份，直接叫人协助自己杀敌。

听到范痨这话，三名斗王强者眼中顿时闪过些许炽热。斗灵丹是他们垂涎已久的丹药，不过想要得到它，需要对黑盟有极高的贡献值，虽然这些年他们一直作为黑盟的打手卖力，但是距离换取丹药的贡献值阈值，依然有着不小的差距。

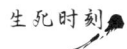

　　在斗灵丹这等巨大诱惑下，三名斗王强者心中仅仅迟疑了半会儿，便对视一眼，恶狠狠地点了点头。

　　萧炎森冷地望着对面四人，淡淡的碧绿色斗气自体内盛涌而出，犹如实质火焰般在体表翻腾不休，强悍气势笼罩着半个山寨。

　　就在萧炎气势暴涌即将展开攻击时，他脸色微微一变，似是有所感应地猛然抬头，当其目光扫到天空中那不知何时出现的妖艳美人时，脸色顿时难看了许多。这个女人偏偏在这个时候出现，想干什么？

　　突然出现的是一直跟着萧炎的美杜莎女王，这位被他强行占有了身子的女王陛下，一对充满诱惑的眸子此刻依然充斥着冷意。

　　"这次，可还有人来帮你？"美杜莎女王身形悬浮在空中，冷淡的声音缓缓地在天空回荡着。

　　再次出现的不速之客，也令范痨等人微微一怔，美杜莎女王的那股气息，让他们有些不安。不过当他们发现这位神秘强者似乎是针对萧炎而来时，脸上顿时充满了狂喜。若是萧炎和她打起来，那他们就能轻而易举地将萧厉擒住，到时，萧炎自然也会投鼠忌器。

　　"呵呵，这位朋友，你的目标可是萧炎？如果是的话，我们可以合作，这个家伙狡猾得很，光凭你一人恐怕人手有些不足。"范痨冲着萧炎阴森森地一笑，旋即抬头对天空中的美杜莎女王自我推荐。

　　"你没这资格。"美杜莎女王淡漠地瞥了范痨一眼，好不给面子的话语令范痨脸色难看了许多。他原本以为既然大家的目的相同，合作定然是两全其美之事，没想到她竟然不领情。

　　"既然阁下不愿意，那么请便吧。"范痨干笑了一声，缓缓低下头，掠过些许阴狠与淫秽的神色，心想："该死的女人，等事情办完后，定要找机会擒住你，让你跪在我面前求饶！"

　　"三弟，这是谁？好像是冲着你来的。"萧厉的脸色此刻也不太好看，本来

局面已对他们颇为不利，没想到又突然冒出来一个不知底细的神秘女人，看其实力，似乎也不弱。

萧炎一脸阴沉，犹如寒冰般的目光盯着空中的美杜莎女王。这般丝毫不带感情的注视，令向来以杀伐为乐的美杜莎女王心中有种不太自然的感觉，她将目光闪躲开去。

然而目光刚刚闪开，美杜莎女王便蓦然回神，柳眉微微一竖。以她的傲气，怎么可能会在萧炎的目光下退缩？

"美杜莎，我们之间的事，日后再解决，今日你若是敢插手，那我萧炎即使是拼了这条命，也要让你死在这里。你若是不信，就来试试！"萧炎目光阴寒，脸上有着疯狂的神色。他同样清楚，若是这个时候美杜莎女王将他拦住，那么萧厉将会落入范痨等人手中，那种局面……足以令他疯狂。

在萧炎那泛着寒意的话语中，美杜莎女王的柳眉也缓缓地竖了起来。她纵横一生，从未有人敢威胁她，而现在萧炎此话……

美杜莎女王狭长的美眸中有寒芒闪动，片刻后，心中升腾起了杀意。但当她的目光转移到萧炎那张透着丝丝疯狂的脸时，当下一怔，突然间有一股莫名情绪悄然从灵魂深处蔓延而出，将其心中杀意缓缓安抚而下。

感觉到自己心中逐渐减弱的杀意，美杜莎女王心头莫名地升起一股烦躁。

"萧炎，记住，你的命是我的！我迟早会拿走它！"压下心头的那抹异样的烦躁，美杜莎女王狠狠地一挥袍袖，冷笑一声，随后，曼妙的娇躯在范痨等人的目瞪口呆中缓缓消散。

见美杜莎女王竟然真的依言暂时离开，萧炎也不禁怔了一会儿。这个以凶狠闻名的女人，竟然还真的会在乎自己的威胁？他原本都已经做好拼命的打算了……

以美杜莎女王以往的那种性子，萧炎敢当着她的面说此话，定然会彻底将其激怒。不过如今的美杜莎女王，虽然牢牢地占据了这具身体，并且已经将吞天蟒的灵魂融合，但是这种融合依然或多或少地掺杂着吞天蟒的一些感情。美杜莎女王对萧炎充满杀意，吞天蟒却对萧炎颇为依恋，两相融合，导致如今美杜莎女王对萧炎产生了一种极为复杂的感情。

在充满杀意的同时，又难以真正下杀手，这种矛盾的心情方才是美杜莎女王心中烦躁的根源。

不管如何，至少美杜莎如今已经被萧炎喝退，接下来，没有了束缚的他，就能够安心地与范痨解决旧日恩怨！

萧炎的目光在美杜莎女王消失的地方停留片刻后，缓缓松了一口气，视线下移，再度集中到范痨身上，眼中充斥着浓浓的杀意。

"嘿，就算那人走了，你也讨不了什么好处，我就不信你能凭借一人之力将我们四人全部拦下！"美杜莎女王的离开，令范痨颇为失望，不过他脸上仍然涌现一股森然冷意，阴鸷地讥笑道。

萧炎并未理会试图用语言使自己退缩的范痨。他手腕一抖，玄重尺狠狠地插在地面上，右手上一团碧绿火焰犹如鬼火般幽幽浮现，左手缓缓覆盖其上，然后在范痨等人微皱眉头的注视下闭上了眼睛。

对于萧炎这般诡异的举动，范痨等人摸不清底细，因此一时间竟然无人敢率先出手。

片刻之后，那团碧绿火焰突然波动了起来，萧炎双掌猛然分开一拉……范痨等人惊讶地发现，那碧绿火焰中突然分离出了两团颜色各不相同的火焰。

两团火焰，一为青色，一为无形之火！

"陨落心炎？你竟然把陨落心炎炼化了？"范痨看见那团青色火焰时，倒并不太惊讶，然而看见那团似曾相识的无形之火时，顿时脸色大变，惊骇的声音尖锐地响起。

萧炎淡淡地望了一眼脸色大变的范痨，双掌上下翻动。新生的碧绿火焰融合了青莲地心火与陨落心炎，只要操控熟练，将它们再度分离开来并不困难。

两种火焰分离开来,虽然从火焰炽热程度等方面来看,似乎比不上碧绿火焰强横,但用来对付人数多于自己的敌人,倒是极为合适。

"动手!杀了他!"范痨脸上的惊骇逐渐消退,取而代之的,是一股极为浓郁的杀意。他非常清楚,掌控了两种异火的人,将会拥有何等可怕的力量。若是再放任萧炎继续修炼,谁也不能保证他将会达到何等级别。此时若能将之击杀,无疑将会减少一个令人寝食难安的心腹大患。

随着范痨喝声的落下,其身形也瞬间展动,血色斗气弥漫周身,腥臭的血腥气味笼罩着整个山寨。一些实力稍低之人,光是闻到这种血腥味,便已头晕目眩。

在范痨身形有所动作的一刹那,其身旁三名战斗经验丰富的斗王强者,也瞬间展动身形,四人呈半包围之状,对着中心的萧炎暴射而去。

一名斗皇,三名斗王,如此强横的阵容,在同一时间发动攻击,那股汇聚在一起的凶悍气势,换作寻常斗皇强者,也会感到呼吸困难,对于一直都不能用常理来推断的萧炎来说,却丝毫没有作用。

"三弟,小心!"虽然那股强悍的气势压迫被面前的萧炎抵挡了许多,可残余的气势,依然令萧厉脸色一变。他向后退了两步,对着萧炎大喝道。

萧炎微微点头,望着几乎是眨眼便至的范痨四人,嘴角微微一动,左手上的那团无形火焰,陡然间发出一阵波动。

随着陨落心炎的波动传出,那暴射而来的四道身影戛然而止。四人脸色涨红,因为浑身斗气发出阵阵紊乱波动而措手不及。四人拼命地运转着体内斗气,压制着那毫无预兆便出现在体内的心火。

陨落心炎能召唤出人体内的心火,这种心火的强度完全由施法者所掌控:若是温和,则能起到淬炼斗气之功效;但若是狂暴,便将会使一些措手不及之人体内的斗气暴动,并散发出高温,如若不慎,整个身体恐怕都会被它由内至外焚烧成灰烬。

陨落心炎已经被萧炎炼化，那种召唤心火的诡异特效，他自然也能够随意施展。如今面对范痨等强敌，他所召唤的心火狂暴到极致，所以范痨四人体内的斗气，皆在此刻暴动了起来……

萧炎如今所召唤的心火，明显是不可能直接将斗王强者烧成灰烬的，但是令他们自乱阵脚倒是极为容易。

强者间战斗，这种突然间的自乱阵脚，几乎有着决定战斗胜负的关键之效。

斗气紊乱的范痨等四人突然间脸色涨红。萧炎嘴角缓缓挑起一抹冷意，脚掌之上银色光芒浮现，身形一颤，瞬间消失在原地，与此同时，被插在地面上的玄重尺也随之消失。

哧！淡淡的破风声突兀地响起。一名斗王强者脸色涨红，正手忙脚乱地指挥着体内斗气压制突然出现的心火时，浑身皮肤猛然一寒，他骇然抬起头，却看到面前隐约间有一道黑线暴掠而来。

嘭！宽大黑尺划破空气，炽热劲风铺天盖地怒砸而下。看那股声势，若是被砸中的话，即使这名斗王强者的身板再强壮，恐怕也得当场重伤。

生死时刻，这名斗王强者倒是展现出了不俗的战斗经验和敏锐度。他强忍着体内心火炙烤的剧痛，将手中那把不知道沾染了多少鲜血的鬼头刀狠狠上撩而去，刀锋锋利无比，甚至连空气都在此刻被切割开了。

锵！玄重尺轰然落下，重重地砸在鬼头刀上，劲力顿时暴泻而出。在这般凶悍的攻击下，那名斗王强者脚跟一软，双膝狠狠地跪在坚硬的地板上，将地板震出一道道裂缝，裂缝犹如蜘蛛网般蔓延开去。

嘭！抵挡住了那足以致命的玄重尺攻势后，那名斗王强者还来不及闪身，尖锐劲风又如影随形般接近，最后狠狠地甩在其胸膛之上。爆炸般的力量直接将这名斗王强者震飞了几十米，他在地面上擦出了一条十几米长的深痕后，才缓缓止住身形。

一尺，一脚，两招之内，那名斗王强者便狼狈受伤而退。望着这近乎一边

倒的战斗，山寨阴影中的众人忍不住倒吸了一口凉气。

"这小子……真是越来越强了。"萧厉微张着嘴望着那瞬间便受伤而退的斗王强者，片刻后，忍不住摇了摇头。萧炎这实力真是恐怖。

在萧炎闪电般击溃一名斗王强者的短暂时间里，范瘸和另外两名斗王强者终于压抑住了体内翻腾的心火，扫了一眼远处地面上气息萎靡、不知死活的同伴，心都沉了下去。

"这个混蛋不论是速度还是力量，都比两年前强了许多。而且他还能操控陨落心炎，令我们分心压抑体内心火。看来今天要麻烦了。"心中念头飞速闪过，范瘸陡然厉声喝道："郝翰，你们两人去抓那个家伙，我来挡住他，快！"

如今的局面，必须将那个与萧炎关系匪浅的人抓住，不然就算是他们联手，恐怕都难以击退萧炎。

听到范瘸的喝声，另外两名斗王强者先是一怔，随后迅速回过神来，互相对视了一眼，然后各自向着一边闪掠而去。

咻！就在两人分开之时，破风声再度在场中响起。就在破风声响起之时，范瘸咬着牙，身形一闪，出现在某一处，血色斗气对着面前暴射而去。

宽大的黑影在青火的包裹下陡然浮现，血色斗气狠狠劈下，但在青火的压制下，却瞬间消失得干干净净。

"该死的！"被萧炎的异火克制得死死的，范瘸在心中怒骂了一声，刚欲再度发动攻击将之拦截，体内的心火却猛然又暴涨起来。剧烈的疼痛，令他赶忙分出一些斗气压制它。

斗气的分散，不仅令范瘸心神分散，也导致他的攻势减缓。

"八极崩！"这般破绽，自然瞒不过萧炎那狠辣的眼睛。萧炎身形一闪，趁机闪掠进范瘸怀中。他一抖手臂，紧握的拳头犹如一柄重锤，夹杂着令人发怵的强悍力量，狠狠地对着范瘸的胸膛砸了过去。

紧急关头，范瘸刚来得及在体表形成一圈血膜，萧炎的拳头便轰然而至，潮水般的力量自拳头处涌出。范痨的身体在这般凶悍劲力下暴射而退，一口鲜血自其嘴中喷了出来。

萧炎一拳打飞范痨，却并未立刻追击，目光一转，便脸色阴寒地看见那距离萧厉不过七八米远的两名斗王强者。

以萧厉此刻受伤的状态，面对两名斗王强者，自然胜算极低。而且那两名斗王强者也被先前萧炎的强悍震撼到了，清楚若不趁机尽快擒住萧厉，恐怕他们都会被永远地留在这里！

心中抱着这等念头，两名斗王强者几乎将本身实力发挥到了极致，此强彼弱之下，萧厉自然是尽落下风。

萧炎也极为清楚萧厉的劣势，因此顾不得追击受伤的范痨，身形一动，便欲赶去支援。然而他刚刚有所动作，腥臭味便再度涌来，脸色苍白的范痨犹如鬼魅般出现在面前，阴毒地望着他，大笑道："哈哈，萧炎，你强又能怎样？只要他落在我们手中，还怕你翻天了不成？"

被范痨这么一阻拦，那两名斗王强者终于接近了萧厉。雄浑斗气顿时暴涌而出，看这股气势，两人明显是打算直接下杀手擒住萧厉的。

望着那两名斗王强者骤然爆发的雄浑斗气，萧炎心头猛然一沉。

咻！就在二者即将接触到萧厉的那一刹那，天空中突然传来尖锐的破风声，旋即两道身影暴掠而下，极为蛮横地插进了两名斗王强者与萧厉之间，爽朗的笑声紧接着响起。

"哈哈，萧炎，你还是解决那个老家伙吧，这两人，交给我与紫妍吧。"

突如其来的变化令萧炎一怔，萧炎紧绷的心终于平缓了下来。援兵终于及时到来了。

萧炎微微偏头，目光缓缓转向范痨，充满阴寒杀意的声音，令范痨的脸色瞬间煞白。

"老狗，你拦得很开心啊？"

第三章
大开杀戒

突然出现的援兵令范痨的脸色苍白了许多,特别是当他看到萧炎那阴寒狰狞的脸后,脸色变得犹如涂了白霜般煞白。

在萧炎刚刚展现出两种异火时,范痨便明白,若是正面交战,恐怕就算是他们四人一起上,都难以将之击退。况且战斗一开始,就直接被萧炎废了一名斗王强者,在战斗力减弱的情况下,他们的胜算更是急速减小。

所以他只能打着生擒萧厉再借此来要挟萧炎的主意。不料在关键时刻出现的林焱与紫妍,令他的计划彻底落空,接下来,他便要独自面对萧炎那充满杀意的怒火了!

"给我杀了山寨中的所有人!"脸色煞白的范痨突然想起了什么,大声厉喝道。看这情况,他还真是打算和萧炎等人拼得鱼死网破了。

山寨之外那几百个等待命令的黑盟人马,听到范痨的命令,猛然间发出震天的应和声,旋即无数人影自森林中铺天盖地地暴射而出,对着山寨展开了攻势。

望着从森林中源源不断涌出来的人影,萧炎微微一皱眉头,山寨中的人马都是二哥萧厉的属下,若是伤亡惨重的话,损失可不小。

"三弟,你解决这老狗,外面的攻势,我率人来拦住!"

在萧炎转动念头间,萧厉突然自高台上闪掠而下,一声冷喝,那山寨之中阴影处,黑影耸动,最后百多个身影整齐闪掠而出,仅仅片刻时间,原本空旷的山寨便被人群挤满了。

"所有人跟我来!"萧厉大喝一声,率先朝着山寨大门处掠去,大批黑影没有丝毫迟疑地紧跟而上。即使是面临如此困境,这些黑影的步伐依然不见丝毫混乱。他们有条不紊地按照萧厉的吩咐,分布在山寨各处。

萧炎望着那些从阴影中闪掠而出的黑影,眼中闪过一抹惊诧,却不再担心。虽然萧厉如今身上有伤,但除了范痨这几人,其余人中没有一名斗王强者,萧厉就算是受伤,也能轻易应付寻常斗灵。

萧炎将目光收回,投向了面前不远处的范痨,淡淡一笑,白灿灿的牙齿透着一抹令人胆寒的森然。

"范老狗,两年前你能侥幸逃命,不知道今天还有没有这么好运?"萧炎的声音冷若寒芒,令人连骨子中都渗进一股寒意。

被萧炎"老狗""老狗"地叫着,范痨脸色一片铁青。不过他也知道,如今的萧炎已经不再是两年前那个小子,现在已经有足够的实力,将自己玩弄于股掌之中。

"萧炎,我们之间的恩怨,全是因你而起,若你不杀我儿子,我也犯不着与你结怨!"范痨目光闪烁,眼睛不着痕迹地往四处瞟着,咬牙喝道。

"身处黑角域这等乱地,你儿子被杀,有何好奇怪的?死在他手上的人恐怕比死在我手上的人多了不知道多少倍。"萧炎冷笑了一声,手中的玄重尺缓缓抬起,遥指着范痨,淡淡地道,"现在说什么都没有用,我们之间的恩怨已经没有半点调和余地,今日,你必须死!"

"狂妄的小杂种！我范痨可不惧你！"范痨的脸一阵抽搐，最后终于忍不住嘶吼了起来，眼中满是狰狞。铺天盖地的血色斗气自其体内暴涌而出，升腾后在范痨周身化为三四丈大的血海，而他的身形，则完完全全地被掩盖在了其中。

"两年了，还是些老手段，这些东西对我没用。"萧炎瞥了一眼那蔓延开来的血海，双手上的青火与无形之火轻轻一拍，两者便急速融合，迅速化为一团碧绿色火焰。

萧炎的手轻轻抛着碧绿火焰，之后袍袖猛然一挥，只见那团碧绿火焰骤然膨胀，短短的几秒时间，不足脑袋大小的碧绿火焰便变得非常庞大。

萧炎用手指顶着那庞大的碧绿火焰，嘴角缓缓牵起一抹笑容，旋即指尖一弹，庞大的碧绿火焰顿时犹如风暴一般，铺天盖地地席卷而出！

随着碧绿火焰的出现，那四处弥漫的血海顿时翻腾起来，腥臭之味急速消散，逐渐稀薄起来，从血海中甚至隐隐传出了范痨那愤怒至极的咆哮声。

说来这范痨也的确倒霉。他这血海攻势，是其赖以横行黑角域的成名招式，一旦展开，就能隐去身形，而且身处其中，不论是恢复斗气还是其他，都能够达到事半功倍的效果。很多强者面对这血海都是无奈败退，可如今这血海遇见掌控着异火的萧炎，却犹如老鼠见了猫，没有丝毫的反抗之力。虽然范痨也是斗皇强者，但在萧炎面前，他所能发挥的战力，恐怕也就与一个寻常斗王强者相仿，这不得不说是一物克一物。

咻！随着血海越发稀薄，里面的范痨终于忍耐不住，在一声咆哮中，一道足有半丈长的血矛暴射而出。血矛所过之处，空间一片震荡，尖锐劲风声响彻整个山寨。

望着自血海中暴射而出的血矛，萧炎笑着摇了摇头。他屈指一弹，一缕碧绿火焰自指尖射出，最后与那道血矛重重碰撞在一起，瞬间两者便在一道巨响中同时消失。

"还真是负隅顽抗！"雄浑的碧绿火焰自萧炎体内不断涌出，很快将其整个人都裹在其中。脚掌重重一跺地面，萧炎的身形便直接射进了那越加稀薄的血海之中。

随着萧炎这般大刺刺地冲进血海，那片血海顿时疯狂地翻滚起来，清脆的金铁交击声自其中不断响起。片刻之后，在一道能量涟漪扩散间，整片血海都被悉数震散。

血海消散，其中的两道身影缓缓浮现。萧炎除了呼吸有点急促，倒无大碍；反观范痨，则是袍服尽碎，手掌不断地滴着鲜血。显然，在先前那般交锋中，范痨尽落下风。

在满山寨那响彻天际的厮杀声中，范痨如阴狠毒蛇般死死地盯着面前的萧炎，心中满是不甘。若不是自己的斗气被异火克制的话，他就算不能打败萧炎，与之战成平手应该不成问题，可惜……

"萧炎，你不要得意，得罪了黑盟，你日后可没什么好下场！"范痨胸口急速地起伏着，声音嘶哑，试图做最后的挣扎。

"呵呵，不劳范宗主操心。等过两日，我自然会去黑盟了结与韩枫的恩怨。"萧炎微笑道，"只不过这一次，范宗主或许要比韩枫先走一步了。"

"萧炎，我承认如今的确不是你的对手，可你想要杀我，也没那么容易！"范痨脸上突然浮现出一抹诡笑，手中印结陡然一变，旋即一口鲜血自其嘴中喷出。随着鲜血的分散，范痨的身形居然极为诡异地在原地消失了。

望着范痨消失之地，萧炎笑着摇了摇头，叹息道："果然还是这些老手段。"

话音刚落，萧炎脚掌之上的银色光芒陡然浮现，在一道低沉的雷鸣声中，他的身形也瞬间消失。

天空之上一百多米处，空间突然微微波荡，一道血影浮现，范痨脸色惨白地现出身形。他望着下方只有拳头大小的山寨，剧烈地咳嗽了一声，咬牙恨恨骂道："小杂种，等我回去叫齐人手，再来找你算账，到时候，定要将你碎尸万段！"

范瘆的声音刚刚落下，一道笑声便突然自其身后传来，令他浑身毛孔都在这一刻紧缩了起来。

"呵呵，范宗主，你或许没机会回去了……"

范瘆身体僵硬，艰难地扭过头，映入眼帘的，是一张挂着和煦笑容的年轻面孔和其手掌之上的那团碧绿色火球！

"结束了……范宗主。"

萧炎笑了笑，手中碧绿色火球猛然高速旋转起来，随着火球的旋转，似乎连周围的空气都被吸扯进去一般。只见萧炎手臂一抖，高速旋转的碧绿色火球携带着恐怖的炽热温度，狠狠地砸在了范瘆的后背上。

在那一刹那，凶悍无比的劲风自火球中爆发而出。而在这等近乎狂暴的攻击之下，范瘆根本来不及防御，脸色便瞬间惨白，一口鲜血夹杂着破碎的内脏喷射而出。

碧绿火焰也在那劲风爆发间盛涌而出，在极为短暂的时间里，把重伤的范瘆包裹起来。顿时，凄厉的惨叫声在遥远的天际回响。

碧绿火焰持续燃烧了将近半分钟，终于逐渐熄灭。其中的那道身影，彻底化为一堆灰烬，随风飘散……

萧炎淡漠地望着那随风散开的灰烬，轻轻拍了拍手，心中没有半丝的波动。他知道，早在两年之前，这范瘆便对自己抱着必杀之心。以萧炎的性子，最忌讳的便是让这等对自己抱有怨毒之心的敌人存于世上。当年范瘆侥幸逃脱，这次却再没有了那种好运。

"接下来，就该是韩枫了。"背后的碧绿火焰双翼缓缓地振动着，萧炎转而面向北方天际。那边便是所谓的黑盟的地盘，而他那个"师兄"，则在那里作威作福，悠闲地当着土霸王。

"这两年你倒是过得舒服。不过，也快了……"想着自己在地底这两年中所遭受到的无比折磨人的痛苦，萧炎脸上逐渐浮现一抹阴森的笑容。

萧炎背后华丽的碧绿火焰双翼微微振动，身形朝着地面急速降落，仅仅用了片刻时间，便已听到了山寨中的惊天厮杀声。

萧炎立在半空处，居高临下地扫视整个场地。此时的山寨到处都在进行着极为激烈的战斗，最激烈的地方当数山寨中心位置的两处战圈，那里的主角正是林焱、紫妍和另外两名黑盟的斗王强者。

萧炎视线在两人所在的战圈停留了片刻，便放心地转移开去。林焱虽然只能与其中一名斗王强者战成平手，紫妍那里却几乎呈一边倒的局面。

这小女孩虽然看似可爱，但那小拳头在挥动时所带起的可怕力量，就算是斗王强者也不敢轻视。人一旦被她打中，即便没有当场断胳膊断腿，伤筋动骨怕是难免的。因此，与她对战的那名斗王强者，只能左躲右窜地躲避着紫妍的攻击，完全处于下风。看这局面，恐怕过不了多久，此人便会彻底地败在紫妍手中。

只要等到那名斗王强者一败，紫妍就能够分出手来助林焱一臂之力。所以这边战场的胜负几乎已成定局，并不需要萧炎担心。

萧炎的视线转移到了山寨外围那处人山人海的激烈战场上。他微微一皱眉头，这一次黑盟的人马不仅数量众多，而且似乎个个身手不弱，即使是以萧厉属下那般实力对战，竟然都难以占到上风，反而在对方人数占多的几次冲锋中，出现了不少死伤。虽然萧厉仗着斗王强者实力在其中横行无阻，但是源源不断的黑盟人马已令他陷入包围之中。

"磐门的人竟然也都到了。"萧炎扫动的目光突然停在山寨中一些并未穿着黑衣的人影之上，看那些年轻的面孔，显然是跟着他从磐门中出来的内院精英。

看场中的局面，似乎正是因为磐门众人的到来，才使得萧厉方面原本有些溃退的阵线稳定了下来，不过即使如此，双方也陷入了胶着的僵持之中。

大规模的冲杀犹如绞肉机一般，双方不断地有人马伤亡。厮杀声、惨叫声汇聚在一起，最后直冲云霄，甚至于在山峦之外，都能够隐约听见。

"这无意义的冲突还是尽早结束的好。"

萧炎紧皱眉头，身形一闪，便暴掠至山寨外围，沉声喝道："范磅已死，你们还敢留在此地？"

喝声如闷雷般在天空滚滚不休，以至于整片山峦间都回荡着余音。

在萧炎这般厉喝之下，那激烈无比的战场终于逐渐安静了下来。山寨之内的人一脸惊喜，山寨之外那些黑盟的人马却是一脸的惊慌。范磅作为这支人马的最强者，他的死亡，对这些人士气的打击可谓不小。

"大家不要相信他，宗主可是斗皇强者，怎会死在这个乳臭未干的小子手中！"

就在黑盟人马有些人心惶惶时，突然一阵大喝声响起，随即引来一片附和声。听他们对范磅的称呼，似乎全是血宗的人。

听到血宗那些人的大声质疑，黑盟人马逐渐安静了下来，很快目光再度凶狠地移向了山寨之内，他们举起手中锋利的武器，竟又跃跃欲试起来。

望着黑盟人马的反应，萧炎脸色微沉，背后双翼一振，再度出现时，已然在山寨最外围的一处木桩之上。他手掌一翻，无形火焰袅袅升起，不带丝毫情感的声音，缓缓在这片区域上空回荡着。

"不想丢了性命，就趁早滚蛋。滚回去告诉韩枫，范磅的命，我萧炎已经收了，接下来，便该轮到他了！"

"萧炎？"

"他就是当年那个打败了药皇韩枫的萧炎？"

听到萧炎报出的名字，漫山遍野的黑盟人马爆发出了阵阵惊呼。如今萧炎的名字，在黑角域中几乎无人不晓。两年前他那般丰硕的战绩，即使是黑角域这些成天刀头舐血的滚刀肉听了，都感到极为震撼。

这在黑角域之中极具分量的名字被道出之后，那些本来跃跃欲试的黑盟人马不禁面面相觑，不敢再冲锋。

"大家不要听他胡说八道,萧炎当年就已经被迦南学院的异火所击杀,怎还可能存于世上!大家赶紧摧毁山寨,回去之后,盟主的奖赏可是很丰厚的!"

就在黑盟人马有些拿不定主意时,又有煽风点火的大喝声响起。听到盟主有重赏,那些本来还有些犹豫的人顿时呼吸变得粗重。他们非常清楚,韩枫的奖赏是何等丰厚。

"杀!"在丰厚利润的诱惑之下,那些本来就将杀人当作家常便饭的黑盟人马,终于按捺不住了。铺天盖地的身影,夹杂着斯杀声,再次潮水般地向山寨涌去。

"自寻死路!"望着那些依然不听劝阻的黑盟人马,萧炎也不再多费唇舌。他冷笑了一声,然后缓缓闭目,其手掌上的无形火焰,在此刻爆发出了一阵阵难以察觉的能量波动。

铺天盖地的人影朝着山寨暴拥而来,就在他们进入距萧炎五十米远的范围时,却陡然间动弹不得,一张张脸憋得通红,甚至连脑袋上都冒出了袅袅白雾。

嘭!

萧炎手中无形火焰的波动越来越剧烈,突然,那冲锋在最前面的一名黑盟成员,在众人惊骇的目光中,身体极其诡异地化为一团火焰,整个人在刹那间化成一团灰烬,甚至连惨叫声都未来得及发出……

嘭!嘭!嘭!

在第一道低沉声音响起之后,紧接着,一道道相似的声音随之响起。每当一道声音响起时,那满身杀气冲来的黑盟人马,便会有一人诡异地化为火人,最后嘭的一声爆裂成满地灰烬。

当这种近乎诡异的低沉爆炸声响了二三十下后,那些满脸杀气的黑盟人马终于感受到了恐惧,惊慌地停下脚步,四处扫视着,生怕下一个化为火烬的人便是自己。

整片天地,不论是山寨外还是山寨内,都在那毫无预兆便爆裂成灰烬的诡

异情况下，变得安静了起来。

一道道惊骇的目光汇聚在山寨大门外木桩之上闭目的黑袍青年身上，那一个个人突然被焚化的"杰作"，明显出自他之手。

"这小子，这一手也太恐怖了。"萧厉轻吸了一口凉气。萧炎这神不知鬼不觉的杀人手段，连他都感到恐惧。

萧炎似是感觉到满场的注视，缓缓睁开了那对冷漠黑眸，望着那些犹如木桩般的黑盟人马，淡淡寒芒自眼中闪掠而过。

嘭！

萧炎所望之处，一名身着血袍的男子身体猛然一颤，旋即脸色涨红，火焰自体内暴涌而出，在一道低沉闷响中，整个人诡异地迅速化成一堆灰烬。

望着那再度毫无预兆便化为灰烬的男子，其余黑盟人马不由得感到脚跟一阵发软。这种几乎连手都不动便能令人死亡的手段，实在太可怕了。

嘭！

又是一道低沉的声音响起，另一名血袍人也诡异地化为一地灰烬。到此刻，一些人方才发现，那些被焚化的人好像都是血宗的人，而先前煽风点火的也正是这些人。

神色淡漠，萧炎丝毫没有理会那种诡异死亡给众人带来的心理压迫，冷漠的目光缓缓四处移动，而每当他的目光在一处停留超过几秒时间，那里就将会有一人被火焚化为灰烬。

那犹如催命般的低沉爆裂声，让所有人的心都剧烈地跳动着。半响，终于开始有人忍受不了这种等待死亡的压迫，发出一道疯狂的吼声，掉头向森林中逃去。

在第一个人转头疯狂逃窜后，恐惧顿时扩散到了整个山野。于是，那些先前还在丰厚利润的诱惑下准备摧毁山寨的黑盟人马，立马开始了大溃逃……

没有人能够在直面这种诡异的人体焚烧时保持镇定，那陨落心炎控制心火

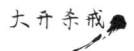

的特效，令人望而生畏。在不清楚内幕的人眼中，这绝对是一种灵异现象。

望着那些慌不择路地逃窜进森林之中的大部队，萧炎缓缓松了一口气，手中无形火焰逐渐消散。

他转过头来，望着山寨围墙之上有些目瞪口呆的萧厉，不由得微微一笑，先前的冷漠在此刻彻底消散。

看到萧炎的微笑，围墙之上那些本来还浑身发冷的众人，这才逐渐回过神来：黑盟人马已经大溃败了。大家的欢呼声顿时在整个山寨中如雷鸣般地响起。

第四章
噬生丹

  随着黑盟人马的大溃败，山寨的压力顿时大减，一轮惨烈大战在萧炎独自一人的威压下竟然结束得虎头蛇尾，不得不说，异火之力实在是太可怕了。

  确切地说，是这陨落心炎能够召唤他人心火的特效太过可怕。遇见强于自己或者实力相仿的强者，心火一旦召出，虽然不可能令对方自焚，但是也能让他们分心压制，这样一来，他们的战斗力自然要减弱一些；而若是遇见那些实力低于自己的人，心火则将会成为他们的索命火，那些被心火焚化为灰烬的黑盟人马，便是前车之鉴。

  随着黑盟人马的溃散，山寨的危机也解除了，众多黑影自山寨中闪掠而出，开始清理大战后的满山狼藉。

  山寨中央的一处大厅，萧炎、萧厉和紫妍等人坐于其中。经过先前的那番大战，众人虽然或多或少有些疲惫，但是在这大获全胜的喜悦中，疲惫全部被亢奋压了下去。

"没想到你这家伙这么狠,竟然真的把范痨给干掉了,那可是斗皇强者啊。这消息若是传开,恐怕整个黑角域都会狠狠震动一番。"林焱听得范痨被萧炎击杀的消息后,愣了好一会儿,方才咂着嘴道。

萧炎笑了笑,并未在这话题上过多停留,冲着他拱手笑道:"这次的恩情,萧炎多谢了,日后若是有机会……"

话还未说完,便被林焱挥手打断了:"认识这么久了,这些无聊的话就别说了,日后我遇到困难,你不开口我都会去找你。"

萧炎哑然,笑着点了点头,这家伙还是一如既往耿直。

"喂,萧炎,我也出了不少力啊,你可别把我忘记了。"一旁,紫妍见萧炎竟然只向林焱道谢,顿时不满地嘟囔道。

"放心吧,小丫头,你那化形丹我也不会忘记的。"萧炎拍了拍紫妍的脑袋,笑吟吟地将她哄得喜笑颜开。

"对你们两人,我想我也不需要那般客套吧?"萧炎转头,将目光投向一旁的吴昊与琥嘉,笑着道。

两人笑了笑,微微点头。算上这两年时间,三人也算是老友了。从当初的互相看不顺眼到后来联手创建磐门这等势力,三人之间的情谊也是越加深厚。吴昊在为人处世上稍显木讷,可一旦认定了朋友,就难以出现二心;琥嘉心思玲珑,也是真性情之人,与萧炎的关系同样极为不错。因此,两人都毫不在意那些客套话。

将众人都谢了一圈之后,萧炎这才将目光转向大厅首位上的萧厉。先前因为时间紧迫,未曾仔细看过萧厉,如今安静下来一瞧,他不由得微微皱起了眉头。

两年岁月在萧厉脸上添了些许冷肃,眉宇间隐隐徘徊的一抹死气,在萧炎这种灵魂感知力格外强悍的人眼中,却是颇为明显。

"二哥,这两年,你发生了什么事?"迟疑了片刻,萧炎终于忍不住开口询

问道。

本来是一脸笑容地望着萧炎与朋友谈话的萧厉,听得这问话,微微一愣,笑容消失,默然不语。

随着萧厉的沉默,原本充满喜气的大厅也逐渐安静下来。众人望着萧厉的脸色,互相对视了一眼,都有些疑惑。最后还是琥嘉心思细腻一些,她对着吴昊几人使了个眼色,众人便悄悄退出了大厅,在退出时,还轻轻地把房门关上了。

萧炎目光紧紧地望着沉默的萧厉,对林焱等人的离开并未出声阻拦。从萧厉眉宇间那抹死气来看,他犹如将死之人,这种情况,容不得萧炎有半丝疏忽。

在萧炎那丝毫不放松的目光的询问之下,过了好半晌,萧厉终于长叹了一声,抬头对着萧炎挤出一丝苦涩的笑容,缓缓地道:"三弟,你是我们萧家最有出息的人,在我来之前,大哥跟我说过,我能死,你不能!这一点,我同样没有丝毫的怀疑。"

萧炎微微抽搐着脸,即使以他的定力,听了这句话,竟然也忍不住有种鼻子泛酸的感觉。

"当年得知你在迦南学院死亡的消息后,若不是萧家大仇未报,恐怕我会直接去找那些参与袭击的人拼命。"萧厉一回想起当年知道那消息时,心中那种绝望与疯狂,就忍不住紧握起拳头,"你若真死了,萧家,恐怕就真的要彻底覆灭了。"

萧厉接着道:"我在绝望中熬了两个月左右,终于压住了心中要去寻找那些家伙拼命的冲动。既然你已经不在了,那么这担子,就只能二哥来挑了。

"但是我知道,以我的修炼速度,想要达到能够报复云岚宗的实力,恐怕是遥遥无期。不过好在天无绝人之路,在传出你死亡消息的半年后,我在一次追杀中逃进了一处深山,机缘巧合下,得到了一些东西。"

萧厉说到此处,眼睛突然涌上一股炽热,而萧炎的心也紧绷了起来。他能感觉到，二哥变成如此模样，应该与那所得之物有些关系。

"得到的东西中，有一瓶丹药，其中有两枚血红色的丹药。据瓶子上简单的描述资料，这种丹药能够强行将一名实力在大斗师左右的人，在极短的时间中，提升到斗王级别，只不过……一旦使用这种丹药，此人便只能维持三年的性命。也就是说，这丹药，几乎是用剩余的所有生命，换取那三年时间的斗王实力！"

萧炎猛然一阵眩晕，脑海中记忆翻腾，最后终于想到了一种与萧厉所说情况颇为吻合的丹药。

"噬生丹？"

对于萧炎竟然能够一口叫出这种已经在大陆上失传的丹药名称，萧厉也有些诧异，不过最后，他还是点了点头。

看到萧厉点头，萧炎顿时有些无力地一屁股坐在了椅子上，双手抓着头，一脸沮丧。在游历时，药老曾经与他说起过这丹药，当时药老的声音中也充斥着忌惮与叹服。

噬生丹，一种多年前曾经震惊了整个大陆的奇丹，应该能够算作七品顶峰的级别。这种丹药的创造者也是一位拥有着不小名气的炼药大师，而这种丹药的可怕之处，便是能够量产斗王强者！

可以想象，当别人历经各种修炼磨难，方才攀爬到这种地步，而你只需服用一枚丹药便能够做到时，会令人何等不甘。虽说这种力量是依靠挥霍生命得来的，不过光靠正常修炼能够达到斗王级别的，哪个不是在修炼方面出类拔萃之人，而这种天赋，又岂能人人都有？

因此，这种丹药一问世，就引发了无数人对该药的疯狂争夺。一些大陆一流的势力，也对它抱着巨大的贪婪之心，毕竟谁若是得到了它，便能量产斗王强者。若是一个势力拥有了成千上万的斗王强者，世上还有何人能与之匹敌？

不过这种疯狂未持续多久，便逐渐消退。因为那位创造出了噬生丹的炼药师，在一夜之间，携带着噬生丹的药方，彻底消失了。

在他消失后的一段时间里,依然有人不依不饶地四处寻找,可随着时间的推移,那种震惊大陆的疯狂情绪也缓缓冷却下去。而那所谓的噬生丹,也逐渐消失在了岁月的长河之中,以至现在很多炼药师都对这种丹药颇感陌生。若不是药老偶尔提起,萧炎恐怕也不知道很久以前炼药界中的这些秘史。

现在的萧炎,自然是没有心情管那噬生丹有多么了不起,他只知道,萧厉服用丹药已经将近两年。也就是说,萧厉剩余的生命,只有一年左右的时间!

萧炎脸色有些苍白,眼中充斥着血丝,片刻后,他忍不住抬头怒声道:"你明知道那东西是在透支生命换取力量,你还吃它干什么?"

萧厉无奈地摇了摇头,道:"你都死了,我还能怎样?不这样的话,想要给你报仇,得等多少年?"

萧炎一怔,旋即心里充满了愧疚。

"呵呵,不用太担心,如今你活着就是最好的事情了,二哥无所谓的,萧家还要靠你!"望着萧炎那担心的脸,萧厉笑了笑,起身拍了拍他的肩膀,略微沉吟了一下,手掌一翻,一个有些怪异的透明瓶子便出现在他手中。

将瓶子小心翼翼地放在桌面上,萧厉左右看了看,这才压低声音说:"三弟,这就是噬生丹,这或许是大陆上的最后一枚了。"

萧炎微微一愣,偏过头来,旋即,目光凝固在了玉瓶之中那枚浑圆的血色丹药之上!

这枚丹药通体血红,龙眼大小,看上去极为玄奇,一眼望去,就犹如一枚充斥着血水的透明珠体。在那丹药中央之处,一点血芒就犹如一只细小的眼睛,整体透着一分诡异之感。

萧炎紧盯着血红丹药,借助出色的灵魂感知力,他似乎能够隐隐地察觉到,这枚丹药与寻常之物的细微差别,可差别在何处,却又说不上来。不过不管如何,这枚噬生丹,是萧炎这么多年见过的最高品阶的丹药!

"老师说当丹药达到某种品阶时,便能够具备一些灵智,不知道这枚噬生丹是否也是如此?"萧炎心中闪过一道念头,小心翼翼地拿起瓶子,目光扫过瓶口,却是微微一怔。只见那瓶盖之上竟然勾画着某种能量痕迹,似乎具有某种封印的效果。

"不愧是七品顶峰的丹药,没想到连盛装之物都必须使用能量压制,看来老师所说果然不假。"萧炎微皱眉头,却并未将丹药取出。这种品阶的丹药,可不能随意放置,不然会引发一些异象。

"二哥在得到丹药时,可还有其他东西?"萧炎握住瓶子,突然抬头问萧厉。

闻言,萧厉一怔,谨慎地在四周看了一圈,然后点了点头,从纳戒中取出一个血红色的卷轴,卷轴之上泛着淡淡红芒,而且整体毫无开启之所,就犹如一个严实的玉柱。

"这也是一起得到的,不过我打不开。"萧厉将血色卷轴递给萧炎,皱眉说道。

萧炎快速放下手中的玉瓶,接过卷轴,放在手中上下翻看了好一会儿,才轻吐了一口气,沉声道:"如果我所料不差的话,或许这个就是噬生丹的配方。"

听得这话,萧厉的脸色倒没有多少变化。当初在得到丹药时,他便隐约猜出了这一点,只是不太确定而已。

但如今听得萧炎确认,萧厉心中仍然有些激动。他舔了舔嘴唇,用极低的声音道:"如果这真的是噬生丹的配方的话,那我们萧家有望兴旺了,等造出几十个斗王强者,那云岚宗又算个屁!"

萧炎沉思了一会儿,却微微摇了摇头,道:"难……这噬生丹能够透支生命使人得到三年时间的斗王实力,名列七品顶峰品阶,又岂会那般好炼制?量产七品丹药,这大陆上恐怕没多少人能够做到。"

当初药老出手炼制六品丹药地灵丹,也是费尽心力方才侥幸炼制成功,更别说炼制这在七品等级中都能名列前茅的噬生丹了。不提能否寻找到足够的炼制材料,光说炼制高品阶丹药引起的天地异象,六品已是那般规模,若是炼制

七品丹药的话,岂不是老天会直接打雷将人和丹一起劈了?

再者,就算劈不死人,却因此引来一些强者的关注,那岂不是更倒霉?

如今的斗气大陆,能够炼制七品顶峰丹药的炼药宗师几乎是凤毛麟角,或许连现在的药老炼制起来都有些勉强,除非他恢复巅峰实力。

就算以萧炎如今大涨的实力,并且还掌控了陨落心炎,炼制这噬生丹成功的概率恐怕都不会超过一成。若是将药方给那些未有十足实力炼制这种丹药的炼药师,无疑更是一个很愚蠢的决定。因此,想要依靠这噬生丹造几十个斗王强者出来,简直就是不可能的事情。

听到萧炎的话,萧厉有些失望地从幻想中回过神来,无奈地叹了一口气,道:"这东西你收着吧,我不是炼药师,留着也没什么用。"

萧炎微微点头,并未拒绝,这种烫手山芋放在萧厉手中也的确不合适。萧炎屈指轻轻弹着卷轴,片刻后,神色郑重地道:"关于这噬生丹和药方的事,不要和任何人提起,不然一旦泄露,麻烦不小。"

"放心吧,我又不是莽撞之人,这两年时间,这些东西除了你,没有任何人知道。"萧厉指着桌子上的那玉瓶,道,"顺便把最后一枚噬生丹也拿走吧,这对我已经没什么用了。"

萧炎微微迟疑,旋即也取了过去,沉声道:"我会找个时间研究一下这噬生丹和配方,争取在一年时间之内寻找个破解之法,帮你把那东西给解了。"

对此,萧厉倒无所谓地笑道:"只要你活着,一切都好,有我没我都没什么大碍。"

听到萧厉这话,萧炎甩了他一个白眼,起身道:"我现在先回迦南学院,两日之后,与韩枫来个了断。"

"韩枫?"听得这在黑角域几乎无人不知、无人不晓的名字,萧厉顿时紧皱眉头,道,"你要去找他?那家伙可是货真价实的斗皇巅峰强者,而且还有一种异火相助,就算是遇见寻常斗宗强者,他也有一战之力。你去找他,未免风险太大了。而且黑盟强者如云，你……"

"呵呵，不用担心，黑盟强者多，迦南学院强者也不少，这次是一起行动的，并非我一人。"萧炎笑着摆了摆手道，"那韩枫有异火，我也有，而且还比他多。"

"你如今真实等级是……"萧厉上下打量了一下萧炎，突然问道。

"应该是在斗王巅峰吧，距突破至斗皇应该不远了。"萧炎笑了笑，为了让萧厉放心，他故意夸大了一些。他如今虽然已至斗王巅峰，但是还未彻底掌控这个等级的力量，想要晋升至斗皇，应该还需要一段时间。

"整整一个级别的差距……"萧厉皱了皱眉，想要说点什么，可一看到萧炎那微笑的脸，想起范痨死在他手中的事，这才放心，缓缓点了点头道，"那你小心点，另外，这次最好带上我，以我如今的实力，应该不至于成为你的累赘。"

"呵呵，让你再留在黑角域，我的确也不放心。二哥，先整顿一下队伍吧，我带你们去学院待两天。"萧炎笑着点了点头，将手中噬生丹与配方全部收进纳戒中，然后转身向大厅之外走去。

萧厉办事向来雷厉风行，仅仅一个多小时，便将人员彻底整顿完毕。经过先前的那番大战，虽然有些人员伤亡，但是还有着将近百人的规模，放在黑角域中，即便比不上血宗那种庞大势力，也算是一股不弱的力量了。

将一切整顿好之后，萧炎也并未过多地停留，十几头狮鹫兽载着一行人，振翅高飞，向着迦南学院飞掠而去。

大部队在抵达迦南学院后，萧炎让萧厉将他那些属下全部安顿在了学院外的迦南城中，只带他一人住进了内院。

对于萧炎等人的归来，内院之中也是一阵骚动，特别是在一些参与了这场大战的磐门人员将血宗宗主范痨被萧炎击杀的消息扩散出去后，整个内院都沸腾了。斗皇强者，对于他们来说，是一个只可以仰视的高度，然而就是这等强者，却在萧炎手中连尸骨都没有留下来。

萧炎自然不在乎自己在内院所引起的骚动,他回到内院之后,便去见了大长老苏千。苏千对他击杀范痨的事也颇感惊诧,不过并未表现得太过震撼。苏千也清楚,掌控了两种异火的萧炎,战斗力是何等可怕。

萧炎将萧厉带进内院的事,虽然极不符合规矩,但是苏千也默许了。毕竟萧炎的身份与实力,已非寻常学员可比了,拥有着两种异火的萧炎,就算是苏千,都不敢轻视。因此,苏千在叮嘱了一声之后,便让萧炎回去,在分开之前,还提醒了一下两日之后的大动作。

对于那大动作,萧炎也满心期待。

在期待中,两日时间飞速而过。当第三日天色刚刚放明时,一些学员便察觉到内院气氛有些不太对劲。当他们看见从内院的四面八方掠上天空的众多人影之后,才恍然明白,看来今日内院又有大动作了。

这种大场面,这两年里学员们见过不少,每一次内院强者出动,必然是去找黑角域那些家伙的麻烦。不过有敏锐之人发现,这一次的规模,似乎比以往任何一次都要庞大!

就在无数学员一脸艳羡地望着天空中那些振动着斗气双翼悬空而立的内院强者时,一道清啸声突然自内院某处响起,旋即一对华丽的碧绿色火翼带着一道黑影,闪掠至上空,最后浮现出了身影。

无数道目光顺着啸声转移,当他们瞧见那现出身影的黑袍青年之后,眼神顿时变得狂热起来。

这些年中,萧炎是第一个以学员身份参与这种内院大战的人。在这些年轻学员眼中,这是一种显赫的荣耀。因为这种资格象征着萧炎已经成为连内院高层都认可的真正强者!

天空中,萧炎并未理会下方那一道道狂热的目光。他将视线转向北方天际,嘴角缓缓浮现一抹充满冷意的弧度。

"这次,就由我来替老师清理门户吧!"

第五章
大战来临

黑角域，枫城。

枫城在这短短两年中已经大变了模样。因为韩枫成立黑盟，并且将总部设立在此处，这座小城成了闻名黑角域的城市。如今的枫城，不论是规模还是繁华程度，都远非两年前可比。

在城市最中央的那块庞大地域，矗立着一座恢宏的庄园，那般磅礴的气势，城中没有任何一处建筑能超越。当然，作为黑盟众强者议事的地点和韩枫的居住地，这座城市中也没有人具备敢超越它的胆子。

如今的韩枫，已彻底成为此地的土霸王，在黑盟的声势下，他的地位更是如磐石般稳固。整个黑角域，无人敢挑衅他的权威。

庄园之中，一处极为宽敞的大厅，不少人坐于其中，而在最高处的首位上所坐之人，赫然便是如今黑盟的盟主——药皇韩枫！

在韩枫两侧不远处，是那黑角域最强者金银二老，其下便是参与黑盟的各方势力首领。这些势力首领随便一人，都是那种跺一跺脚整个黑角域都会抖上

一抖的强悍之辈。不过在这种场合，他们这些强人只能陪坐下席。可以想象，黑盟对等级的划分是何等严格。

议事大厅中的气氛有些压抑，这股压抑气氛的根源全部来自首座之上脸色有些阴沉的韩枫。

"各位……"韩枫的目光缓缓地在众人身上扫过，淡淡地道，"想必你们这两天也听到了一些消息，当年内院那个叫作萧炎的小子，依然存活于世。"

大厅中有些骚动，在座之人虽然都并非常人，可在听到那极为耳熟的名字时，也依然有些动容。一名能打败韩枫的强者，容不得任何人小觑。

"血宗范痨范宗主，前几日已经死在了那小子手中。"韩枫手指轻轻敲打着椅背，说出来的话语，犹如一枚炸弹，将大厅中所有人震得愣住了。这两日他们虽然也收到了一些消息，但是没有一人敢确定范痨的生死，然而如今韩枫这话，无疑宣告了范痨的最终结局。

虽然黑盟并非铁板一块，但是范痨的死，还是令他们有种兔死狐悲的感觉，当然更多的是一种隐隐的担忧与不安。当年萧炎差点死在异火之中，直接或间接地都与他们有着一些关系，如今那小子出人意料地存活了下来，想必不会轻易放过他们。这从他击杀范痨就可以看出来。

"虽然我与那小子接触时间不长，但是也能看出他是个睚眦必报的人。在座的各位都是参与了当年那场袭击的人，想必他都不会轻易放过。"韩枫微皱着眉头道，"范痨的实力，就算是放眼整个黑角域，都能排进前十，最后却依然栽在了萧炎手中，说明这个家伙比两年前更加厉害了。"

"他若是真来寻仇，在座的诸位，有几个有把握逃生？"韩枫环视全场，声音有些阴沉地问道。

大厅里，众人面面相觑，除了所谓的金银二老，其余人都微微皱眉，脸色不甚好看。他们之中或许有少数人实力比范痨要强一些，不过与能够击杀范痨的萧炎比起来，仍然有着不小的差距。如果真是单独遇见了，能否在萧炎手中逃生，还真是一个颇为严肃的问题。毕竟他们对范痨那老家伙的手段也极为清楚，范痨就算打不过，逃跑的办法可不少，却依然栽在萧炎手中，更何况他们？

"呵呵，韩兄，他一人或许很强，不过我们当年成立黑盟，不就是为了杜绝这种情况吗？他若真是来寻仇，我黑盟众强者齐上，难道他能翻了天不成？"沉默了片刻，一名身穿灰袍、略显阴鸷的老者率先冲着韩枫笑道。能够在黑角域这种混乱地方拥有一席之地者，除了心狠手辣，狡诈也是必备的条件。因此这老家伙一说话，就将整个黑盟都捆了上去。

听到灰袍老者的话，大厅中众人这才回过神来，皆笑着附和。

对于灰袍老者的话，韩枫微微一笑，点头道："当初成立黑盟，的确是为了应付迦南学院的报复，这种寻仇也正在预料中。"

"我已经派出人手，四处打探萧炎的行踪，一有消息，就通知各位。到时候不必他找上门来，我们自己先动手。"韩枫笑吟吟地道，只不过那笑容透着几分阴狠。

听到韩枫这话，大厅中众人也松了一口气。萧炎始终都是他们心中的一根刺，若是能够彻底拔除的话，他们可不会在乎什么人多势众的恶名。身处黑角域这种地方，什么公平公正啊，早就被丢到臭水沟去了。

望着对此并无异议的众人，首位上的韩枫嘴角微动，眼中掠过一抹诡笑："如果到时候真的抓住了萧炎，我希望诸位能把他交给我来处理，作为交换，我会给予大家十分满意的报酬。"

闻言，大厅内众人略微迟疑，然后都点了点头。他们知道，对于萧炎的异火，韩枫一直抱着极大的觊觎之心。虽说异火极为强悍与稀少，可寻常人哪敢将之炼化，一个不慎，被反噬烧成灰烬简直是轻而易举之事，所以即使众人对异火也很是垂涎，不过除韩枫外倒是无人敢真正去沾染它。

见到众人点头，韩枫也知道他们心中所想，却并未开口反驳。他的确觊觎萧炎的异火，但是最让他在意的，其实是萧炎所修习的完整版焚诀功法！

作为修炼了焚诀残卷的人，韩枫非常清楚这功法有着何等可怕的能力，只要修炼了它，就能掌控多种异火！

一种异火，便让韩枫能以斗皇巅峰实力与斗宗强者勉强一战，若是再多炼化、融合几种异火的话，恐怕大陆上将无人再能与他匹敌。

韩枫虽然研习焚诀残卷多年，但光是控制一种海心焰，他已略感勉强，若是再强行吞噬第二种异火的话，恐怕自己被反噬的概率不小。

韩枫心中比任何人都要清楚这一点，所以对完整版的焚诀功法，他有着一种疯狂的渴望。只要能从萧炎身上得到它，或许自己就能够具备跃居大陆巅峰的资格！

当然，焚诀之事太过重大，韩枫从未与任何人提起。毕竟这功法不只炼药师能修习，只要本身是火属性者，就具备修习资格，日后炼化、融合异火，成就照样无可限量。这等天大的秘密，他岂会轻易泄露给旁人？

常人只道他对萧炎极为看重是因为萧炎也拥有异火，却不知他真正的目的，其实是萧炎所修习的完整版焚诀功法！

就在大厅中众人开始商量猎捕萧炎的计划时，一直微闭着眼睛似睡非睡的金银二老却猛然睁开双眼，脸色微变，将目光投向南方天际。

在金银二老脸色变幻的那一刻，韩枫也有所感应，迅速看向南方天空。那里，大批的强横气息正在急速接近，而对于这些气息，韩枫并不陌生。这两年中，这些气息时不时便会来骚扰，不过每一次都是被自己这方弄得灰头土脸地无功而返。

众多黑盟强者望着脸色突然变化的金银二老与韩枫，皆是一怔。因为实力相差较多，他们并不能如同那三人一般，拥有敏锐的感知力。

"韩兄，金银二老，怎么了？"先前那名灰袍老者，小心翼翼地开口问道。

"我们的老朋友又来了。"身穿金袍的老者怪笑了一声，从椅子上站起来，笑着道。

闻言，众人一愣，旋即恍然大悟，响起一片哄笑声。

"迦南学院的那些老家伙，还真是锲而不舍，每次气势汹汹而来，不过最后都夹着尾巴逃了。"

面对着满场的哄笑，韩枫却紧皱起眉头。借助异火之间的某种感应，他能够模糊地察觉到，那大批气息之中，似乎有一道颇为熟悉的炽热气息。

而且不知为何，当自己依靠着海心焰来感觉那道熟悉的炽热气息时，体内翻腾的异火竟然微微地滞塞了起来，这种情况，就犹如它遇见了某种极其忌惮的东西。

韩枫脸色缓缓凝重，最后甚至涌上了一抹骇然。能够让在异火榜上排名第十五的海心焰都如此忌惮，那股炽热气息里，究竟隐藏着何等可怕的东西？

遥遥天际之上，突然有阵阵破风声响起，旋即大批的小黑点迅速出现，最后化为众多人影闪掠而过。由于高速而产生的风压，直接令下方林海出现了道道犹如水痕般的沟壑，而且这般大规模强者所展露出来的气势，也使得整片山峦中所有魔兽都心惊胆战地低声呜咽。即使是一些实力强大的高阶魔兽，在此刻也不敢发出太大的动静，具备了一些智慧的它们也知道，这股庞大力量足以横扫整座山峦。

"马上就要到黑盟总部枫城了，大家小心！"人影自天空闪掠而过，一个苍老的声音在每个人耳边响起。

"小心点，枫城如今是黑盟防守最为森严的城市，这两年我们和他们打了不少交道。"萧炎眺望山峦的尽头，旋即身旁人影闪掠，苏千的身影浮现而出，冲着他提醒道。

"嗯，那里的强者的确不少，我能够感应到。而且那些气息似乎还有些熟悉，看来大多都是参与当年那场袭击的家伙。"萧炎微微点了点头。凭借着出色的灵魂感知力，他甚至能够比苏千更清楚地察觉出城市中所拥有的强者数量。

对于萧炎的这个本事，苏千倒并未太过惊奇。他点了点头，脸色有些阴沉地道："这两年，在刚开始时，那些分散的势力倒也不是迦南学院的对手，但自从黑盟组建之后，我们便从未占到过一次便宜。"

"黑盟竟然这么强了？"萧炎微微一皱眉头，轻声道。

"唉，迦南学院长老虽多，但大多都是斗王实力，反观黑盟的一些势力首领，皆是斗皇强者。还好我们人数占优势，这才能够勉强应付。"苏千苦笑了一声，道，"我虽然是斗宗实力，但是金银那两个老不死的却能联手拖住我，其他战力平均下来，双方倒也能持平。每次冲突，那韩枫便会借着异火之力，快速打败拦截他的内院强者，然后再与金银二老联手对付我。你也知道，那家伙的实力虽说只在斗皇巅峰，可他的海心焰连我都得小心应付，三打一之下，我真是无可奈何啊。

"虽说这些年内院的实力提升了不少，但这与黑盟强者的增长比起来却要小许多。你自己也是炼药师，应该清楚一名六品炼药师的号召力，黑角域那些强者，哪个不想得到一枚出自药皇韩枫之手的丹药？"

萧炎轻轻点头，没想到韩枫还有这般手段，短短两年时间，便能够凭借自身的号召力，聚集起一个能与迦南学院这等古老学院相抗衡的势力。虽说迦南学院暗中定然还隐藏了不少真正强者，但那些都是不到关键时刻绝不会出面的老顽固。遥想当年内院经历那般惨烈袭击，他们都未现过身，更别提如今这种不算太大的冲突了。

"韩枫就交给我，大长老应付那金银二老，应该不成问题吧？"萧炎微笑道。

"那两个老家伙虽然凭借孪生兄弟之间的默契配合能与我暂时交战，但是一旦拖得时间稍久，就会落入下风。斗宗与斗皇之间的差距，可不是那么好弥补的。"听到萧炎的承诺，苏千这才松了一口气，自信地笑道。

"那就好。"萧炎笑着点了点头，目光微微闪烁，片刻后，突然低声道，"大长老，若是此战大胜并且成功擒住了韩枫，能否将他交予我处置？"

闻言，苏千一怔，随即大有深意地看了萧炎一眼，道："你是在打他体内海心焰的主意吧？"

萧炎不置可否地笑了笑。

"海心焰的确是极为珍贵的异火，不过据我所知，就算是炼药师，也顶多只能掌控一种异火吧？你如今已然出人意料地掌控了两种，还能继续掌控第三种？"苏千笑了笑，话语中有着莫名的意味。

萧炎袍袖中的手不可察觉地微微握了握，脸色不改，淡笑道："想要得到强大的力量，就必须付出艰辛的努力。大长老只知我得到了两种异火，却不知道我在那岩浆地底中受到了何种折磨和痛苦。若非机缘巧合，恐怕我也没命从地底冲出来，我身负血仇，也没资格去想什么事情太过危险而不能做。

"要掌控海心焰，或许依然会让我再度经历一番生死磨难，不过什么事都是有概率的，虽然成功率颇低，但我知道，一旦成功，我就能够得到足够强大的力量。倘若失败，被异火反噬也是正常的事。"

"你这是在拿自己的命赌博啊！"苏千怔了好一会儿，方才叹了一口气，道，"以你的天赋，正常修炼也能有不小的成就。"

"但我的目标，却不仅仅是那所谓的'不小的成就'。"萧炎笑容中的那份野心，即使是苏千这等老狐狸看了，也略有感触。此刻，他方才有些明白，恐怕他自己也一直小看了这个不断上演奇迹的小家伙。

"好吧，这次若真是大胜并且抓获了韩枫，我就把他交给你。"苏千沉默了一会儿，终于点了点头，用手掌拍着萧炎的肩膀，用低不可闻的声音在其耳边轻声道，"另外，若是有机会，帮我向药尊者问声好，当年院长大人与他也有过一些交情。"

萧炎背后振动的碧绿火翼骤然一顿，眼瞳也在此刻微微缩了缩。他偏头凝视着一脸笑容的苏千，问道："你是如何察觉的？"

"小家伙，不要小看一名斗宗强者的眼力，况且以前我见过药尊者一面，只

不过那时候还没到达如今这个地位而已。"苏千笑了笑，冲着萧炎挥了挥手，道，"放心吧，这事我不会外泄。看你如此仇恨韩枫，我能够猜到，药尊者当年陨落的事，应该和这家伙有关系。"

萧炎紧绷的身体缓缓放松，默默地点了点头。如今的他，已经并非两年之前那个小小斗灵，以他此时的实力，若是倾尽全力的话，就算是面对苏千，也有一战之力。就算药老的消息被泄露了出去，他也有足够的能力保护好老师。

萧炎心中闪过这道念头，回想以前种种，嘴角蓦然浮现一抹淡淡笑容。历经岁月，当年那个需要药老庇护的少年，已经蜕变成了真正的强者，现在的萧炎，终于能够脱离药老的羽翼，翱翔天际。

"呵呵，那便多谢大长老替萧炎保守秘密了。"萧炎冲着苏千笑着拱了拱手，旋即突然转过头，眺望着远处。那里，葱郁的山峦逐渐消失，而在更远的地方，那些熟悉的气息越加明显。

"要到了啊……"

苏千抬起头，眼中闪烁着些许寒芒，冷喝声陡然响彻众人耳畔："诸位，能否洗刷当年这些混蛋袭击内院的耻辱，便看今日！"

"是！"天空中，一道道喝声整齐应和，气势猛然变得雄浑。在这般庞大气势的冲击下，甚至连天空中的云朵都在此刻被震裂成无数细碎白点，散满天空。

咻！咻！

遥遥天际，道道黑影在气势大涨间恍若流星般划过天空，对着遥远之处那座在黑角域中拥有着极高声望的城市暴掠而去！

内院众强者释放出来的这般庞大的气势，并未如何掩饰，因此，即使人还未到，这股气势便已笼罩整个枫城。原本喧哗的城市，几乎在一瞬间陷入安静，一道道骇然的目光转向天空中气势传来之处。

"何方宵小，也敢来犯我枫城？"

就在内院众强者的气势笼罩枫城之后不久，突然间大批身影自城中心那恢宏的庄园中暴掠而出，最后错错落落地悬浮于天空。当先一人，一身炼药师袍服，他口中发出的冷笑声在斗气的夹杂下，犹如滚雷般轰隆隆地在天空扩散开来。

望着那闪现天空的众多身影，枫城中顿时沸腾了起来。作为枫城的主人，韩枫在这里的声望可是无人可及。然而黑角域的人皆信奉强者，韩枫有这般声望全来自他的实力，一旦有更强者出现，他这声望也会骤然降低。

"韩枫，当年你无耻袭击内院，今日，就彻底将这恩怨了结吧！"

韩枫的声音刚刚落下，苍老的雄浑声音便自远处滚滚而来，很快道道人影出现在无数人的注视之下。

咻！咻！咻！

天空之上，人影暴闪而至，最后在枫城之外悬空而立，强悍威压弥漫而出，笼罩整片天地。

韩枫微眯着眼睛在内院众强者身上缓缓扫过，片刻后，猛然停滞，其目光所停之处，赫然便是连海心焰都为之忌惮的那股炽热气息的主人！

"没想到竟然是你，萧炎！"韩枫微微抽动着嘴角，阴沉的声音缓缓响彻天际。

随着这个在黑角域几乎无人不知的名字被喊出，整座城市再度沸腾！

第六章
同门之战

韩枫脸色阴沉地望着黑袍青年，心中忍不住翻江倒海。他实在是想不到，那让海心焰忌惮的人，竟然是这个家伙！

韩枫心中翻腾之余，也有着一些疑惑。虽说萧炎掌控着青莲地心火，不过这种异火在异火榜上的排名要比海心焰靠后，怎么可能会让它这么忌惮？而且两年之前，也并没有出现这种情况啊。

"两年中，这个小子身上究竟发生了什么事？"韩枫眼芒闪烁不定，心中模糊猜到，或许这般变化与萧炎失踪两年有着不小的关系。

"呵呵，两年不见，没想到你倒是越来越威风了。"天空之上，萧炎望着脸色阴晴不定的韩枫，笑吟吟地道，"当年你好运捡了条命，不知道今天是否还能这么幸运？"

面对着萧炎这明显夹枪带棒的话语，韩枫顿时怒极反笑道："好个狂妄的小子！当年你敢与我抗衡，不过是靠借来的力量而已，有何好嚣张的？那个老不死的，应该就在你体内吧。"

以韩枫那堪比斗宗强者的感应力，当年萧炎在借助药老的力量时，他便有着一些感应，不过当时情况紧迫，无暇去理会这些罢了。这两年静下心来，萧炎当时那种突然暴涨的实力和那种有些熟悉的灵魂力量，让韩枫很快便得到了答案。

"今天我会用自己的力量来帮老师清理门户。"萧炎微笑道，笑容中充斥着不加掩饰的杀意。

"就怕你没那资格，小师弟。"韩枫冷笑道。他也知道如今萧炎依然存活于世，那么药老的死因或许再也隐瞒不住，因此说起话来，也不再有丝毫的遮掩，而且其内心深处还在打着另外一个恶毒的主意。药老虽然未死，但是只剩下灵魂状态，对于这种强大的灵魂体，那个鬼气森森的神秘组织可是有着极大的兴趣。只要将消息扩散出去，那个神秘组织自然就会找上门，到时候，萧炎便会无穷无尽地被人追杀。

那个专门搜罗大陆上的灵魂体的神秘组织，韩枫与他们也有着一些瓜葛。当年暗杀药老之事，正是因为有他们的参与才得以成功，否则以药老那巅峰实力，光凭自己一人，就算占着以有心算无心的先机，也不可能轻易得手。斗尊，所谓的传奇级别强者，又岂是浪得虚名？

从韩枫嘴中吐出来的称呼，令天空中双方的强者都愣了愣，许久后，他们方才用异样的目光在两人身上扫来扫去。韩枫的老师是闻名大陆的药尊者药尘，对于这个当年在大陆拥有着无限风光的名字，即使时隔多年，不少人也记忆犹新。听韩枫这般称呼，似乎萧炎也是药尊者的弟子。但不是传言药尊者已经陨落了吗，怎么还有其他弟子？而且这两个弟子不仅没有半点师兄弟之情，反而更像是生死仇人……

一个个茫然无解的问题盘旋在众人脑中，令他们满头雾水。

不过不管如何，韩枫的这个称呼，隐隐间倒将萧炎的身份猛然拔高了不少。药尊者的弟子，这个身份若是传出去，怕是会令其声名大振。作为一代炼药宗

师，药老在炼药术上的成就，即便到了如今，也未有多少人能够超越他。

"呵呵，不知道苏千大长老今日带大批人马来我枫城，意欲何为？"韩枫的目光从萧炎身上转向一旁的苏千，笑道。

"大家都是明白人，何必说这般蠢话？"苏千微微冷笑，却是丝毫不给韩枫面子，"当年你带人袭击我内院，你说这仇是该报还是不该报？"

"大长老这话可言重了。异火乃是天地所生，人人皆能得之，内院那种封印之法，却是不可取啊。我也只是想让它脱离那种被束缚的生活而已，这似乎没什么不对吧。"韩枫笑了笑，说得冠冕堂皇。不过在座之人都并非傻瓜，甚至连那枫城中的居民都对这话不置可否。黑角域中，"正义"二字基本不存在，只有利益才是至高无上的。

苏千淡淡地瞥了韩枫一眼，道："不用与我嚼舌根，今日前来，唯有一事。"

"何事？"

"解散黑盟。"苏千平淡地道。

如今的黑盟几乎是黑角域中最为强大的联盟，而且这个联盟还一直对迦南学院虎视眈眈。这两年中，黑盟已经成为苏千心中的一根刺，若是不将之拔除的话，他将寝食难安。

缓缓收敛脸上的笑容，韩枫摇了摇头："大长老何时说话也这般幼稚了？想要我黑盟解散，你迦南学院如今有这资格吗？"

"那便试试。"苏千面无表情，再没有丝毫的废话，脚步缓缓朝前一踏，顿时，斗宗强者那可怕的气势自其体内暴涌而出，犹如乌云密布般将黑角域众强者悉数笼罩。

苏千今日聚集大批强者来此处，为的就是彻底拔除黑盟这个毒瘤和洗刷耻辱，因此任何的话语都只是无用的前奏，最后的结局依然取决于双方的战斗胜负。

"哈哈，苏长老真是好威风，这两年你们吃的亏还少吗？竟然还要如此锲而不舍地来自讨苦吃。"怪笑声突然响起，一金一银两道身影犹如闪电般自天上闪掠而出，旋即与苏千遥遥对立。两股雄浑气势互相纠缠，最后汇聚在一起，直冲云霄，将苏千的气势压迫悉数抵御下来。在这黑角域中，能与苏千相抗衡的强者，除了那所谓的金银二老，还能有何人？

"既然苏千大长老执意要找我黑盟的麻烦，那就别怪我们不给面子。"韩枫阴冷一笑，目光转向萧炎，狞笑道，"不过看在你们为我送来了这么好的礼物的分上，我不会让你们迦南学院太过难堪的。"

"黑盟诸位听令！"眼神陡然变得冷厉，韩枫一挥手，冷喝道，"作为黑角域最强大的联盟，若是今日真让这些家伙在我们脸上踩几脚，恐怕日后就再没人敢加入了，所以给我拿出你们的真本事，让这些学院里的老家伙知道，我黑盟可不是软柿子，想捏就捏！"

"是！"随着韩枫喝声的落下，那一干早就等得有些不耐烦的黑角域众首领哄然应和，旋即一道道雄浑气势暴涌而出，满脸狞笑地望着城外的迦南学院众人。这两年的交锋中，每一次迦南学院前来找麻烦，最后都是灰头土脸地回去。因此，如今他们对于迦南学院，已经不再像以前那般忌惮。

"各位，当年这些家伙袭击内院，差点令我内院毁于一旦，这等大仇，不可不报。而今日，便是彻底了结这段恩怨之时。若是不想再次狼狈而回，就都给我拿命拼了！"苏千的呼吸在此刻也有些粗重，眼睛中泛着一些血丝。这两年与黑盟的对战，是他这一辈子最为郁闷的事，如今有了萧炎这等强力援手加入，洗刷耻辱，已然不远！

听得苏千大喝，那一干内院强者的脸也瞬间涨红了起来，他们心中的郁闷，不比苏千弱。以往黑角域虽然小动作不断，但是无人敢这般挑衅迦南学院，结果这两年内院屡战屡败，这些家伙也越来越嚣张，甚至已不将内院放在眼中，这对内院来说，绝对是一种耻辱！

一道道强横气势蔓延而出，内院强者虽然在单体气势上稍弱于黑盟，但胜

在人多，因此双方在气势上的交锋是半斤八两。

"萧炎，韩枫就交给你了。他是很关键的人物，他一旦摆脱了你，恐怕就能够左右这场战斗的胜负。所以无论如何，你一定要把他拖到我打败金银二老为止！"苏千转过头，神色极其凝重地对萧炎道，"所以你的重要性，无人可比！"

"我虽然不能夸口直接击杀他，但至少能让他没时间去插手别的地方，这一点，我可以保证。"萧炎微微笑了笑，轻声道。

"那就好！今日这场战斗，我内院是否会再次狼狈而回，就全看你的了！"苏千松了一口气。他清楚萧炎的性子，若是没有把握，他定然不会这般说。

萧炎轻笑点头，微微抬头，锁定了空中的韩枫，嘴唇微动，一缕仅有两人可听见的声音，细若游丝地传了过去。

"你体内的异火，我要定了！"

微微抖了抖眉头，韩枫的眼中闪过些许阴毒。他缓缓举起手掌，遥遥对着萧炎，然后猛然一握！

"小师弟，今日你无论如何都离开不了此地！"

韩枫嘴角噙着丝丝狞笑，旋即微微偏头，淡淡的声音在天空回荡，将这剑拔弩张的气氛推向高潮！

"杀了他们，不用手下留情！"

随着韩枫喝声的落下，天空之战陡然爆发！

咻！金银二老率先有所动作，雄浑斗气纠缠在一起，旋即两道身影犹如重合了一般，化为一道光影，对着苏千暴射而去。身影掠过天空，连空气都在此刻发出阵阵低沉的音爆之声。这两个老家伙能在黑角域这等混乱之地成为最强者，自然有着一些寻常人难以比肩的本事，这般声势，简直堪比寻常斗宗强者。

望着目标极为明确的金银二老，苏千冷笑一声。这两年中，他与这两个家伙交手不下十次，虽说两人依靠着默契配合能与他一战，但也仅仅是暂时。他自信，只要中途无人来插手他们的战局，他就定然能够将这两个老家伙给收拾了。

苏千从袍袖中探出略显干枯的手掌，再度将目光投向萧炎，沉声道："韩枫便拜托你了！"话语落下，其身形一颤，化为一道流光暴射而出，在无数道目光的注视下，与金银二老轰然相撞。刹那间所爆发出来的能量波动，犹如水波一般，自接触点急速扩散开去。

三人刚一交错，就在一道道破风声中化为模糊身影，剧烈的斗气在碰撞中急速爆炸，犹如灿烂烟花，绚丽而充满危险。

就在苏千与金银二老对碰那一刻，场内双方强者的战斗正式开始。一道道身影在雄浑斗气的包裹下化为匹练，犹如流星雨一般，轰然碰撞！

黑角域的强者中，斗皇强者有好几位，反观内院这边，却要稍少一些。为了应付那些多出的斗皇强者，内院中每三名斗王强者前去牵制一位斗皇。这些内院长老的默契度颇高，因此配合起来，即使不能立刻击败对方，至少也能够将之拖得分不开身。

"二哥，小心点！"望着爆发出来的铺天盖地的能量烟花，萧炎缓缓吐了一口气，偏头对一直站在身旁保持沉默的萧厉低声道。

萧厉微微抬起头，恶狼般的目光在不远处的庞大战场上扫过，点了点头，狡诈地笑道："放心吧，我不会挑斗皇强者下手的，而斗王强者中，只要不是遇见像你这种厉害的，其他人我就都有把握。"

萧炎微微一笑，手掌一晃，一个巴掌大小的透明玉瓶出现在其手中，玉瓶内悬浮着一个栩栩如生的碧绿火莲。手指抚摸着玉瓶，萧炎不着痕迹地将之塞给萧厉，低声道："遇见难缠的对手就把斗气灌进玉瓶，然后快速丢出去。"

"这是什么？"萧厉同样以极快的速度将之接过，面不改色地问道。

"我用融合后的异火制造出来的超小型佛怒火莲，我给它取名火莲瓶，它爆炸起来威力虽然不可能像真正的佛怒火莲那般，但是在关键时刻也能起到不小的作用。可惜制造起来太困难，不然我给你做上百八十个，那样就算遇见斗皇

强者，你也能将他炸得焦头烂额。"萧炎阴声笑道。这种能够随身携带的火莲瓶，他也是偶然间想到的。即使以他如今对异火的操控力，也只能勉强制造。而且这东西因为需要能量，所以顶多只能维持三天时间，若是三天之内不将之使用出去的话，它就会自动消散。但是总的说来，这也是一个颇为不错的小玩意儿了。

"你小子总爱搞这些东西。"萧厉笑着点了点头道，"好了，你自己也小心点吧。韩枫那混蛋也不是省油的灯，若实在不行，你就自己先逃跑。记住，萧家只能靠你！"

说罢，萧厉背后一对犹如雷电般的银色双翼微微一振，淡淡雷鸣声响起，身形犹如一把尖刀，极速冲进天空中庞大的混乱战场。

目送着萧厉冲进那混乱战圈，萧炎微微笑了笑，这才缓缓抬起头，扫向了对面天空中那唯一还停留不动的人——韩枫！

在萧炎将目光投向韩枫之时，韩枫也像有所感应一般，原本停留在混乱战圈中的视线缓缓移动，最后与萧炎的目光对碰在一起，四目交织，充斥着杀意的火花满溢而出。

两人一对视，周遭那极其喧哗的能量爆炸声似乎也悄然减弱，这般沉寂在持续了片刻之后，两道静立不动的身影，终于在同一时间犹如鬼魅般在原地消失。

作为战场之上最受关注的两人，萧炎与韩枫的消失，引得下方无数人惊讶出声。

就在众人为两人的消失而惊讶之时，天空某处，两道人影再度诡异浮现，只不过这次，两人相距已然不过十几米远。

"小师弟，这次不打算叫那老家伙出来帮你了？"远离了那处混乱的战圈，韩枫凝视着面前的黑袍青年，嘴角挑起一抹嘲讽弧度，缓缓伸出手掌，深蓝色的火焰翻腾而出，炽热的温度直接使得这片天空的气温猛然升高。对此，不远处的萧炎却无动于衷，连岩浆世界中那种恶劣环境他都经历过，这点温度对他已没有丝毫的震慑力。

"清理门户这种事，不需要老师出马！"萧炎笑容和煦，只不过那笑容之下的冷意，却未加多少掩饰。

韩枫眼睛死死地盯着萧炎，半响，突然淡淡地道："我就是不明白，为什么当年他不将焚诀传给我？我是他最出色、最满意的学生，如果他把焚诀给了我，我一定还会像以前那样敬重他。最后这般结局，是他自找的啊。"

萧炎脸色缓缓阴沉，声音中充斥着讥讽与寒意："没有老师，你就是一个孤儿，老师视你为己出，你却为了一卷焚诀背叛他。说你是畜生，都是抬举你！"

"他既然视我为己出，那为什么不将焚诀传给我？我与他相处那么多年，他都未曾给我，凭什么你这混蛋能够得到？"韩枫猛然间怒声咆哮道，面目狰狞可怕，"你已经得到了焚诀，自然说得这么大义凛然。若你身为他的弟子，在知道他有着一种举世无双的功法，但始终不肯传给你后，你会怎么样？恐怕你也和我差不多！"

萧炎淡漠地瞥了他一眼，轻声嗤笑道："畜生总是用畜生的眼睛来看世界，这一点，谁都改变不了。"

韩枫的脸色一片狰狞，身体不断地颤抖着，半响，他方才安抚下心中那股恨不得立刻将萧炎碎尸万段的冲动，脸上挤出一抹僵硬笑容，道："小师弟，只要你肯将完整版的焚诀交给我，我就可以把整个黑盟让给你。你不也是炼药师吗，我还可以给你很多高阶药方。只要你答应我，不管你提出什么条件，我都能答应你！怎么样？"

萧炎似笑非笑地望着面前这仿佛会变脸的家伙，如同看待一个小丑，片刻后，他在韩枫惊诧的目光中点了点头，轻笑道："可以，拿你的命来换。"

眼中的惊诧缓缓收敛，韩枫深吸了一口气，脸上的笑容慢慢消散。此刻的他，似乎再度恢复了黑角域药皇的气势。他阴森地盯着面前一脸笑容的黑袍青

年，道："既然如此，那我就只能将你擒下了。呵呵，你放心，我的手段很多，到时候不愁你不交出焚诀。而且我还会连你体内的青莲地心火一起拿走，让你彻彻底底地变成一个废人。"

听了韩枫那隐含着丝丝阴森寒意的话语，萧炎笑着摇摇头："说实话，你体内的海心焰，我也很看重，我想，它或许能让我的焚诀进化到一个极高的地步。"

"那就看看你的实力有没有你的嘴皮子厉害！"韩枫阴声一笑，体内斗气狂猛流转，手掌之上突然射出一股深蓝色火焰，暴涌天空，犹如一块从天空垂落而下的水幕，声势极为壮观。

这边突然爆发出来的冲天蓝色火焰幕，顿时便将城中无数道目光吸引了过去，惊叹声止不住地在城中响起。

"两年时间，我已逐步触摸到了斗宗强者的障壁，如今的我，可比以前强了许多。上次被你重伤，只是小觑了你那火莲的缘故。这次，你怕是没那等好运了。"悬浮在从天空垂下的深蓝色火幕之中，韩枫居高临下地俯视着萧炎，冷笑道。

萧炎抬头凝视着那庞大的深蓝色火幕，袍袖轻轻一挥，一股股碧绿色的火焰开始自体内冒腾而出，最后将其整个人都包裹进去。

"碧绿色的火焰？"碧绿火焰刚一出现，韩枫的眼瞳就猛地一缩。他分明记得，当年的青莲地心火可不是这种颜色。

就在韩枫纳闷间，其脸色突然一变，猛然抬起头来，却惊骇地看到，那从天空垂下的深蓝色火幕，此刻竟然犹如受到了某种威压，迅速地萎靡收缩。

韩枫目瞪口呆地望着身后显得有些萎靡的海心焰，甚至能够感应到那从火焰中传出的忌惮情绪！

看到那突然萎靡的火幕，萧炎微微一笑，手指之上，一缕碧绿火焰袅袅升腾，轻声笑道："师兄，似乎你的异火有些怕我的异火呢。"

"你……你更换了异火？"

韩枫眼睛死死地盯着在萧炎身上翻腾的碧绿火焰，火焰并没有展现出一种滔天之势，但是凭借着敏锐的灵魂感知力，他能够隐隐察觉到那碧绿火焰是何等可怕。

看着韩枫那副惊骇模样，萧炎笑了笑。一缕碧绿火焰宛如精灵般，在指尖调皮地上蹿下动，偶尔火尾过处，空间都隐隐有种扭曲的感觉。

"师兄，老师当年受到的伤害，今天就让我替他讨回了吧。"萧炎轻握右手，硕大的玄重尺闪现而出，玄重尺一挥，带起一股压迫劲风，遥遥指向韩枫。

韩枫脸色阴沉，手掌一握，深蓝色火焰急速涌动，最后化为一柄颇为修长的火焰长剑，剑尖亦遥遥指向萧炎。他阴鸷地道："不要用这种教训的语气和我说话。对于当年的事，我没有丝毫的后悔，唯一让我遗憾的，就是最后依然没有得到焚诀。不过也无所谓了，因为现在，你已经主动把它给我送过来了。"

"果然还是畜生！"萧炎叹息着摇了摇头，不再与这被焚诀蒙蔽了心灵的畜生废话，璀璨银芒在脚掌之上浮现而出，闷闷的雷鸣声响彻天际，而在雷声响起的一刹那，萧炎的身形陡然一颤。

"残影吗？没想到两年时间你果然变强了很多，如今在不使用那老家伙的力量的情况下还能做到这种程度，但你认为这对我有用吗？"望着那停留在半空中一动也不动的"萧炎"身影，韩枫一声冷笑，背后凝聚的深蓝色火翼微微一振，身形便犹如滑翔般后退几米。而就在其身形动作那一刹那，面前陡然浮现黑影，宽大的玄重尺带着恐怖的压迫劲风与尖锐的空气撕裂声，狠狠怒劈而下！

韩枫的身躯扭曲成一个有些怪异的姿势，玄重尺贴着他的面门劈下。由于他有海心焰保护，玄重尺上所蕴含的劲风并未对他造成什么伤害。

"小师弟，虽然你如今实力大涨，但是师兄我所经历的战斗，可比你吃的饭还要多！"闪避开萧炎的攻击，韩枫发出一声冷笑，手臂猛然一抖，手中火焰长剑便划起一个极为刁钻狠辣的弧度，绕过玄重尺，直刺萧炎的胸膛。

叮！面对韩枫那狠辣的攻击，萧炎脸色不变，手腕微曲，玄重尺急速旋转着倒飞而回，最后犹如一面盾牌般挡在面前，将那火焰长剑抵御下来。

萧炎这般敏锐的反应令韩枫诧异地挑了挑眉，随即手臂急速震动，只见其手中火焰长剑似乎在此刻分裂出了无数柄，一道道残影似实似虚，夹杂着炽热劲风，铺天盖地地暴射而出，将萧炎全身每个部位都包裹而进，攻势凌厉而老辣。

面对着韩枫这般凌厉攻势，萧炎并未惊慌。虽说如今失去了药老力量的支持，但他本身实力已不比当年借取药老的力量弱多少，而且由于现在的力量完完全全地属于自己，因此控制起来也更加得心应手。

脚掌银芒闪烁，脚步踏出奇异的步伐，身躯诡异地左摇右摆，萧炎竟然将那漫天剑影悉数躲避了开去，偶尔玄重尺挥动，将一些剑芒抵御下，玄重尺上爆发而起的火花，照耀着那张年轻的从容的面孔。

身形闪烁间，萧炎猛然一顿，眼中精芒也在此刻大盛，一道低喝声自喉咙间传出，手中玄重尺夹杂着碧绿火焰，直直地暴刺而出，在那漫天剑影中，击中了某一道似真似幻的残剑。

叮！清脆的声音缓缓响起，漫天剑影突兀消散，唯有一柄火焰长剑的剑尖与玄重尺重重相碰！

"嘀！"感受着那从剑尖之上涌来的狂猛劲力，萧炎骤然低喝，雄浑斗气自体内各部位暴涌而出，最后沿着经脉飞快地灌入手臂之内。随着这般雄浑斗气的涌入，萧炎的手臂也变得比先前粗壮了一圈。

萧炎将手臂狠狠一颤，一股爆炸般的力量自玄重尺上涌出，最后蛮横地冲进了那火焰长剑之内。

嘭！力量蛮横灌进，只见那由海心焰凝聚而出的火焰长剑，竟然开始出现了一丝丝裂缝。看到这般变化，韩枫的脸色微微一沉，手掌迅速松开剑柄。随着剑柄的离手，失去了力量支持的火焰长剑，顿时在一道清脆声音中，爆裂开来。

"这家伙的异火有些古怪!"火焰长剑爆裂,韩枫的眼芒急速闪烁,先前对方力量涌进火焰长剑中时,他分明感觉到对方的异火在对海心焰进行分解!

一击占得优势,萧炎没有丝毫的迟疑,手掌重重击打在尺柄之上,被碧绿火焰包裹的玄重尺,顿时犹如一道碧绿闪电,冲着近在咫尺的韩枫暴射而去!

这般近距离,就是以韩枫的速度,也难以闪避,因此他只得施展海心焰包裹手掌,狠狠地拍在了玄重尺之上。

锵!韩枫的手掌拍在玄重尺上,顿时发出一道金铁脆响,劲力狂涌间,直接将玄重尺拍飞出去。不过在韩枫手掌与玄重尺接触的那一刹那,碧绿火焰却飞快地粘住了其手掌,而在碧绿火焰的焚烧下,那海心焰竟然以肉眼可见的速度逐渐变得稀薄!

望着那变得稀薄的海心焰,韩枫心中升起了些许不安。在这般接触间,他已经能够确定,萧炎此次所使用的异火,绝对不是当初的青莲地心火!

极其澎湃的斗气突然自韩枫掌心中喷薄而出,经过一阵僵持,那附体的碧绿火焰方才被扑灭。韩枫瞬间后退,脸色凝重地望着那一脸和煦笑容的黑袍青年,两年不见,这个家伙居然比当年更加难缠与诡异了。

见到韩枫竟然没费多大力气便摆脱了碧绿火焰,萧炎眼中也闪过一抹惊诧。这家伙果然如药老所说,在炼药术与修炼上都有着杰出的天赋。这两年时间,萧炎自己固然变强了许多,可这家伙实力也明显涨了不少,说不定还真如他所说,如今的他,已经触摸到了斗宗强者的障壁,说不定哪一天,便会迈进那个超级强者的行列。

"能够被那老家伙看中并且收为学生,果然不简单啊,先前还真是小看了你。"韩枫低头望着有些焦黑的手掌,叹息着摇了摇头,深吸了一口气后,他抬起头阴狠地盯着萧炎,冷笑道,"两年时间,你虽然实力大涨,但是我也并非虚度……"

话音落下，韩枫手中印结陡然一变，一股磅礴斗气自其体内暴涌而出。这股斗气之强，远远超过了寻常斗皇巅峰强者，甚至恐怕已有半只脚踏入了斗宗层次！

如此强悍的斗气骤然出现，令不远处那混乱战场为之一静，一道道惊疑不定的目光投射过来，停留在韩枫身上，众人顿时惊骇起来。

"这家伙，竟然已经快踏进斗宗层次了？"

望着在磅礴斗气喷薄间一头发丝散乱拂动的韩枫，不管是内院还是黑角域的强者，皆满心惊骇。这些年中，几乎无人见过韩枫倾力出手，因此也无人知道，这个家伙居然在不知不觉间达到了这个层次！

突然爆发的惊天斗气，使得苏千与金银二老的战圈为之一滞。三人的目光顺着斗气爆发处望去，眼中顿时充满了不同的情绪。

"这家伙心机真深，竟然连我们都不知道他已经快要达到那个地步。"金银二老对视一眼，眼中忍不住生出羡嫉。他们俩停留在斗皇巅峰层次将近十年时间，直到如今都未有寸进，然而韩枫，这才不到五年的时间，居然有了步入更高层次的迹象，这般速度让他们难免心生嫉妒。

苏千的心，在发现那斗气爆发源头是韩枫时，便逐渐沉了下去。若是韩枫真的已经半只脚踏进斗宗层次，那么其战斗力将会成倍飙升。若他再施展异火，就算是苏千与他遇上，也很难将之击败，更何况萧炎！

原本苏千还指望萧炎能够将韩枫拖住，但看如今这般局面，恐怕又要泡汤了。韩枫一旦腾出手来，再联合金银二老，苏千也必败，如此一来，此次内院怕是真的会死伤惨重了。

苏千有些颓丧地轻叹了一口气，旋即强打起精神。如今，他只能将希望寄托在那个经常创造奇迹的小家伙身上了，担心也于事无补。

"小家伙，这一次，你还能拦得住韩枫吗？"苏千目光转移，望着那看不出脸上神色的黑袍青年，低声喃喃道。

望着那突然从韩枫体内暴涌而出的磅礴斗气，萧炎脸色也逐渐凝重。他确实没料到，这个家伙在这两年中，竟然还真的将半只脚踏入了斗宗层次。任谁都知道，只要有半只脚踏入，那么距离真正到达那个层次，就已然不远了。

而且随着这半只脚的踏入，韩枫实力将远远超过寻常斗皇巅峰强者。如果他再配合着海心焰之力，恐怕战斗力已经能够与真正的斗宗强者比肩！

如此强悍的战斗力，即使如今萧炎实力大涨，也有不小的压力。能与斗宗强者相比肩的实力，任谁都不能等闲视之。

"这两年中，你是第一个令我彻底展露实力的人。"背后斗气双翼缓缓消散，韩枫脚掌踏立虚空，冲着萧炎淡淡地道。不借助任何外力停留虚空，这是只有斗宗强者才能办到的事，到了这种地步，在天空之上几乎如履平地，与人战斗起来，不管是敏捷程度还是反应速度，都将上升好几个层次。

萧炎微眯着眼望着悬浮天空的韩枫，缓缓吐了一口气，道："只是半只脚踏进斗宗而已，有必要这么嚣张得意吗？"

"至少用来收拾你已经足够了，嘴硬的小师弟！"韩枫手掌翻动，一团犹如实质般的磅礴斗气在掌心翻腾不休，隐隐间渗透而出的能量波动，令周围的空间都震动了起来。

"是吗？"萧炎微微冷笑，碧绿火焰陡然升腾而起，旋即双手覆盖其上，用力一拉，碧绿火焰分裂而开，化为两团一青一无形的火焰！

左手持青火，右手持无形之火，萧炎抬头望着此刻脸色变得极其难看的韩枫，笑道："你不是很疑惑为何我的异火改变了吗？现在你应该能猜到了吧？"

"陨落心炎！"韩枫的眼睛死死地盯着萧炎右手之上的那团无形之火，咬牙切齿的声音带着丝丝冷风，从嘴中一字一顿地挤了出来。直到现在，他心中的疑惑才彻底解开。

"你……你竟然把陨落心炎炼化了？！"身体表面缭绕的磅礴斗气剧烈地翻腾

着,犹如韩枫此刻的内心一般,片刻之后,愤怒而不可置信的声音,方才从其嘴中传出。

"恭喜你猜对了。"萧炎一挑眉头,冲着脸阴沉得如同暴风雨前奏般的韩枫戏谑道。

听得他这话,韩枫的脸现出狰狞变化。"没想到啊,真的是没想到啊!那陨落心炎不仅没把你弄死,反而让你最后捡了大便宜!你那碧绿火焰,原来是青莲地心火与陨落心炎的融合体,难怪……难怪有着分解我海心焰的能力!"韩枫阴沉沉的声音带着强悍的斗气威压,笼罩着萧炎。

"焚诀果然是好东西啊,嘿嘿,你又一次让我认识了它的价值,所以我一定会不择手段地将它弄到手!"韩枫脸上隐隐有着一股疯狂,手臂狂舞,"不过你纵然有两种异火又能怎样?你具备完美操控它们的力量吗?我实力远胜于你,只要将你打败,焚诀、青莲地心火、陨落心炎,它们就都将会成为我的!"

"疯子!就怕你没那本事!"萧炎嘴角掀起一抹讥讽,摇了摇头,右手缓缓抬起,对准韩枫,旋即,无形之火泛起一阵阵波动……

随着无形火焰波动得越来越剧烈,不远处一脸疯狂的韩枫猛然一颤身体,体表那磅礴的斗气迅速变得紊乱了起来,好一会儿,他方才缓缓恢复。他捂着胸口,阴沉地盯着萧炎:"召唤心火?"

对于陨落心炎最让人头疼的特效,即使是韩枫也颇为忌惮。那神不知鬼不觉的心火,谁都不敢等闲视之。毕竟在人体之内,心始终都是最为脆弱同时又重要的地方,只要稍稍受到一些创伤,就会令整个人的状态大打折扣。因此,在心火出现的那一刻,韩枫就迅速地调集了大批斗气进行强行压制。

望着韩枫那比先前黯淡了些的磅礴斗气,萧炎笑了笑,看来那闹腾的心火也让韩枫费了不少心神去压制。这样的话,心分两用的他,战斗力就会或多或少地降低一些,这对于萧炎来说,是一个极为不错的现象。

"就凭你这小小心火,也想对我造成伤害?"韩枫脸色阴寒地望着萧炎,手掌之上的那团澎湃斗气也急速振动了起来，恐怖的能量波动渗透得越加快速。看得出来，这团澎湃斗气是他所酝酿的一道极强的攻击。

对于那越加狂暴的斗气团，萧炎也有所感应。他当下手掌一握，一股吸力暴涌而出，将那悬浮在半空中被一团碧绿火焰包裹的玄重尺吸进手中，他深吐了一口气，体内斗气也在此刻疯狂地暴涌而出。

随着体内斗气暴涌而出并且源源不断地灌注进入玄重尺，漆黑的尺身逐渐变成碧绿之色，而且尺身的温度也在不断攀升。

斗气的灌注持续到某一刻，终于戛然而止，此刻的玄重尺，已经犹如一把翡翠尺，看上去很漂亮。然而就是这把漂亮的尺子，在微微颤抖间所泄漏出来的能量，令周围空间都变得扭曲起来。

萧炎双手紧握尺柄，抬头望着远处的韩枫。此刻韩枫掌心中的那团澎湃斗气已经迸射出了刺眼强光，犹如耀日，令人不能直视。

"小王八蛋，给我去死吧！"

韩枫的眼睛死死盯着手掌中那团耀日般的斗气，片刻后，他猛然抬头，脸上布满狰狞和疯狂。他一声厉喝，手中那团磅礴斗气团，径直对着萧炎暴射而去。

"光耀印！"

一道刺眼光束划破空间，隐隐间显示出一个硕大的手印，带着一股令人毛骨悚然的可怕能量。

"焰分噬浪尺！"

翡翠般的玄重尺被高高举过头顶，瞬间后，又被陡然力劈而下，一道足有十丈长的翡翠能量尺芒，自尺顶暴射而出，犹如要劈裂大地一般，声势骇人！

两道极其恐怖的能量，犹如闪电般划破空间，狠狠地碰撞在一起！

嘭！接触的那一刹那，可怕的能量涟漪犹如大海之中的惊涛骇浪，在遥远天际之上，掀起漫天能量波浪！

整个天地都在此刻为之一静，能量波浪翻滚间，遮天蔽日，甚至连那高高

悬挂在天空的太阳，都消失了。

能量波浪足足持续了十分钟才逐渐消散。城市之中依然寂静无声，每个人脸上都是满满的惊骇。先前那两道攻击对碰若是在城市中的话，恐怕这座枫城将会在极短的时间内被夷为平地！

这种可怕的破坏力，就算是放在斗皇巅峰强者的决战中也难得一见！

随着弥漫天际的能量波浪的消散，高空上的两人也缓缓地现出了身形。韩枫倒还稍好一些，虽然头发凌乱，呼吸有些急促，但至少没受到太大的能量反噬伤害；反观萧炎，则是一脸苍白，甚至连气息都在这场对碰中减弱了许多。

看两者间的外表差距，似乎这次的对碰，是韩枫占了上风。

"哈哈，小师弟，看来你的实力并没有你的嘴皮子那么硬啊！怎么，斗气这就开始枯竭了？看来师兄我还是高看了你啊！"瞧见萧炎那苍白的脸，韩枫一怔，随后忍不住大笑道。

斜瞥着仰头大笑的韩枫，萧炎嘴角微微一撇，淡笑道："现在就高兴，是不是太早了？"

看到萧炎依然嘴硬，韩枫不屑地冷笑了一声。他能够清楚地感应到，对方的气息弱了许多，显然是在先前的对碰中受了不轻的伤。然而，韩枫脸上的笑容还未持续多久，便在萧炎接下来的动作中僵住了。

远处的萧炎，缓缓伸开手掌，宽大的袍袖中，一点幽深绿芒逐渐浮现。瞬间后，绿芒闪耀，一朵仅有巴掌大小、完美得没有丝毫瑕疵的翡翠火莲，悬浮在其掌心之上。

"呼……制造这东西依然这么消耗斗气。"凝望着那朵翡翠般的火莲，萧炎抬头，冲着远处陡然僵硬的韩枫轻笑道。

"师兄，同样的亏，你会吃两次，看来我也是高看你了啊。"

这一刻，韩枫的脸色瞬间变得极为难看！

火莲虽然只有巴掌大小，但是在韩枫眼中，却比先前那几乎横跨了天空的庞大尺芒更加恐怖。因为两年之前，便是这该死的东西，令他差点阴沟里翻船，丢了这条命！

如今的火莲，已经不再是当年的青白颜色，通体翡翠般的色泽看起来更加绚丽。韩枫明白，它恐怕比当年那次更加恐怖！

以前佛怒火莲的最强形态是由青莲地心火与骨灵冷火相融而成。陨落心炎在异火榜上的排名比骨灵冷火要低一些，从某些方面来看，现在这种融合火莲比不上以往那种，但骨灵冷火毕竟是药老的异火，就算萧炎能够操纵它，可想要达到类似操控青莲地心火那种熟练度，几乎是不可能的事。因此，这两种异火相融，或多或少都会有一些抵触。虽然这些抵触在萧炎强横灵魂力量的压制下难以察觉，但是依旧会削弱火莲的力量。

如今却不同，青莲地心火与陨落心炎皆被萧炎彻底炼化，控制起来也得心应手。萧炎使用这两种火焰融合成佛怒火莲，不管是在斗气还是灵魂上的消耗程度，都比以往减少了许多，而其中威力却没有丝毫的削弱。甚至从某一方面来说，这两种异火毫无间隙的融合，使得佛怒火莲的力量能够得到最大限度的发挥。

因此，虽说陨落心炎在异火榜上的排名比不上骨灵冷火，但它制造出来的佛怒火莲的威力，却丝毫不减当年！

这宛如翡翠般的火莲威力究竟如何，韩枫依靠着出色的灵魂感知力，也能够隐隐察觉，所以他的脸色在此刻越加阴沉。他知道，自己这次又被萧炎耍了一把。

佛怒火莲的威力固然极大，但需要很长的凝聚时间，若是中途被打断，便融合不成功。先前萧炎借助焰分噬浪尺与光耀印对碰的遮掩，悄悄地将火莲凝聚完毕，难怪在能量消散后，他的脸色会如此苍白，原来并不是因为在对碰中受了伤，而是凝聚了佛怒火莲！

萧炎笑吟吟地望着脸色阴沉的韩枫，低头看了看悬浮在掌心之上缓缓旋转

的翡翠火莲，心中有些感慨。自从创造出了佛怒火莲之后，这应该是他第一次完全凭借着自己的实力制造出来的最强火莲。以往不仅需要借助药老的灵魂力量，甚至还要将骨灵冷火一并借过来，方才能够将之彻底施展，但现在……

轻轻托着手中的火莲，萧炎嘴角扬起一抹欣慰的弧度，这两年时间在地底所受的痛苦，换得的效果并不差。

萧炎抬头望着远处脸色阴沉的韩枫，屈指轻弹在火莲之上，火莲缓缓飘飞而出。

翡翠火莲一离手，就奇异地迎风暴涨，眨眼时间，便自巴掌大小膨胀成半丈宽大。熊熊的碧绿火焰在升腾，将之衬托得宛如一座佛陀所坐的莲台，神圣却暗蕴着可怕的破坏力。

随着翡翠火莲膨胀至半丈宽大，周身的空间也在此刻猛然震荡了起来，一道道漆黑的细小痕迹自空间中蔓延而出。这火莲所蕴之力，居然已经达到了震裂空间的恐怖地步！

望着那在火莲缓缓旋转间周遭不断出现的细小黑色痕迹，远处的韩枫眼瞳骤然紧缩，这般可怕的破坏力，连他也感到不安。若是被击中的话，他当场就得被击杀！

"该死的家伙！"韩枫狠狠地咬了咬牙，不敢再有丝毫的怠慢，喉咙间猛然传出一道低沉喝声，体内深蓝色火焰源源不断地暴涌而出，最后化为一片有七八丈大的深蓝色火海。其身影处于火海中央，四周火焰翻腾，发出阵阵犹如大海中波浪拍打礁石的轰隆巨声，令人略感压抑。那种感觉，就仿若一人独自面对无尽大海，生不出丝毫的反抗勇气。

漫天蓝火，炽热的高温笼罩着这一片天空。实力稍强者还好一些，实力不济者早已浑身汗如雨下，一些人更是头晕眼花，一头栽倒在地。

异火有着改变一方天地环境的恐怖力量，这话的确不假。韩枫全力施展之下，枫城周边顿时犹如干旱了许久一般，连空气中的水分都被悉数蒸发。人把干燥的空气呼吸进体内时，喉咙处传来阵阵干涩痛感。

"去！"萧炎盯着韩枫施展出的弥漫天地的庞大火海，屈指一弹，那缓缓旋转的硕大翡翠火莲通体微微一颤，猛然间爆发出一道划破空间的哧声，化为一道翡翠流光，夹杂着恐怖无匹的炽热劲风，对着远处的深蓝火海席卷而去。

"海心幻兽！"

韩枫脸色凝重地望着那道暴射而来的翡翠流光，不敢有丝毫迟疑，手印一动，喝声自喉咙间发出。旋即那庞大火海顿时剧烈翻腾而起，火焰呼啸盘旋，最后竟然隐隐间凝聚成一条体形庞大的深蓝巨兽！

这头巨兽的出现，直接令韩枫的脸瞬间少了一些血色。显然，这东西对斗气的消耗可不小。

巨兽体形庞大，不比以前吞天蟒的战斗形态小多少。其形状如狮，却有着一截硕大蝎尾，头顶之上，一只深蓝色的独角闪烁着幽幽蓝芒，独角偶尔晃动时，连周围的空间都浮现出细微的黑痕。

在那头巨大的深蓝色巨狮模样的火焰兽出现时，就连萧炎都大吃了一惊。两年不见，没想到韩枫对海心焰的操纵能力居然已经达到了这种地步！萧炎自问，就算是现在的他，也难以使用异火凝出如此复杂的兽形。

萧炎吃了一惊，可那已经锁定了目标的翡翠火莲却没有丝毫的迟疑，宛如瞬移般，几个闪烁间，便已距韩枫不远。恐怖的劲风，让那弥漫天际的深蓝火海，都泛起了些许涟漪。

"去！"韩枫脸色极其凝重地望着那迎面而来的硕大火莲，手印猛然一变，一声低喝，那由其倾力凝聚而成的庞大火焰狮兽，仰头发出一道宛如雷鸣般的巨吼，旋即迈动四足，犹如一辆巨型战车，毫不惧怕地对着火莲狠狠冲撞而去！

瞬间，两道足以焚山煮海的恐怖能量，便在萧炎与韩枫猛然紧绷起来的神经中，如流星般轰然相撞！

嘭！两者接触，整个天地都为之一静，天地间的能量突然间暴动起来，漫天斑斓的能量四处飞舞，看上去，似乎它们都在疯狂地逃离那撞击的区域。

天地间突然暴动的能量也使得天空中众强者惶惶然停下了手中动作，一道道目光带着无比的惊骇，望着那几乎变成一片真空的地带。火莲与火兽碰撞间所溢出的可怕能量波动，让他们满心惊惧，这若是落在自己身上的话，怕身子骨真得当场爆裂啊！

轰！寂静仅仅持续了片刻，能量风暴便自某个中心点爆发！

可怕的火焰能量风暴的覆盖面积几乎扩散到百米之外，以至于天空中那群混战的双方强者，皆狼狈地展动身形四处逃窜。他们清楚，若是被这东西波及，就算是以他们的实力，怕也不会好受。

于是滑稽的一幕出现了，天空中刚刚还在进行白热化混战的双方，在这一刻，却如同受惊的飞鸟般，轰然间逃得干干净净，只留下地面上无数难以置信的目光。

苏千一掌轰出，强猛劲力直接将金银二老震得连连后退，两人脸上浮现出一抹淡淡苍白。他们两人联手虽然能与斗宗强者抗衡，但真要持久作战，最后必然会落败。要是在以前，韩枫早就脱离纠缠他的对手来帮他们对付苏千了，可如今，韩枫不仅被萧炎拖得分不开身，反而还自身难保。看来他们两人败在苏千手中是迟早的事。

苏千冷笑着望着脸色一阵青一阵白的金银二老，并未趁势追击。他转过头，脸色凝重地望着那恐怖火焰风暴席卷的中心点。这种能量碰撞，即使是以他的实力，也感到有些心惊。

"倒真是小看了萧炎，竟然连这种状态的韩枫都能拖住……不过就是不知道究竟谁胜谁负。"

苏千凝视着那可怕的火焰风暴，心中清楚，这一次的交手，两人将会彻底地分出胜负，可谁能笑到最后，他也有些拿不定主意。

"唉，希望是那个小家伙吧……"

第七章
魂殿再现

可怕的火焰风暴横跨天地，炽热的温度让这片空间变得极其干燥。雄浑的火焰涟漪犹如从天际扩散开来的火幕，占据了一大半天空，整个空间也变得扭曲与模糊起来。

无数人震惊地望着那席卷整片天空的火焰风暴，虽然相隔甚远，但是依然有种脚跟发软的感觉：这爆炸若是再低一点，恐怕这座城市将会在短短一瞬间成为死城！

先前还在激烈大战的双方强者，此刻皆仓皇地从天空落下。在这种天地能量都为之暴动的时候，停留在高高的天空，可是一件极为愚蠢的事情，一旦被火焰风暴所波及，那下场恐怕将会无比凄惨。

"萧炎这家伙，真是越来越恐怖了。"一处山峰上，林焱抹了一把脸上的汗水，冲着身旁的林修崖、柳擎两人苦笑了一声。三人如今是内院的长老，因此这种大规模的战斗，自然也缺不了他们。先前他们三人联手拦住了一名斗皇强者，被后者的凌厉攻势搞得极其狼狈，好在最后那拖延的任务算是成功地完

成了。

听到林焱的苦笑声,林修崖两人也深有同感地叹息着点了点头。只是短短两年的时间而已,当年那个见到他们都要叫一声"学长"的新生,如今已经具备了能够真正与黑角域数一数二的强者正面抗衡的实力,这种变化实在令人不得不感叹。而对于这点,柳擎的感触尤深。想当年,两人擂台比试,萧炎拼得重伤昏迷,也仅仅是弄得两败俱伤的结果,而如今,恐怕萧炎不到五个回合就能把他给收拾了。

想到这里,柳擎苦笑了一声,心中不得不对萧炎道个"服"字。这样恐怖的修炼速度,已经与修炼天赋无关了,完全取决于自身的机缘。

在距离三人不远处的一棵树上,萧厉脸色有些忐忑地望着那几乎遮掩了整片天空的火焰风暴。在这般可怕的能量对碰中,就算他一直对萧炎颇有信心,也不免生出一些不安来,毕竟韩枫也不是省油的灯。他在黑角域混迹了两年时间,不断地打听黑盟的情报,可依然没有收到半点韩枫即将进入斗宗强者的情报,如今韩枫所展现出来的真实实力,令大多数人感到惊骇。

"三弟,你可别给我出什么意外啊,不然我怎么有脸回去见大哥。"萧厉搓了搓手,在这种时候,他只能祈祷萧炎有着足够的运气从那可怕的火焰风暴中逃离出来。

在逃离火焰风暴的波及后,众人这才略微放心地抬头望向那弥漫天空的火焰风暴。显然每个人都很想知道,萧炎与韩枫,究竟谁能够从那火焰风暴之中顺利逃出。

许久,天空中弥漫的火焰风暴在扩散了一段极远的距离后,才开始逐渐消散,然而里面的两道人影却没有丝毫的动静。

天空中没有动静,地面上的众人也不敢发出太大声响,面面相觑间,大伙都忍不住在心中猜测:难道两人都在火焰风暴中丧命了?

苏千眼睛眨也不眨地盯着弥漫的火焰风暴中心,这种时刻,即使以他的实力，也丝毫感觉不出其中的状况。他除了祈祷，也没有其他什么办法。

就在众人茫然四顾间，茫茫天空中，突然有一道破风声响起，一道人影自风暴中暴射而下。

突然出现的人影，立刻便将满场目光吸引了过去。虽然人影飙射速度极快，但依然有一些眼力毒辣之人瞧出了其身份，当下蕴含着惊喜的声音响了起来。

"是盟主！他活下来了！"

听到这一道道惊喜的呼喊声，黑盟众人紧绷的脸顿时松弛了许多，脸上隐隐间流露出些许得意的笑容。既然存活下来的是韩枫，那么这一次内院恐怕又要灰头土脸地狼狈而回了，他们也就又多了一个向黑角域其他势力吹嘘的本钱。这些年中，能够让内院吃瘪的势力，这黑角域中除了黑盟，便再无其他势力了。

与黑盟众人面露得意之色相比，内院人的脸色瞬间难看起来。他们咬着牙，气氛因为沉默而显得格外压抑。

萧厉在听见黑盟众人的大喝声时，眼睛陡然变得通红，狰狞的杀意缓缓地攀爬上那张冷肃的脸。他心中已经打定主意，若是萧炎真有什么三长两短，今天就算是拼了这条命，也要让那韩枫付出血的代价！

"大家不要乱，有些不太对！"就在内院众人心情低落时，苏千的喝声突然响起。众人有些错愕地抬起头，见到苏千正死死地盯着那从天空暴射而下的韩枫，顺着视线望过去，众人立刻也察觉到了一些不对。那韩枫虽然脱离了火焰风暴，但是落地的姿势，怎么看都像是被人狠狠一脚踹中后从天空坠落的模样。

咻！就在众人心中感到惊疑时，一道尖锐破风声再度响彻天空，旋即那弥漫天际的火焰风暴突然一阵蠕动，一道黑影自其中暴掠而出，那对碧绿色火翼在天空中格外显眼。

"是萧炎！他没死！"望着那熟悉的火焰双翼，心情低落的内院众强者顿时欢呼起来。

萧厉有些错愕地望着那熟悉的火焰双翼，脸上的狰狞缓缓收敛，终于重重

地松了一口气，苦笑道："这家伙，真不让人省心。"

在萧炎的身影出现时，那原本正得意大笑的黑角域众人，犹如被捏住了脖子的鸭子，笑声戛然而止，脸上的表情看上去格外滑稽。

天空中，那对碧绿火翼一振，萧炎化为一道碧绿火芒，对着那急速朝地面坠落的韩枫暴射而去，眨眼间，便在下方黑角域众强者惊骇的目光中出现在韩枫头顶上！

"小杂种，你敢……"

萧炎死死地盯着那因为火焰反弹致使体内斗气堵塞的韩枫，狰狞一笑，碧绿火焰疯狂涌上拳头，夹杂着凶悍无比的劲风，在韩枫骇然的眼神中，狠狠地砸在了其胸膛之上！

"叛师之徒，死有余辜！"萧炎愤怒的咆哮声在天空响彻不休！

嘭！天空中传出低沉的肉体接触声响，令无数人的心脏都在此刻狠狠地紧缩了一下。

噗！遭受如此重击，一口殷红鲜血自韩枫嘴中喷射而出。其身形犹如被折断了双翼的飞鸟，无力地坠向地面，最后重重地砸落在枫城之外的平原上。

萧炎的脸上布满了鲜血，胸膛不断地起伏，双臂也在细微地颤抖……体内不断传出的虚弱信号，宣示着他已经达到了极限。

振动着背后越加稀薄的火焰双翼，萧炎死死地盯着将地面砸出一个巨坑且纹丝不动的韩枫。他能察觉到，韩枫的气息虽然极其虚弱，但是仍未悉数消散。

萧炎狠狠地咬了咬牙，手掌一晃，硕大的玄重尺便闪掠出现在手上。他双手紧握重尺，背后双翼一振，运转着体内所剩不多的斗气，对着地面上苟延残喘的韩枫暴射而去，要给予韩枫致命的一击！

"救盟主！"萧炎的举动，瞬间被黑角域众强者所察觉，当下众人脸色大变，厉喝声顿时响起。他们非常清楚韩枫对于黑盟的重要性，若失去了韩枫，这个庞大的联盟恐怕会立马崩塌！

"给我拦住他们！"就在黑角域众强者刚刚有所动作时，苏千一声冷喝，早就待命的内院众长老顿时展动身形，在枫城之外形成一堵人墙，一道道强悍气势升腾而起，将那些想要救援的黑角域之人悉数击退。

借助内院众长老的拦截，萧炎眨眼间便闪现在韩枫头顶几丈之处，玄重尺高高举过头顶，没有丝毫的迟疑，直接极其狠毒地对着他的脑袋砸了下去。看那声势，若是砸中韩枫的话，就算他的实力不弱，怕也得当场死亡！

"桀桀，韩枫说得不假，药尘的灵魂体果然在这个小子身上！"就在玄重尺轰然落下的一刹那，一道鬼气森森的怪笑声，突然在这片天空响起，旋即一团黑雾极其诡异地涌现在这片平原上。

黑雾刚刚涌现，一道泛着幽深光泽的漆黑铁链猛然自黑雾中暴射而来，铁链的速度极为恐怖，几乎是瞬间便已距离萧炎不远。铁链之尖锋利如刀刃，甚至隐隐透着一点极为诡异的寒芒。

此刻的萧炎已是强弩之末，挥尺对韩枫施展出最后一次攻击，已经耗尽了所有的力量。因此，面对着那暴射而来的铁链，他竟然没有丝毫的躲避之力！

他艰难地偏过头，映入眼瞳的是那黑得有些诡异的硕大铁链……

"是……魂殿的那些家伙吗？"他脑海中飞快地闪过当年在黑域大平原所见到的那团黑雾人影，其攻击方式与面前这人几乎完全相同！

漆黑锁链并未因为萧炎猜出他们的身份而有丝毫停留，那团黑雾下手极为狠辣，一出手就是真正的杀招！这锁链若是击中萧炎的身体，恐怕会立刻夺取其性命！

"没想到最后会栽在这些家伙手中。"萧炎略感疲倦地叹了一口气，嘴角溢出一抹苦涩。他缓缓闭目，这种境况，就算是苏千出手相救也来不及了。

"你的命是我的！"然而就在锁链即将洞穿萧炎的身体时，一道冰冷酥麻的声音突然在萧炎耳边响起，旋即一只柔若无骨的白皙纤手诡异浮现，将那锁链牢牢抓住！

纤细玉手就好像直接从虚空中探出来一般，没有引起任何波动，看似柔弱无力，却将那蕴含着强猛力量的锁链握得动弹不得。

突如其来的援手令所有人都怔了下来。大家顺着那纤手缓缓转移视线，看见的是一个娇躯妖娆火爆、拥有一张近乎完美的妖艳面孔的美人。

妖！这是这名脸色始终冰寒的女人给予旁人的第一感觉。冷艳与妖娆的结合，令她具备了一种对男人极其强大的异样诱惑力。她雪白的下巴略微延伸出尖尖的弧度，使她浑身上下都充斥着一种难以掩饰的傲意。这种傲，并非寻常女人的傲慢，而是一位拥有着极高地位的女人所展示出来的尊贵高傲。

当众人发现那出手拦截住锁链攻击之人，竟然是这样一个千娇百媚的大美人时，都一阵错愕。不过错愕归错愕，在场的可没有谁是傻子，从她出场的诡异方式来看，其实力恐怕比此处的任何人都要强。

锋利的铁索尖刃停留在距萧炎脑门一寸远的位置，其上隐隐渗透出的寒芒，令萧炎浑身都泛起细小的鸡皮疙瘩。他能想到，若是那拦截再晚上一瞬间，恐怕自己的脑袋就得跟摔在地上的西瓜一般，嘭的一声爆裂成无数瓣。

萧炎死死地盯着那在眼瞳中放大了无数倍的铁索尖，喉咙使劲地滚动了一下，艰难地微微偏头，旋即美杜莎女王那张冰冷的脸便出现在了眼前。

"你……"萧炎嘴巴动了动，想不到出手救自己的，竟然会是这个成天追杀自己的美杜莎女王陛下。难道经过那事后，她还真对自己有了点啥复杂的情感了？

就在萧炎心中翻转着念头时，美杜莎女王却连眼睛都没眨一下，空闲的另外一只纤手反手一掌，毫不客气地拍在萧炎的胸膛之上。一股巨大的力量直接将萧炎那已是强弩之末的身体震得向后急退了十几步，最后一屁股坐在地上，颇为狼狈。

萧炎捂着胸口使劲地咳嗽了几声，这该死的女人，究竟想干什么啊？又救他，又对他这么不客气，这一巴掌若再使点劲，恐怕就能直接拍死他了。

"可惜，差一点就能把那个混蛋给杀了！"萧炎望向那躺在地上还残留着一口气的韩枫，在心中惋惜地道。只要再拿尺子拍那家伙一记就能将他彻底击杀，但萧炎现在已是筋疲力尽，此刻连站起来的力气都没有了。

在萧炎无限惋惜的目光的注视之下，那抓住铁链的美杜莎女王，却突然低头瞥了一眼地面上不知死活的韩枫，微微皱了皱黛眉，似乎有些厌恶一个男人离她如此近，旋即在无数道目光的注视下，她抬起修长圆润的玉腿，一脚重重地踢向韩枫的腰腹之处。

看似随意的一踢，脚尖尖锐的劲风却直接在地面上砸出了一个不小的坑洞。显然，这一脚别说是重伤状态的韩枫挨上，就算是换个其他活蹦乱跳的斗皇强者，只怕都不会好受到哪里去。

玉腿挥动的一刹那，整片平原都陷入了诡异的安静中。

嘭！纤细玉脚在无数道目瞪口呆的目光中，结结实实地印在韩枫的腰间，可怕的力量在此刻犹如潮水般暴涌而出。顿时，众人便看见韩枫的身体，在一声低沉的闷响中，被一脚踢上半空，在空中画起一道抛物线，最后轰然落地，正好摔在一处巨石之上，骨骼崩裂的声音，在安静的平原上分外刺耳。

这一刻，几乎所有人都相信，就算韩枫真的是福大命大，恐怕都难以再保住这条命。

"好！好帅的一脚！"瘫坐在地的萧炎，目瞪口呆地望着美杜莎女王突如其来的举动。待那韩枫重重砸在巨石上时，他这才回过神来，一阵狂喜涌现脸上，一巴掌狠狠地拍在地面上，脸色涨红，甚至忍不住心中的激动，夸奖了美杜莎女王一句。

声音刚刚落下，一道冰冷的目光便如利箭般陡然射来，让萧炎瞬间闭紧了嘴巴。他讪讪地笑了笑，屁股不着痕迹地朝后面挪了挪，生怕那杀人如杀鸡的女王陛下也冲过来给他一脚。以他现在的状态，若挨上一脚的话，恐怕下场不会比韩枫好上多少。

平原之外,不管是黑角域还是内院的人,在此刻全部彻底哑火。谁也没想到,那横行黑角域的巅峰强者,竟然被一个女人一脚给踹死了!这……这似乎也太滑稽了点吧!

远处天空,苏千紧紧地注视着美杜莎女王。别人看不出来,苏千却能够察觉到,她那一脚看似随意一踢,其实却蕴含了杀气,很明显,她对韩枫的那一脚并非想要清理场地,是真想杀了他。

"难道她和韩枫也有仇?可为什么从未听说过黑角域有这号强者?"苏千在心中疑惑地喃喃道。

"桀桀,没想到,韩枫这家伙最后竟然死在一个女人手中,这窝囊的死法若是传出去,真的是要笑死人啊。"刺耳的怪笑声,再度自远处那团伸缩不定的黑雾之中传出。黑雾猛地一阵波动,一股异常漆黑的能量顺着铁链对着美杜莎女王席卷而去。

美杜莎女王冷淡地望着那暴涌而来的黑色能量,纤手一抖,七彩能量源源不断地涌出,最后在铁链中心部位,与那黑色能量轰然相碰。一道狂猛劲风涟漪自接触点爆发而出,将附近平原地面上的青草悉数绞碎。

虽然经历如此强横的劲风爆炸,但是那铁链丝毫没有断裂的迹象,显然不是寻常之物。

哗啦!劲风爆炸,美杜莎女王猛地松手,在一股巧妙的劲道中,黑色锁链突然转向,旋即化为一道模糊黑线,对着远处那团黑雾暴射而去。

咻!黑色锁链径直洞穿了那团黑雾,令黑雾急速地波动起来。一段时间后,那刺耳的声音才阴沉地传出:"你是谁?竟然敢管我魂殿之事!"

"他的命是我的,别人还没资格收。"美杜莎女王美眸凝视着远处那团黑雾,淡淡地道,"我若是哪天杀了他的话,可以将他的尸体交给你们,但现在不行。"

"嘿,好狂妄的话,这么多年敢与我魂殿这般说话的人,你可是第一个!"

"滚吧,你今天没机会下手的。"美杜莎女王理也不理,声音依旧那般冰冷且不客气。经过先前短暂的交手，她已经对对方的实力有了一些了解，若非对方的能量有几分古怪的话，她早就动手将之击杀，哪还会有这么多废话。

"桀桀，好狂妄的女人，今天我的确运气不够。不过我的任务并非击杀那小子，我只要确定药尘的灵魂体在他身上，就足够了！而且借你之力，我也并非没有收获。"

黑雾中传来一阵怪笑，随后雾气涌动，其中身形猛然闪掠，几个呼吸间，便出现在那失去了气息的韩枫尸体处。一声怪笑过后，一股异样吸力暴涌而出，随着那股吸力浮现，一个有些透明的灵魂体，缓缓自韩枫体内升腾而出，最后被吸纳进黑雾之中，消失不见。

"桀桀，六品炼药师的灵魂，这次收获可真不小啊。"将韩枫灵魂收进黑雾，那难听的声音里带着极大的满意。黑雾再次涌动，远处的萧炎能够察觉到，黑雾里的目光扫向了自己。

"小子，就让药尘的灵魂再在你身上待一段时间吧，晚些时候，我魂殿会来收取的，呵呵……"

望着那团飘浮不定的诡异黑雾，萧炎的脸色有些阴沉，终于被这个神秘组织盯上了啊。

"享受你最后的时光吧，桀桀，到时候，就算是这个女人，恐怕也庇护不了你！"怪笑声时近时远地响起，而那团黑雾犹如鬼魅般，几个闪烁间，便消失在平原深处。

萧炎望着那黑雾消失在遥远之处，突然咬着牙站起身来，脚步踉跄地来到韩枫尸体处，手掌贴着韩枫皮肤。片刻后，他脸色一沉，说道："该死的，海心焰也随着灵魂被带走了！"

萧炎恨恨地咬了咬牙，眼睛却瞥到了韩枫手指上的那枚深蓝色的纳戒，这枚纳戒闪烁着幽幽蓝芒，显示着它与寻常低级纳戒的区别。

第八章
幽海纳戒

"不愧是黑盟盟主，佩戴的竟然是高级纳戒。"萧炎嘴角一撇，毫不客气地将那枚深蓝色的纳戒从韩枫手指上扳下来。纳戒也有高低之分，高级纳戒极为稀罕，就算是在黑角域的拍卖场中，也是有市无价。以至于这么多年来，萧炎都从未佩戴过高级纳戒，只能买寒碜的低级纳戒勉强凑合着使用。

以前萧炎对纳戒的要求不高，不过自从那次纳戒在修炼中莫名其妙地崩裂之后，他便上了心。他一直以来都将一些贵重东西存放于纳戒之中，上次是好运，有着陨落心炎的隔绝，那些贵重东西才未丢失，可难保下次还会有这般好运。若是能够拥有一个高级纳戒的话，倒的确让人放心。毕竟高级纳戒不管是在自身坚固程度还是安全程度上，都要比低级纳戒好上很多。

把玩着手中的深蓝色纳戒，萧炎驱使灵魂力量试探着侵入其中，却惊讶地发现，那纳戒将他的灵魂力量反弹了回来。

"不愧是高级纳戒，竟然还有这等防护功能。"萧炎咧嘴一笑。他隐约知道，高级纳戒能够由主人设置灵魂印记，这样就算旁人侥幸得到了纳戒，想拿取其中的东西，就必须将那灵魂印记抹除，而如此的话，纳戒的主人就会有所感觉。这种近乎自主防护的功能，是高级纳戒所独有的，也是它身价高昂的最主要原因。

如今韩枫已死，所以萧炎自然无须担心会被他感应到。一股凶悍的灵魂力量瞬间涌出，直接用最蛮横的方式，将韩枫遗留下的灵魂印记抹除，随后立刻在其上留下自己的印记。这样，这枚高级纳戒便易主了！

萧炎满意地将深蓝色纳戒戴在手指上，心神一动，灵魂力量便毫无阻碍地进入了纳戒之中。

探查仅仅持续了片刻时间，萧炎便缓缓地将心神从纳戒中收回。此时，他的眼中有着难以掩饰的惊喜。韩枫这些年在黑角域搜刮的东西简直难以计数，纳戒中有各种在外界极为罕见的药材，还有各种各样的功法、斗技卷轴。显然，这些都是来请求他炼制丹药的求丹者的交换之物。

虽然只是匆匆一瞥，但是纳戒之中收藏之丰富，已令萧炎颇为激动。这一次击杀韩枫，虽然没有得到最重要的海心焰，但是得到了韩枫的所有身家。这枚深蓝色高级纳戒之中所储存的宝贝，足以让每个黑角域强者为之疯狂。

美杜莎女王依然冰冷地望着摸着纳戒嘿嘿直笑的萧炎，黛眉微微一皱，心中颇烦闷地叹了一口气。今天这事她如果袖手旁观的话，萧炎绝对难逃一死，她也能一洗往日被亵渎之恨。但就在千钧一发之际，她那颗本来淡漠的心，却猛然间狠狠跳动起来，灵魂深处隐隐间传出的一种牵引，令她最终出了手……

"该死的，本王迟早要亲手了结了你！"美杜莎女王恨恨地咬着牙。她心中也清楚，若是换作以前的她，别说出手相助，恐怕她还会推波助澜地令那锁链的攻击位置更加致命一些，如今的种种迟疑，都是两种灵魂融合的缘故。她固然取得了身体的绝对掌控权，但是吞天蟒的灵魂也隐隐间在时刻影响着她。吞天蟒跟在萧炎身边一两年，对他已相当眷恋，而这股眷恋通过灵魂的融合，潜移默化间或多或少地令美杜莎女王有些改变。

　　按照正常情况，美杜莎女王如今已经融合了吞天蟒的灵魂，实力已经恢复，那么她就应该离开这里，回到塔戈尔大沙漠的蛇人族。但现在，她却总跟随在萧炎周边。这种情况，便是吞天蟒对萧炎的眷恋情结在暗中影响她。

　　在美杜莎女王冰冷地盯着萧炎时，萧炎有所察觉，抬头冲着她尴尬地笑了笑，两只脚却不着痕迹地退后了几步。萧炎虽然不太明白这巴不得自己立刻死掉的人为什么会出手救自己，但是对这杀人连眼睛都不眨一下的美杜莎女王，他心中还是极其忌惮的。特别是现在的他还处于最虚弱的状态，甚至连逃的力气都没有。

　　"咳，那个，女王陛下，这次多谢相救了。这份情萧炎记住了，日后有机会一定奉还！"在美杜莎女王那近乎冷漠的目光的注视下，萧炎讪讪地笑道。

　　美杜莎女王丝毫不理会萧炎的讪笑，淡漠地注视着萧炎，纤手微微紧握，色彩鲜艳的七彩能量缓缓涌现。

　　望着美杜莎女王这举动，萧炎额头上顿时冒出了冷汗。这女人果然喜怒无常，刚刚救了自己，现在竟然又打算对自己出手了。

　　咻！就在美杜莎女王刚刚前踏一步时，一道破风声突然从天空响起，苏千苍老的身影随即闪现在萧炎面前。他警惕地望着面前的美杜莎女王，抱拳笑道："不知阁下是何方高人？能否报上名来，说不定还与我迦南学院有旧交呢。"

　　苏千的出现，顿时令萧炎松了一口气。萧炎小心翼翼地将身体挪到苏千身后，低声道："大长老，小心点，这女人翻脸比翻书还快。"

　　听到萧炎的低声提醒，苏千的嘴角忍不住抽搐了一下，不知道这家伙究竟怎么惹到人家的，竟然让人家这么苦苦追杀。而且最令人郁闷的是，这家伙偏偏总去招惹这种等级的强者。面前的这个女人，若真要打起来，就算是他，都没有超过五成的胜算，这从她刚才一招就将魂殿的人震慑而退便能够瞧出来。

　　随着苏千的出现，美杜莎女王倒是停下了脚步，也不理他的问话，冰冷地直视着萧炎，语气冰寒："你对我做的那些事，只有你的命才能抵偿，这是最后

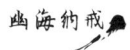

一次！下一次，定然不会再留手！"

话音一落，美杜莎女王也不理会脸色古怪的苏千，身形一扭，便化为一道七彩流光暴射天际，迅速消失不见。

看到美杜莎女王离开，萧炎这才抹了一把额头上的冷汗，苦笑着摇了摇头。惹上这种女人，真是太让人头疼了，看来是该找个时间与她好好谈一谈，不然这样永无止境的追杀，何时才是个头啊！

"你这小子……胆子也太大了，不过我真的很好奇，以她的实力，你怎么对人家做那些事的？"苏千转过身来，古怪地望着萧炎，摇了摇头。以他人老成精的阅历，从美杜莎女王先前那句话中，已经察觉到了一点什么。

萧炎被苏千这话激得使劲咳嗽了几声，尴尬地摇着头。这种时候除了装迷糊，似乎也没其他办法。

"唉，算了，反正你自己小心点吧。这女人实力太恐怖，我的胜算也不大。"见萧炎不肯说，苏千无奈地拍了拍他的肩膀。

萧炎苦笑着点了点头。

"咦，这是幽海纳戒吧？你小子倒是不客气。想当年为了得到这枚纳戒，韩枫可是动了好大的干戈呢，没想到如今便宜了你。"苏千突然瞥到萧炎手指上的那枚深蓝色纳戒，顿时惊咦了一声，声音中有着些许艳羡。

萧炎耸了耸肩，笑道："战利品而已。"

"虽然是那女人补的最后一脚，但击杀韩枫的功劳几乎全在你身上，这东西自然没人敢跟你抢。"苏千笑了笑，旋即将目光转向不远处那座城墙上挤得人山人海的枫城，道，"如今韩枫已死，恐怕不久后这黑盟也将自行瓦解，心头的刺，终于可以拔除了啊。"

萧炎微微点了点头，有些惋惜地道："可惜海心焰没弄到手！那火焰已经被韩枫炼化，先前那家伙在扯走他灵魂时，海心焰也被带走了。"

"有幽海纳戒作为补偿，已经不错了。"苏千摇了摇头，脸上的笑容缓缓收

敛，道，"不过麻烦的是，你现在已经被魂殿盯上了。那个神秘组织，可不是寻常势力可比的啊。"说到最后，其脸上忍不住浮现一丝忧虑，显然，他对那神秘的魂殿也极为忌惮。

萧炎笑了笑，声音平静地道："就算他们不来找我，我迟早也会找他们的，这逃不掉……"

苏千一怔，望着萧炎那微笑的脸，默默点头，却并未追根究底，只是拍了拍他的肩膀，叹息道："现在你还是先将伤养好吧，趁那个组织还没找上门来，多提升一些实力。日后，你会知道他们的可怕……"说完，苏千便转身向平原之外缓缓行走。

萧炎望着苏千渐远的身影，笑了笑。对于与魂殿碰头的这一天，他早有预料，不过让他庆幸的是，如今的他，已经具备了保护药老和自己的实力。如果今日是全盛状态，他自信能够击退那团诡异的黑雾。他有这种实力！

随着枫城那场激烈大战的结束，黑角域又逐渐平静了下来。黑盟作为黑角域中最为强大的联盟，却因为盟中各种利益的划分而产生了不合，濒临解散。

黑盟之中的成员皆是黑角域中颇强的势力，这些势力大多半斤八两，谁也不服谁。以前韩枫凭借六品炼药师的声望统领他们，他们倒还能够忍受，如今韩枫身亡，没有了领导人的黑盟立刻变成了无头苍蝇。那盟主之位，谁都想坐，可谁都不服谁，如此几番争执、几场拳脚争斗下来，黑盟众成员越闹越僵，分家是迟早的事。

本来金银二老有这实力，但经过韩枫这事后，他们失去了与迦南学院叫板的胆子，自然也不敢做出头鸟。在韩枫身亡的第二天，两个老家伙便彻底失去了踪迹，留下乱成一团的黑盟。

联盟中的最强者都撒腿溜了，这黑盟也的确是气数已尽。在之后短短的五天时间里，黑角域中最为庞大的联盟势力便土崩瓦解了。

黑盟一倒，内院也彻底松了一口气。迦南学院与黑角域的这一次交锋，以内院的完胜落幕！

当然，作为这次交锋中最大的功臣，萧炎的声望不仅在学院学生中无与伦比，就算是在长老层中，那些辈分颇高的长老见到这年轻的后辈，也要停下脚步笑谈几句。萧炎在大战中所展现出来的实力，震慑了每一个人！

此刻的萧炎自然没兴趣关注内院是如何闹腾的，自从回到内院，他便进入密室闭关疗伤。这一次与韩枫大战，他虽然成功击杀了对方，但是所受的伤也不轻。

这次的疗伤，足足消耗了七天时间，萧炎体内的伤势方才逐渐有了痊愈的迹象。这还是因为其体质经过好几次各种灵液、异火的淬炼，若是换作寻常人，这种伤势，没有半个月乃至一个月，是绝对不可能痊愈的，说不定还会因为伤势过重而遗留下一些难以治愈的后遗症。

磐门，一处安静密室中，墙壁上镶嵌的月光石散发着淡淡的光芒，将密室中的黑暗悉数驱逐。温暖的光芒照耀在床榻之上盘腿闭目疗伤的黑袍青年身上。

黑袍青年的呼吸极为平和，一呼一吸间保持着完美的循环节奏。每次呼吸完成，其周身的空间便会泛起一阵细微波动，之后，一道颇为雄浑的天地能量，便会灌进体内。

天地能量源源不断地灌进青年的体内，青年的身体犹如一个填不满的无底洞，不管那能量如何灌注，始终未曾出现满溢的情况。

安静的修炼疗伤不知道持续了多长时间，某一刻，当青年脸上的苍白彻底被健康的红润取代时，其周身空间的波动才缓缓消逝。

随着波动的消逝，萧炎的睫毛突然抖了抖，片刻后，他终于缓缓睁开了双眼。一对漆黑的眸子中，碧绿火焰熊熊涌现，旋即消逝不见。

呼——一口盘旋在胸口许久的浊气顺着喉咙喷吐而出，略显灰淡，与以前那种颜色漆黑并且带有剧毒的黑气比起来，无疑好了很多。

"看来在地底的两年中，残留在体内的烙毒也被彻底清除了。"望着那道淡灰色的浊气，萧炎一怔，随后有些惊喜地喃喃道。那烙毒始终都是他心中的一根刺。虽然在异火的压制下，它并不会对他造成什么伤害，但是体内残存着这种剧毒，他是不会彻底放心的。如今看到烙毒竟然彻底消散，萧炎自然十分欣喜。

"伤势已经痊愈，看来这次闭关时间也不短。"感受着体内充盈、澎湃的斗气，萧炎微微一笑，旋即皱眉低声道，"不过可惜，那突破到斗皇强者的障壁，我却一直都未感觉到。看来这一次虽然实力突飞猛进，但也留下了一些弊端啊。"

在被拖入地底之前，萧炎的实力是在四五星斗灵左右，因为种种机缘，猛然暴涨到如今的斗王巅峰，历经了两年时间，速度堪称恐怖。这种一蹴而就的事情，萧炎也是第一次经历，所以在力量的掌控上，与真正的斗王强者还有不小的差距。这次与韩枫大战，若是他能够彻底掌控斗王巅峰的力量，恐怕也不会如此狼狈，甚至最后还差点将自己搞死。

以往萧炎修炼，都是极为踏实地一星一星地往上走，因此熟悉了脚踏实地的他，对这次实力的突然飙升也感到无奈。突如其来的力量，掌控起来最是困难，甚至一些不太靠谱的实力飙升，还会令人极其倒霉地永久停留在那个地步。好在萧炎这次的实力飙升，并没有直接用能量强灌的愚蠢方式，陨落心炎与混合了纳戒中所有丹药、药材的药液彼此侵蚀，给予了萧炎成长的空间。从某种角度来说，萧炎这次也算不得真正的一蹴而就，他的实力其实是在这两年中缓步提升起来的，只不过在提升期间，他陷入一种假死的状态，自己却不知道罢了。

就算如此，萧炎这次短时间内实力大涨是事实，所以在他没有彻底掌控斗王级别的力量前，他是别想再有多少进步了。他只有熟练掌握了现有力量，才能向更前一步进发。

萧炎叹了一口气，他知道这种事急不来，而且此刻的他，也的确有太多东西需要熟练地掌控，比如异火……

在与韩枫大战时，对方对海心焰的掌控程度令人惊异，连萧炎也不得不承认，韩枫对异火的掌控的确要比自己更强一些。纵然这里面有年龄与经验的因素，萧炎也不想在任何方面比他弱，这是一种同门间的竞争心态。他要让所有人都知道，无论哪一项，他都不会比韩枫弱，这样也能间接证明药老老辣的眼光。

当然，韩枫对异火的掌控能力比萧炎更强，主要与其只能专心研习海心焰有关。韩枫修习的焚诀只是残卷，这些年韩枫经过研习，对焚诀的了解越发深透，不过对异火的控制程度，依然远远不及萧炎，所以只能成天守着海心焰。反观萧炎，从一开始便修炼最完整的焚诀，一路而来，分心几用，改换了几种火焰。所以说韩枫走的是专而精路线，而萧炎则是博与多的路线。两人各有千秋，不过单论起对火焰的掌控程度，自然是韩枫更胜一筹。

噗！随着一道低沉声的响起，一团碧绿火焰自萧炎手掌上浮现而出，他盯着这团融合了两种异火的新生火焰，略微失神。这种异火因为是融合而生，并没有被列入异火榜，所以究竟叫什么名字，萧炎也不知道。他在思忖了好久后，才饶有兴致地给它起了一个名字——琉璃莲心火！

简单的名字，却让萧炎颇为兴奋。给新生异火命名的资格，恐怕这世界上没有多少人具备。或许日后，等自己位列大陆巅峰时，这种火焰也将会被列入异火榜。

至于这琉璃莲心火能在异火榜上排什么名次，萧炎则不太清楚，按照他的猜测，至少不会比药老的骨灵冷火低。毕竟这东西是由两种异火融合而成的，与韩枫战斗时海心焰被压得死死的，从中便能够瞧出其威力。

碧绿火焰在萧炎手掌上翻腾不休，片刻后，萧炎手掌猛地一拉，碧绿火焰便分裂成了青色与无形两团火焰。对于这新生异火竟然还能随意转化成原本两

种异火的功能,他感到非常满意。

"看来日后得好好锻炼一下对火焰的操控能力了,不然就算能够控制两种异火,也只能运用最粗浅的攻击方式。"两色火焰在萧炎指尖升腾,萧炎皱眉喃喃道。与韩枫那种炉火纯青并且复杂的异火攻势相比,他的异火攻击无疑要显得平俗与简单许多。

萧炎习惯性地抚摸着那枚幽海纳戒,突然想起了什么,手指一弹纳戒,一个漆黑色的古朴卷轴便出现在其手掌上。

卷轴整体浑圆,犹如一个圆筒,找不到开启的地方,然而从其中渗透而出的些许暗沉光芒,却令人一望便知它必定不凡。

看这卷轴模样,赫然便是当年薰儿离开时,郑重交予萧炎之物!

而对于这个当初据薰儿所说,必须达到斗王实力方才能够打开的东西,萧炎一直抱着极大的好奇心。

第九章
扩建势力

抚摸着漆黑卷轴,萧炎轻叹了一口气,那个清雅如莲般的少女的倩影,缓缓地在脑海中浮现。

"薰儿,等着我……"呢喃了一声,萧炎使劲地甩了甩头,将倩影甩出脑海,然后把所有注意力都投注在漆黑色卷轴上。

"这要如何打开?"萧炎上下翻看了一圈卷轴,皱了皱眉头。对于这种东西,定然不能强来,否则一旦损坏了里面的东西,就追悔莫及了。

沉吟了好一会儿,萧炎心神一动,试探着调动体内斗气向着那卷轴缠绕而去。当第一缕斗气接触到那漆黑卷轴时,奇异的事情发生了,他发现那斗气竟然被卷轴吸收了进去。

对于这种状况,萧炎略感惊愕,但很快平稳下心情,心神微动间,源源不断的斗气开始从体内涌出,最后顺着手臂向着那漆黑卷轴灌注而去。

面对着如此庞大的斗气灌注,那漆黑卷轴除了表面释放出的暗沉光芒稍稍浓郁了一点,依然没有太大的动静。不过萧炎也不急,既然薰儿说了需要斗王

实力方才能够开启，那么以他如今的实力，打开它应该不算什么难事。

斗气的灌注足足持续了半个小时。随着这般近乎无止境的灌注，萧炎脸色逐渐变得凝重，这漆黑卷轴的诡异程度的确出乎他的预料。

咔！就在萧炎心中念头转动间，那一直没有太大反应的漆黑卷轴，突然传出了一道细微的咔嚓声响。虽然这道声音颇为微弱，但是落在萧炎耳中，却让他惊喜，他忙将目光移向了漆黑卷轴。此时，卷轴表面已经悄悄裂开了一丝细小的缝隙。

有了这初步成效，萧炎才彻底放心。雄浑斗气从体内各处如潮水般涌出，最后在萧炎的控制下，悉数灌入漆黑卷轴之内。

随着越来越多斗气的灌入，那漆黑卷轴表面上的裂缝逐渐增多，而且缝隙之间，还隐隐有淡淡的金色光芒溢出。

当又一股雄浑斗气灌入卷轴时，萧炎突然发现，卷轴吸收斗气的能力似乎消失了。随后他便瞧见，漆黑卷轴之上的裂缝迅速蔓延，最后布满整个卷轴。

就在裂缝密布卷轴的一刹那，一道璀璨金光突然自卷轴中暴射而出。光芒之烈，甚至让萧炎感觉眼睛一阵刺痛，不得不赶忙将眼睛闭上。

嘭！在萧炎闭上眼睛时，漆黑卷轴骤然爆裂开来，大片金光暴涌而出，将整个密室都照得金光灿灿的，颇为华丽。

听得卷轴的爆裂声，萧炎急忙睁开眼，望着那一地的破裂卷轴，还来不及发出哀号，就赫然发现，大片金光缭绕半空处，其中翻腾着一些东西，看上去似乎是一种文字。

这些密密麻麻的金光文字，萧炎看了一眼便有种头晕眼花的感觉，当下连忙侧移开眼睛，手掌缓缓伸出，探进了那团金光之中。

随着手掌的探进，那团金光剧烈地翻腾起来，旋即一阵盘旋，最后化为一道金芒，直接对着萧炎脑袋撞了过去。在接触的那一刹那，金光毫无阻碍地冲进了萧炎脑海之中。

金光一进入脑袋，萧炎就猛地捂着脑袋发出一声凄厉的号叫，此刻他的脑袋犹如被强行灌注了无数东西，有种胀裂的感觉。好在这种胀裂的剧痛来得快去得也快，短短十来秒时间，便迅速消散。

随着剧痛的消散，萧炎顿时犹如全身脱力了一般，仰头倒在床榻之上，胸膛不断地起伏着，脸上也带着一抹苍白。显然，先前那道金光钻进他的脑中，让他吃了不小的苦头。

"该死的，这究竟是什么东西？"躺在床上好久，萧炎才恢复了一些精神，手掌拍着还有些许疼痛的脑袋，有气无力地道。

空荡荡的密室中自然无人回答萧炎的问题，所以他在床上哼哼唧唧了一会儿后，只能咬着牙爬起来，然后盘腿凝神，心神飞快地蹿进脑海之中，寻找着先前的金光。

心神刚刚进入脑海，璀璨的金光就暴射而至，心神四顾，却发现这里是一片金色光芒组成的世界。在面前悬空处，无数由金光凝聚而成的文字互相拼凑，最后扭扭曲曲地在半空组成了一片光幕，光幕之上，硕大的金色字照得萧炎有些眼疼。

"帝印诀，地阶高级，相传为远古某位斗帝强者所创，共五式——开山印、翻海印、覆地印、湮天印、古帝印，印印相通。五印大成，有翻江倒海、吞天噬地之能！巅峰时期直逼天阶斗技！然欲修炼此印，必至斗王之阶，否则修印不成，祸苦自受！"

"好霸气的名字！"萧炎精神恍惚地望着那硕大的字，每一种印的名字，都令他感受到一股凛然霸气。斗帝强者所创，这是萧炎所见斗技中来历最为不凡的了。

"还需要达到斗王实力方才能够修习，这东西要求也太高了吧？"看到最后一句话，萧炎顿时咂着嘴惊叹道。这种奇异斗技，他还是头一次见到，斗王强者足以称为大陆强者，可在这里，才刚刚达到修习的资格。

"难怪当初薰儿那般郑重,看来这所谓的帝印诀果然不同常物。"如今再回想起当时薰儿那郑重的神色,萧炎心中恍然大悟,也对那个女孩多了一分眷恋。这种足以让大陆强者疯狂的地阶高级斗技,她竟这么轻易地交给了自己,这份情……

"不过,这斗技怎么只有这粗浅几字的介绍?该如何修习?"萧炎心中轻叹了一声,抬头茫然地望着金光中的字幕。这东西强是强,不过也太过虚无缥缈了,丝毫不提该如何修炼。

就在萧炎茫然间,那璀璨的金光字幕却微微一颤,旋即一道金光对着其心神暴掠而来。

突如其来的金光令萧炎一惊,不过并未躲避,他可不相信薰儿会在这里面留下什么可能会伤害自己的东西。金光穿透萧炎的心神,霎时间,隐隐有什么东西,印刻在了萧炎的脑海深处。

萧炎缓缓闭目,潮水般的信息涌来。他细细品读,在这些信息中果然发现了帝印诀的修炼方法。不过其中只有开山印与翻海印的修炼之法,至于后面的覆地印、湮天印、古帝印的修炼方法,却毫无记载。

萧炎有些郁闷地将信息查探完毕,却依然没有发现最后三印的修炼方法,只得无奈放弃。看来薰儿给他的斗技是不全的。

此时,一道轻柔熟悉的悦耳声音出乎意料地缓缓传出,令萧炎的心神一阵剧颤。

"萧炎哥哥,你如果能打开卷轴,并且听到我的留言,那你应该已经晋升斗王了,呵呵,薰儿先在这里向萧炎哥哥道声恭喜了。

"时间无多,不能留太多话语,萧炎哥哥一定要谨记薰儿的话。帝印诀是我族最为高深的斗技之一,后面三印,薰儿也未曾得手,所以只能留给萧炎哥哥前面两印。修炼开山印,至少需要斗王实力。至于翻海印,最好达到斗皇级别再修行。此外,若是萧炎哥哥将开山印习会,答应薰儿,若非关键时刻,尽量少使用。帝印诀是我族秘传，若是外泄，族中定然会派人前去收回，所以萧炎哥哥一定要慎用！

"还有，萧炎哥哥，薰儿想你，一切保重！"

轻柔的声音缓缓地在脑海之中回荡，最后逐渐淡去。但萧炎的心神，却因为那最后一句话激荡得极其厉害。那个可爱的女孩为了他，实在是付出了太多、太多……

心神从脑海之中退出，密室之中的萧炎，也缓缓地睁开了眼睛，失神地望着地面上的破碎卷轴。片刻后，他猛然紧握拳头，喃喃声在密室中久久回荡。

"薰儿，等着我，我一定会去找你！谁也阻拦不了我！"

当萧炎从密室中出来时，偌大的大厅不见半个人影，对此他略感愕然，只得苦笑着摇了摇头，自行找了个位置，将身体缩在软绵绵的座椅中，舒畅地吐了一口气。这段时间的奔波，的确令他有些疲惫。

嘎吱……就在萧炎闭目养神时，大厅房门突然被轻轻推开，旋即一个高挑的倩影在阳光的照耀中，拉出一道修长的影子。

女子在推开门后，方才看见躺在座椅上闭目休息的萧炎。女子的美眸中先是闪过一抹喜意，接着又似是怕打扰他的休息，犹豫了一会儿，便欲退出。

"呵呵，都进来了还出去干什么？"温和的声音突然响起，吓了女子一跳，退出的步伐也停了下来。她这才瞧见，那闭目休息的萧炎不知何时睁开了眼睛，正微笑地望着她。

"你的伤都好了吗？"萧玉站在门口，目光四处飘移，轻声问道。

"你什么时候变得这么温柔了？"萧炎惊诧地望着萧玉。这个女人从小就对自己凶巴巴的，什么时候学会如此温柔地说话了？

听到萧炎那诧异的话语，萧玉顿时有些气结。两年不见，这小子还是这么油嘴滑舌。不过也正是萧炎的语调，令她心中的那份生疏感缓缓地消逝，以往

的熟悉感再度归来。

萧玉不再客气，径直走进大厅，在萧炎身旁的座椅上坐下，这才偏头凝视着那张噙着微笑的熟悉面孔。两年不见，这个当年令她极为头疼的家伙也变得成熟了许多。清秀的面庞，微笑时云淡风轻的模样，令人望之，心中生出莫名的安心。

"这两年你们还好吧？"萧炎率先打破沉默，笑着问道。从地底出来之后，这还是他首次与萧玉单独相处。他上次虽然来了一次磐门，但是因为时间紧急，并未与萧玉等人有过多的交谈。

"嗯，萧宁、萧媚他们都已经进入内院，有了磐门的庇护，他们过得很好。"萧玉点了点头，叹了一声，旋即横了萧炎一眼，有些嗔怒地道，"以后你做事小心一点，知道上次我们得知你被异火吞噬后，心中有多么绝望吗？现在只有你才有能力振兴萧家，你若是出了什么意外，那些族人的仇，恐怕就没人能报了！"

望着柳眉微竖的萧玉，萧炎苦笑了一声，等到她的话音落下，方才叹息道："想要报仇，总得有力量，想要得到力量，哪可能没有风险？"

对于萧家这些后辈，萧炎颇有歉疚之心。萧家遭此大难，与他脱不了干系，族人死伤惨重，一些后辈的父母也因此丧命。虽然这事怪不到他头上，但是他心中仍然歉疚万分。

萧玉无言，望着那张有些瘦削的脸，心中暗叹："虽然这个人从来不将心中的忧虑表现在脸上，但是他的压力应该不小吧，他清楚自己对萧家的重要性，还有萧叔叔失踪之事……"

"呵呵，不谈这个。"见气氛有些压抑，萧炎笑了笑，转移话题，调侃道，"两年了，有没有被哪个好运的家伙追求到手？"

"呵，想追求本小姐哪有那么容易。"萧玉脸上浮现一抹红润，撇了撇嘴，突然从纳戒中取出几张卡片，递向萧炎，"这是如今磐门的火能卡，吴昊与琥嘉说了,等你疗伤完毕,就把这个交给你,毕竟你才是磐门真正的首领。"

萧炎微微一怔,并未接,而是笑着摇了摇头,轻声道:"磐门有今天这般成就,不是我一个人的功劳。我在迦南学院或许不会停留太久,这些东西,还是你们保管比较好。"

"你要离开?去哪儿?"闻言,萧玉脸色微微一变,急声问道。

"自然是回加玛帝国。"萧炎笑了笑,漆黑眸中闪烁着淡淡寒芒,"当年的恩怨,总得了结吧。"

"你要去找云岚宗?我也去!我想回去看看活下来的族人。"

"呵呵,不要急,离我回去应该还有一段时间。这次回去,势必会是一场惨烈大战,所以我必须将所有事情准备好。当年我已经被追杀出了帝国一次,可不想有第二次。"萧炎摆了摆手,说道,"至于你们,还是留在迦南学院,这里最安全。不要插嘴,我这次回去不是探亲,迎接我的将是真正的死战。云岚宗在加玛帝国的势力如何,你应该再清楚不过了,所以我不能冒一点险。"

望着萧炎的严肃神色,萧玉只得颓然地点了点头。如今萧家元气大伤,作为几个小辈,他们只能听从萧炎的一切安排。而且几年下来,萧炎也不再是当年那个任性的少年。如今,他的肩膀已经有力气挑起所有的担子,那份魄力,令他们不得不服从。

"放心吧,等我将所有事情解决,你们就能回加玛帝国了。"萧炎拍了拍萧玉的香肩,微笑道。

萧玉无奈地点了点头,接着似乎想起了什么,道:"对了,萧厉表哥好像找你有什么事,你最好去见见他吧。"

"哦?"萧炎眉毛一扬,微微点了点头,又与萧玉笑谈了一会儿,便率先起身离开大厅,前去寻找萧厉。

"二哥,你找我有事?"在萧厉的房间中,萧炎正好寻见他,当下笑着问道。

"伤势好了?"看到萧炎,萧厉也是一喜,将他拉进房间,关切地问。

萧炎笑着点了点头,目光停在萧厉身上,等着他说事情。

在萧炎的注视下,萧厉微微沉吟了一下,片刻后,方才缓缓地道:"如今黑角域因为黑盟的解散颇为混乱,这是个不错的机会。黑角域虽然乱,但是强者也不少,若是能够将之整合,恐怕会是我们日后向云岚宗复仇的一大助力。"

"不过想在黑角域扩建势力……"萧炎微皱眉头,轻声道,"那里的人都是在刀头舐血的滚刀肉,想要整合,不容易啊。"

"嘿嘿,那些家伙的确很狠,想把他们收服,那就必须比他们更狠。我如今的那些手下,当年也是心高气傲的主儿,现在还不是对我唯命是从?"萧厉笑道,"这一次若你肯助我,想必不会太困难。你那磐门虽潜力不弱,但毕竟都是一些学员,你也不好太严格地要求他们必须听从你的命令。但黑角域不一样,在那里,不听话的,直接杀了就行,控制起来要容易许多。当然,前提是你得具备足够的实力,怎么样?"

萧炎微微点头,沉吟道:"黑角域的那些人的确战力不弱,若是能够收服,对我们有不小的好处。毕竟云岚宗也是强者众多,我单枪匹马的,有些事情总是难以办到。"

"这么说你没意见了?"萧厉高兴地拍手道。

"二哥若是有那本事,就放手去做吧,遇见解决不了的麻烦,来找我便是,有异议的,杀!"萧炎咬了咬牙,杀气凛然地一挥手。

"哈哈,好,有魄力。"萧厉大笑了一声,拍了拍萧炎的肩膀,又道,"不过还有一个大问题。"

"什么?"萧炎一怔。

"内院。"萧厉沉声道。

"内院?"萧炎一皱眉头。

"内院对于黑角域那些过于强大的势力一直抱有忌惮之心,黑盟便是很好的例子。若是我们真在黑角域成功扩建了势力,那势必会引起内院的注意,到时候……"萧厉咂了咂嘴，对萧炎道，"所以在拿定主意之前，你必须先说服苏千，不然日后迟早有麻烦，刀剑相见都有可能。"

萧炎微眯着眼，片刻后，轻笑了一声，道："这个不必担心，内院时刻注意黑角域那些过于强大的势力，是因为担心那些势力对学院不利，而我们的目的不在此，与他们没有冲突点。甚至我们还能帮他们看住其他势力，这对内院可没有害处。"

"话是这么说，不过我觉得最好还是与他们说一下，免得日后出岔子。"萧厉沉吟道。他性子阴狠而谨慎，除了少数几个亲人，几乎不相信任何人。

萧炎笑着点了点头，起身道："好，我这就去找大长老说一说，若他答应，你就动身去黑角域。"

"若这事能成，日后就算云岚宗举全宗之力，我们也不用再有丝毫惧怕！"

"你们想在黑角域扩建势力？"长老议事厅中，苏千听到萧炎这么一说，眉头顿时皱了起来。

"大长老，我也知道黑角域一直是迦南学院的一根刺。环境因素使然，那里永远都具备极强的攻击性。所谓堵不如疏，想要断绝麻烦，不能用最强硬的办法。若我二哥真能够在黑角域扩大势力，到时候内院也能省去不少麻烦，而且其他一些对内院有敌意的势力，我们也能帮忙监视着。"他笑了笑，说道。

苏千紧皱的眉头舒展了一些。他也并非傻瓜，是否有利，以他的阅历自然一清二楚。

"而且大长老应该知道我的底细，我与云岚宗之间的恩怨太大，想要报仇，便需要一些不弱的势力相助，黑角域是个不错的选择。"萧炎淡淡地笑道，"所以就算日后我们的势力扩大，也不会对内院有什么威胁。这一点，大长老若是不相信我二哥，至少能相信我吧？"

苏千的手指轻轻地敲打着桌面，许久后他才微微点了点头，道："你说得不

无道理。黑角域一直以来都是迦南学院的心腹大患,若是真能出现一个和学院交好的势力,那会有一些意想不到的效果。"

"这么说来,大长老是答应了?"萧炎笑着道。

"唉,不答应还能怎样?如今,我内院的天焚炼气塔还要长久地依靠你来补充陨落心炎呢。"苏千无奈地摇了摇头道。

"大长老这话说得……我萧炎可不是忘恩负义的人,得到陨落心炎,我可是欠内院一个情,若拿这个来要挟,岂不是彻底没脸没皮了?"萧炎正色道。

"呵呵,你这小子,就是这点不错,挺重情义,老夫喜欢。"苏千捋着胡须,欣慰地点了点头。对于萧炎,不论是实力与天赋,还是性情,他一直都颇为看重。

"好吧,你就让你二哥放心去弄吧,黑角域太混乱,若是能整顿一下,对我迦南学院也有好处。"苏千挥了挥手,笑着道。

萧炎笑着点了点头。

"伤势好了吧?"事情谈论完毕,苏千话音一转,冲着萧炎笑问道。

"嗯,没什么大碍了。"

"你这小子,体质真是让人羡慕。那么重的伤,休养个几天就活蹦乱跳了。"苏千咂了咂嘴,满脸的艳羡。这种神一般的体质,的确很让人心动。

萧炎笑了笑,他体质能这般强,也是吃了无数苦头方才铸就的。这世界上,哪有平白得到的好处?没有付出,就永远别想有收获。

"接下来,你打算怎么办?难道去黑角域帮你二哥?"苏千手指在桌面上轻轻敲着,问道。

"黑角域的事,他自己能够办好;实在需要我出面了,他会派人来通知我。"萧炎摇了摇头,沉吟道,"我还会在学院待一段时间,直到把她的问题解决。"

当然还有一件事,便是暗中修习薰儿所留给他的帝印诀中的开山印。地阶高级,这种级别的斗技,威力必然极为强大,若是修习成功的话,毫无疑问将成为萧炎的一张底牌，也为日后与那云山决战增加一分胜算。不过这事需要保密，萧炎自然不会说出来。

"她？你是说那个斗宗级别的女人吗？"苏千一扬眉毛，好奇地问道，"那女子究竟是何方强者？为什么我从未听说过周边有这么一号强者？"

闻言，萧炎略微迟疑了一下，想到这也算不得什么秘密，耸了耸肩，将美杜莎女王的来历大致说了一遍。

"啧啧，没想到，竟然是传闻中的美杜莎女王，而且还是进化之后的美杜莎女王，难怪……"苏千脸上充斥着惊异的神色，咂了咂嘴，旋即冲着萧炎戏谑道，"不过你小子也很强啊，竟然连这种女人都敢招惹。听说历代美杜莎女王皆是极为冷血之人，杀人如杀鸡，没想到她竟然还会出手救你，当真是不可思议！当年大陆上也出现过一位进化后的美杜莎女王，不想被某个一流势力的少爷轻薄地摸了一下身体，那女人便直接冲进那个势力中大杀一通，将他们搞得元气大伤。此后，大陆上的男人一见到美杜莎女王，就绕着走，生怕稍不注意便惹来杀身灭族之祸。嘿嘿，你现在应该知道自己有多幸运了吧？"

萧炎抹了一把额头上的冷汗。美杜莎女王果然恐怖，杀人根本不需要丝毫缘由，希望她今后能够理智一点吧。

"我会多加小心的，多谢大长老提醒。"萧炎苦笑一声，冲着苏千拱了拱手，在苏千那含着笑意的目光中走出议事厅。

望着萧炎逐渐消失的背影，苏千方才戏谑地低声笑着自语道："不过这个小家伙似乎并不知道，美杜莎女王固然杀伐成性，可一旦真被人征服，就会真正地至死不渝。这个小家伙，啧啧，艳福不浅哦。"

出了议事厅，萧炎再度赶回磐门，将消息告诉了萧厉。萧厉听到内院竟然不反对，也颇为欣喜，当即对萧炎嘱咐了几句，便急匆匆地离开了内院。他要前往迦南城召唤他那些属下，然后赶往混乱的黑角域中，趁机扩大势力。

对于急不可耐的萧厉，萧炎也很无奈，只能任他离去。分开时，萧炎多次

　　叮嘱他，若是遇见麻烦，要尽早派人与自己联络。如今韩枫已死，金银二老不敢再当出头鸟，以萧炎的实力，足以横扫那所谓的黑榜。

　　在萧厉离开内院之后，萧炎的日子便又平静了下来。萧炎在磐门中待了两日后，终于按捺不住心中对那帝印诀的好奇，找了个借口，再度溜进了茫茫深山。

　　茫茫深山，无边无尽，葱郁的绿色一直延伸到视线尽头，一阵狂风吹来，满山都是哗哗的声响。

　　一处光秃秃的山峰之上，萧炎盘腿坐于一块巨石上，不过他并未立刻开始着手修炼帝印诀，而是抬起头来，盯着空荡荡的天空，片刻后，无奈地开口道："现身吧，我知道你跟着我。"

　　萧炎的话音刚刚落下，天空某处空间就微微波动，旋即一具凹凸有致的曼妙娇躯凭空浮现，一道冰冷而明亮的目光，直接投射在萧炎身上。

　　"自己想死了？"美杜莎女王轻踏虚空，犹如踏波而来的仙子，只不过这仙子身上的杀意太过浓重了点，眨眼间，她便出现在萧炎面前，然后冷冷地道。

　　"别成天死啊死的，我也知道，你现在杀不了我。"萧炎摊了摊手，苦笑道。

　　"你说什么？"听到萧炎此话，美杜莎柳眉一竖，狭长眼睛中充斥着森冷杀意。

　　"我说什么，其实你应该很清楚。你虽然融合了吞天蟒的灵魂，但是也受到了它的影响，所以一直对我下不了手，还经常跟在我身旁。"萧炎叹息了一声，望着脸色越来越难看的美杜莎女王。

　　"不要以为吞天蟒能一直影响我，我迟早能把你杀了！"美杜莎女王的声音如寒冰般，没有多余的情感。

　　"我们来做个交易怎么样？"萧炎敲了敲有些发疼的脑袋，无奈地说道。

　　对于萧炎的提议，美杜莎女王没有丝毫反应。这几年，她就是因为种种交易，方才与这个家伙纠缠在一起。

"我能帮你彻底消除吞天蟒对你的影响，让你做回一个真正的美杜莎女王。"

虽然心中已经打定主意对萧炎的任何花言巧语都置若罔闻，但是当萧炎说出这话时，美杜莎女王的心脏依然忍不住激烈地跳了跳。

"我凭什么相信你？"美杜莎女王狭长的美眸眯成一个慵懒的弧度，接着冷笑道。

萧炎一挥手，一道影子自袍袖中飞射而出，最后被美杜莎女王一把抓进手中。她定睛一看，却是一个卷轴。缓缓打开卷轴，古朴的字映入眼中。这是一个药方，所炼制的丹药，正好能够医治美杜莎女王那种受其他灵魂影响的病症。

"这是六品丹药复魂丹的药方，炼制丹药的药材和其他内容并不在这个卷轴上。若是你能答应我的要求，日后，我会为你专门炼制，如何？"萧炎淡淡地道。

美杜莎女王脸色阴晴不定地收拢卷轴，声音依旧冰冷地问道："什么要求？"

"一年内，跟在我身边，不可对我有杀心，并且必要的时候，我让你出手，你不能拒绝。"萧炎微笑道，"一年约定结束，我会给你炼制丹药，到时候你若还想杀我，悉听尊便。如何？"

美杜莎女王眼芒闪烁，心中陷入天人交战的挣扎之中。

"呵呵，只要能得到复魂丹，日后，你就是一个纯粹的美杜莎女王，不受任何东西影响，这样的自由可是价值不菲啊。"萧炎轻笑的声音在美杜莎女王耳边徘徊，满是诱惑。

美杜莎女王纤手猛然紧握，冰冷地望着萧炎，随之发出冷冷的声音，令萧炎嘴角扬起一抹愉悦的弧度。

"好，依你！"

第十章
修炼开山印

　　望着那一脸灿烂笑容的萧炎，美杜莎女王冷哼了一声，心中却打定主意：一旦日后脱离了吞天蟒灵魂的影响，定要将这个家伙碎尸万段！

　　萧炎从巨石上站起，说："那么从今往后，我们算是同伴了。"

　　"我们是交易的关系，并非伙伴！"美杜莎女王红润的嘴唇一撇，将萧炎想要拉近两者关系的念头彻底打消。

　　"好吧，好吧，交易的关系。"萧炎无所谓地摊了摊手，笑道，"不过既然要在一起这么久，总不能直接叫你美杜莎女王吧？要不我给你取个名字吧？不然日后一叫你，别人就知道你的身份了。"

　　"这个不劳你费心！"对于萧炎的好意，美杜莎女王只是冷冷地回了一句。

　　"要不叫彩鳞如何？这跟你很般配哦。"萧炎兀自道，丝毫不介意自己起的名字是否庸俗。

　　"滚！"被萧炎的喋喋不休搞得极其不耐烦，美杜莎女王顿时怒了，盯着面前的青年，美眸充斥着冷意，然而当她瞧见萧炎脸上那灿烂温暖的笑容时，眼中的怒火不知为何悄然缓解了一些，冷声道，"美杜莎女王便是我的名字，也是我的身份，不需要你给我换什么名字。"说完，她便转身，身形一动，向远处掠去。

"你现在已经进化成人形了，可不是以前那种半人半蛇的形态了，所以自然需要名字。以后我就叫你彩鳞了，美杜莎女王叫起来太麻烦。"萧炎不知死活地抬头对着天空中的美杜莎女王大声道。

身形微微一滞，美杜莎女王眼神瞬间闪烁了一下。不过这一次，她竟然没有出声怒斥，身形一动，化为光影向着远处闪掠而去。

"另外，麻烦你帮我看着周围，不要让人打扰到我，一旦出意外，我们那交易可就无效了哦。"

对于萧炎的大喊，美杜莎女王理也不理，身形一闪，便消失在天际，也不知道有没有把萧炎的话放到心上。

望着美杜莎女王的身影消失，萧炎微微一笑，总算把这个大麻烦给解决了，有了复魂丹的交易，日后也不用再担心这可怕的女人会不知什么时候出现把自己给宰了。

"嘿嘿，这韩枫果然收藏丰厚，连这等药效奇异的药方都有保存，这次能解决麻烦，还真亏了他。"萧炎抚摸着手指上的幽海纳戒说。他自然是没有复魂丹药方，这东西，还是他在疗伤时从韩枫的幽海纳戒中翻腾出来的。

"现在总算可以安心地修炼帝印诀了。"伸了一个懒腰，萧炎微微一笑，再度盘腿坐下，眼睛虚闭，心神微动间，一股信息便自心间缓缓流淌而过。

萧炎仔细地研读着那开山印的修炼方法，好半晌，才微皱着眉头睁开了眼。这帝印诀不愧是地阶的高级斗技，修炼难度比焰分噬浪尺不知道大多少倍。

"竟然还需要打通三条特定的经脉才能凝结手印，调动斗气发动斗技。"萧炎紧皱着眉头说道。人体经脉之繁复如同漫天星辰，数之不尽，一些经脉细小难寻，并且极为娇脆。别说打通了，就算是被稍微强烈一点的能量冲击，都会

崩裂开去。而那开山印的三条特定经脉，则正好处于右手臂中的偏僻之所，如要打通，定要消耗不少时间。

这种需要打通特定经脉才能修炼的斗技，一般不是威力极其恐怖，就是已达到了那种传说中的级别。想当初萧炎修炼焰分噬浪尺时，都未曾专门打通什么经脉，可想而知，这帝印诀是何等与众不同。

"唉……"萧炎轻叹了一口气，无奈地摇了摇头。事到如今，不管打通那三条经脉有多难，也只能试试了。薰儿费尽心思留给自己的东西，若是放弃不修炼的话，实在对不住她。

抛开心中的杂念，心神逐渐沉寂，片刻后，萧炎进入修炼状态。

随着进入修炼状态，萧炎的心神迅速来到了需要打通的那三条经脉处。望着那三条几乎完全堵着的经脉，萧炎再度叹气，看来有的头疼了啊。

他心神微动，一缕细小的斗气从体内涌出，在他的控制下，几经流转，终于来到了那处偏僻经脉之所，然后听从萧炎的命令，对着其中一条细小经脉，小心翼翼地浸润进去。

打通经脉是一件极为痛苦的事情，斗气在经脉通行并扩张的过程中所产生的剧痛，可不是寻常人能够忍受的。不过当斗气进入那条细小经脉时，预想中的剧痛却并未出现。虽然因为经脉细小，斗气流通的速度极其缓慢，但是萧炎依然能够清晰地感觉到，经脉之中的堵塞正在以缓慢的速度消失。

"这是怎么回事？"萧炎错愕地望着那条正在逐渐被打通的经脉，心中满是疑惑：这经脉的打通何时变得如此容易了？

萧炎自然不知道，当初他在地底陷入假死状态时，陨落心炎与那奇异液体在他的体内展开了长久的拉锯战，而在这场拉锯战中，最大的受益者就是萧炎这具身体。

不管是体内的骨骼、经脉，还是肌肉，都在那种拉锯战中，被完完全全地淬炼了一通，所以此刻萧炎体内的任何一个部位，都要比同等级的强者更加坚韧。

正因为体内经脉被淬炼过，所以萧炎此刻打通经脉才会显得如此容易。这就犹如一条隧道，前人已经粗略地打造了一个轮廓，后人所需要做的，便是将隧道之中残余的一些碎石清理出去。换作寻常人来打通这条经脉，恐怕此刻早就被斗气挤压得经脉破裂了，哪儿还有萧炎的这般进展？

虽然不清楚为什么经脉的打通会变得如此容易，但萧炎知道这对自己没有丝毫坏处。于是狂喜之下的他，开始指挥斗气冲击着一条堵塞的经脉。在斗气的冲刷下，这条以前从未被斗气涉足过的经脉，正在以极缓的速度悄悄地扩张着。

即便如此，依然需要遵循一个循规蹈矩的过程。此时的经脉毕竟太过脆弱，稍稍用力过度，就可能会令它爆裂，萧炎可不敢去冒这个险。

所以在体内经脉正以龟速打通时，实在不耐烦的萧炎，也只能进入修炼状态，分心二用，照顾着两个方面。

再龟速，也有到达终点的时刻。在萧炎进入深山的第五天，第一条经脉终于被他彻底打通，其修炼开山印也正式踏出了第一步！

有了第一次的经验，后两条经脉打通得更加纯熟一些。虽然那速度依然慢如龟爬，但是与别人相比，还是会直接将别人刺激得吐血。

在第一条经脉被打通后十天，第二条经脉也不出意外地被萧炎打通，这种顺利程度，令萧炎乐得合不拢嘴。按照这般速度，恐怕不出一个月时间，他就能完全打通三条经脉，到那时，便能够正式修炼令他极为垂涎的开山印了。

在深山老林中，时间悄然流逝。或许萧炎对美杜莎女王的提醒有了一些效果，从他进入修炼状态以来，没有任何东西来打扰他，这让他得到了极为安静的修炼环境。

一个月后，山峰上的青年陡然睁开双眼，精芒自眼中射出，片刻后才逐渐消散。

萧炎缓缓地从巨石上站起来,仰头长长地吐了一口气。一个月时间便打通了三条经脉,这种速度,他有自信,就算是放在薰儿族中,恐怕也是一个极为不错的成绩。

"既然经脉已经打通,那么接下来,就可以正式修炼开山印了!"萧炎轻轻一笑,右手在身前结出一个颇为怪异的手印,朝前一推。在没有任何斗气的催动下,这自然只是花架子,不过萧炎清楚,或许要不了多久,这个手印所发出的力量,会连他自己都感到震惊。

茫茫深山,葱郁之色犹如绿色的海洋,难以望见尽头。

在深山中某处山峰之巅,黑袍青年立于巨石之上,脸色凝重,右手飞快地结出一道奇异印结,旋即一声大喝:"开山印!"

喝声落下,青年手掌之上顿时涌出强烈光芒,再猛然向前推出。然而手掌刚动,那强烈的光芒便犹如昙花一现般瞬间消散,而那挥出的手印,则只是带动起一阵细微的劲风,噗的一声在地面上炸出一个小小的坑洞。

望着地面上的坑洞,萧炎无奈地摇了摇头,一屁股坐在巨石上,嘴中不断地喘着粗气。驱动这开山印所需要的能量实在是太强了,连他都不能持续不停地使用下去。

"这该死的开山印,竟然这么难修炼。这还是第一印,真不知道后面的四印,将会恐怖成什么样!"萧炎全身无力地靠在冰凉的巨石上,苦笑着喃喃道。

自打通三条经脉后已经过去了将近五天的时间,但萧炎所修炼的开山印依然没有太大的进展。这东西的修炼难度,远远超出萧炎的想象。

想要发挥开山印的正常威力,就必须使体内斗气的运转与手印的结成在同一时间完成,否则便会像先前那般,能量刚一出现,就因为配合不到位而迅速消散,导致威力下降到一个惨不忍睹的地步。

这种配合,一般说来需要时间的磨合,短时间内想要速成似乎不太可能。

当然，进展速度这么慢，或许也与萧炎第一次修炼这种手印斗技有关。

对于这一点，萧炎也很清楚。经过了五天的修炼，他已经比第一次时强了很多。不过他习惯了快速的进展，如今这种慢吞吞的速度，的确难以适应。

"唉，不愧是地阶高级的斗技，看来只能慢慢来了。"萧炎轻叹了一口气，只得收起心中的急躁，盘腿而坐，沉下心神，进入修炼状态，开始恢复消耗的斗气。

如今萧炎实力已升至斗王巅峰，对天地能量的吸纳自然远非以前可比，再加上吞噬炼化了陨落心炎，焚诀似乎也借此进化到了地阶级别。

当然，这只是萧炎凭借如今焚诀对天地能量的炼化速度做出的猜测，至于是否真的已经突破到了地阶，其实他也不敢百分之百地肯定。不过他能肯定一点，就是如今的焚诀比以前强了不止一星半点。因为现在不管涌进体内的天地能量何等庞大，焚诀都能够有条不紊地将它们悉数炼化，最后化为精纯的斗气，融进身体之内。

如今萧炎体内的斗气之雄浑，可以说，斗王级别之中已难觅能与他抗衡之人。除了焚诀源源不断地吸纳天地能量，那永久不息的熊熊心火也一直存于体内，不断地淬炼着斗气，令它们具备更大的活力与爆发力。

甚至从某种程度上来说，萧炎光凭借焚诀与心火，便能够与一些寻常斗皇强者相抗衡。若是遇见实力较强的斗皇，他就必须施展斗技迎敌；至于那些斗皇巅峰的强者，便得全力以赴；若是更强者，例如韩枫那种半只脚踏入斗宗的强者，更得倾尽全力，方能有稍大的胜算。

对于这种战绩，萧炎并不满足，因为他知道，这次回加玛帝国，他必须打败云岚宗真正的掌门人——云山！

两年之前的云山，便已是踏入斗宗级别的超级强者，如今实力自然会更加强横。与这种实力的对手相战，萧炎心中清楚，就算施展大型佛怒火莲，恐怕胜算也不会大到哪里去。所以现在的他，还需要一种能够让自己与真正斗宗强

者相匹敌的强大战力，而开山印则是他唯一的希望！

所以无论如何，萧炎也得在回加玛帝国之前，将帝印诀的开山印彻底掌握，不然那风险太大。当年他如丧家之犬一般被追杀出了加玛帝国，这种事能有第一次，但绝对不能有第二次！

萧炎心中念头闪烁，猛然间睁开双眼，漆黑的眸子掠过冷意。"云山，等着吧，我萧炎当年说过要回来，就一定会回来报此血仇！"

仇恨在心中涌动，萧炎霍然站起身来，手印迅速结动，体内斗气也在此刻飞速运转起来。

"开山印，我就不信习不会你！"

山峰之巅，青年紧绷着脸，顶着炽热的艳阳，不知疲倦地挥舞着双手，奇异的手印在日光下翻飞，残影不断。无数次的手印结动后，隐隐间，雄浑的斗气与手印相配合，二者渐显默契……

黑角域，枫城。

作为与内院最接近的黑角域城市，枫城在韩枫死后，便再无其他势力敢踏进。萧厉正好抓了个空子，在以血腥手段清理了城中的一些反抗势力后，彻底接管了这座城市。

这半个月中，萧厉占据了枫城，他所建立的萧门也逐渐在黑角域拥有了一些名气。对于这个以前从未听说过但胆子颇大的势力，黑角域其他势力大多抱着冷眼旁观的姿态，等待着迦南学院的反应。

他们原本认为，如今的迦南学院，定然不可能再允许黑角域的什么势力掌控这座距离内院最近的城市。令他们诧异的是，过了半个多月，内院依然没什么动静。这倒令黑角域那些对枫城有垂涎之心的势力骚动了起来。

经过韩枫这两年的发展，枫城已成为黑角域中名列前茅的大城市，有好几次盛大的拍卖会都在这里举行。虽说如今韩枫身死，黑盟解散，枫城的人气有些低迷，但从规模和人口上来看，依然不可小觑。这种香饽饽，对黑角域的那些势力而言，显然具备极大的诱惑。

以前是因为惧怕内院会插手，所以无人敢再踏进这所城市。如今看萧门安然无恙，似乎内院已经放松了警惕，对黑角域也不再关注，于是那些势力都蠢蠢欲动了起来。在他们看来，利润如此丰厚的城市，怎么可以让一个名不见经传的小势力占据？

在萧门占据了枫城之后不久，终于有一个不大不小的势力忍不住有了动作。这个势力约莫百人，其中最强者是一名四星斗王。然而，这个势力大摇大摆地带着人进入枫城之后，第二日，便再无任何消息传出。一些探子经过多方打听，方才清楚，这个势力近乎大半人都被那萧门斩杀，剩余的也悉数投降……

消息一传出，顿时令黑角域震动。按照黑角域的规则：只要一个势力拥有一名斗王强者，就能够算作二流势力；若是拥有一名斗皇强者，那就是货真价实的一流势力；如果更强的话，则就类似黑盟那样，有着超然的地位，无人敢招惹——当然，除了那同样庞大的迦南学院。

能够将一个二流势力如此轻易地斩杀大半，其余的招降，萧门有资格步入准一流之列。这种实力，足以令一些虎视眈眈的势力有所收敛。

当然，在枫城这块大蛋糕的诱惑之下，萧门不可能享受到永久的平静。半个月后，萧厉就收到消息，黑角域中另外三个一流势力，已经准备联手进军枫城，欲取代萧门，掌握控制权。

三个一流势力联手，这般阵容，虽然比不上当初的黑盟，但也绝对不可小觑。这种至少具备三名斗皇强者的强大冲击，光以萧厉的力量，自然是不可能抵挡的。

因此，在这三方势力的大部队动身前往枫城之时，一只传信鸟也悄悄地从枫城之中飞出，朝内院所在的深山迅速飞掠而去……

第十一章
三大势力

　　嘭！天空之上，一道巨大的碧绿能量手印骤然涌现，旋即带着可怕的破风声响，犹如一发炮弹般，狠狠地轰在山壁之上。顿时，在一道剧烈的炸响中，整座山峰都狠狠地颤抖了起来。手臂粗细的裂缝如蜘蛛网般蔓延而出，很短的时间内便布满山壁。

　　半空中，萧炎脸上带着一丝苍白，望着那在能量手印之下濒临崩塌的山峰，漆黑的眸中有掩饰不住的狂喜。经过无数次的练习，他终于掌握了那种节奏感，真正将开山印施展而出。

　　虽然这次的开山印依然有些粗糙，但是萧炎相信，只要给予他足够的时间，他定然能够将之修炼至大成的地步。到时候，这开山印的威力，肯定比现在更加恐怖。万事开头难，如今萧炎已经有了一个不错的开头，成功对他来说只是时间问题。

　　萧炎剧烈地喘了几口气，振动着背后的碧绿火翼，缓缓地将身形降落在一片狼藉的山峰之上。经过一个多月的修行，如今他的开山印已有小成，想要大成,仍有待长时间实战的磨炼。

"不愧是地阶高级的斗技,仅仅是初步施展,威力便不下于焰分噬浪尺。日后与人对战,又多了一张底牌。"背后碧绿火翼缓缓消散,萧炎低声笑道。

就在萧炎打算稍稍恢复一下体力时,天空中突然响起一道鸟鸣声。萧炎有些疑惑地抬起头,旋即脸色微变,手一探,一道吸力暴涌而出,将那盘旋在天空中的传信鸟吸掠而下。

萧炎从传信鸟脚掌处取下一只细小的竹筒,将之拆开,取出一张折叠好的纸条。萧炎目光一扫,脸色微微一沉,略微沉吟后,屈指一弹,纸条便自动焚毁,化为一团灰烬飘落而下。

"彩鳞!"萧炎转身,突然对着四面茫茫森林大喊了一声,声音落下许久,却没有一点回应。萧炎无奈,只得再度喊道:"美杜莎女王,有事了,走!"

这次喊声落下片刻,一道七彩光影方才从森林某处暴掠而出,几个眨眼的时间,脸色冷淡的美杜莎女王便出现在萧炎面前。

"有些事得去黑角域一趟,走吧。"对于美杜莎女王那冷淡的脸,萧炎直接选择无视,自顾自地说道。

"别想让我给你当免费打手。"美杜莎女王一蹙黛眉,声音冷冷地道。

"我死了,就没人能帮你炼制复魂丹了。"萧炎无所谓地笑了笑,旋即背间一颤,华丽的碧绿火翼便暴涌而出。火翼一振,在缭绕周身的狂风中,萧炎迅速升上半空,最后一个转身,便冲着黑角域的方向暴掠而去。

从信中他得知萧厉有一些麻烦,但他并没有想着去内院召集帮手。以他如今的实力,黑角域中无人能敌。而且别忘了,现在他身后还跟着一个暂时的合作者美杜莎女王,这可是一个货真价实的斗宗强者,她或许比苏千还要强!

以萧炎与美杜莎女王的实力,就算横扫整个黑角域,恐怕也足够了。金银二老联手能够拦住苏千,但是将对手换作美杜莎女王的话,他们恐怕就没那么好运了,毕竟她可不是寻常的斗宗强者。

望着萧炎逐渐远去的身影，美杜莎女王紧握纤手，迟疑了片刻后，有些气愤地咬了咬牙，纤脚一点虚空，身形化为一道流光，飞快地赶上了前方的黑影。

枫城。

此时，几乎所有人都将注意力放在城中心那座恢宏庄园之中。今天，将决出谁才是这座城市的掌控者。

说实在的，城中的大多数人对此并没有太大的兴趣。他们知道，不管怎么换掌控者，自己都只能混迹在底层而已，所以更乐意见到为了那掌控者的位置，众多势力大打出手，杀得血流成河。黑角域中，幸灾乐祸、落井下石的人到处都是。

在约莫半个小时之前，三支大部队大摇大摆地开进了枫城，最后直奔以前住着药皇韩枫的庄园。那里住着枫城如今的掌控者——萧门。

三支强悍势力，枫城中大多数人都听说过，其声望之大，传遍整个黑角域。

天阴宗、罗刹门、狂狮帮，这三个势力皆属于黑角域中鼎鼎大名的强横势力，首领皆是名列黑榜前十的强者，其中随便一人，都不会比死在萧炎手中的范磅弱。这三大势力横行黑角域，向来霸道，甚至当初韩枫在组建黑盟时邀请他们加入，他们都未曾理会。韩枫对此虽然颇为怨怒，但是忌惮三大势力的实力，也只得作罢。

想当初，黑盟是何等风光，三大势力能够在那种情况下选择拒绝加入，足见他们也拥有不弱的本钱。毕竟三大势力的首领可不是笨蛋，得罪不起的人他们自然不愿得罪。韩枫虽然令他们忌惮，但是还远远没到让他们俯首称臣的地步。

如今这三大势力强势进军枫城，萧门实在可怜。在很多人看来，即使萧门有名列准一流势力的资格，可面对三大老牌的一流势力，依然是小巫见大巫。那萧门首领若是识相，乖乖交出城市的掌控权，才是最明智的选择。

恢宏庄园一处宽敞的议事厅中，气氛压抑而紧张，隐隐间充斥着一点即爆的火药味。

此刻的大厅中有四方人马，最里面的自然是如今枫城的掌控者萧门，而外面三方便是天阴宗、罗刹门、狂狮帮的人马了。

"你就是萧门的首领吧？废话少说，一个小时之内，若不给出明确的答复，就别怪我们血洗此地。"一名赤着膀子、胸口隐隐露出一头仰天怒吼的巨狮的中年大汉，斜瞥着萧厉，脸上浮现的一抹笑容，充斥着嗜血的味道。

"咯咯，严帮主说话还是这么耿直，不过这话，我倒是挺赞同的哦！"中年大汉话音落下，一旁一名衣着暴露的性感美妇掩嘴娇笑道。在其脸颊靠近耳朵的地方，文着一朵黑色的罂粟花，此花虽然美丽，但是有着致命的毒性。

另一旁，一名脸色阴鸷的老者阴声笑了笑，干枯如骨头般的手掌在桌面上拍动着："老夫也有一段时间没动手了，不知道动起手来，还会不会像以前那样残忍。"

三人身后，错错落落地站着近百人，这些人皆满身血腥气，目光扫视间，如同野兽般森冷。

萧厉阴寒地望着一唱一和的三人，他身后也簇拥着上百名黑衣人，个个身上的血腥味道不比对面的那些家伙弱，一看就知道是战斗经验丰富而且下手狠辣之徒。三方势力来到这里后没有立刻动手，恐怕也是因为发现萧厉这边黑衣人的气势不弱，否则以他们的性子，早就直接动手了，哪还会在这里喋喋不休，多费口舌。

"三位，我也清楚，在黑角域中拳头为大，你们实力强，要来抢占枫城，也的确正常。要我交出枫城，也行，不过城只有一个，我该交给谁？"萧厉把玩着桌面上的茶杯，突然淡淡地道。

萧厉此话一落，大厅中的气氛顿时有一种细微的变化。片刻后，那衣着暴

露的美妇笑道:"心机倒是不错,不过这离间计对我们可没用。至于城市最后归谁管,用不着你担心,你只要带着人滚出枫城就行。"

握着茶杯的手掌微微一紧,萧厉心中有些失望地叹了一口气:"不愧是老江湖,竟然丝毫不吃这一套。"

"要我们离开枫城,也行。不过我并非萧门的首领,若是想要我们离开,是否能等我们首领回来?"萧厉一皱眉头,冷肃的脸上涌现些许杀气,沉声道。现在的他,需要争取时间等萧炎赶来!

"叽叽歪歪的,哪儿来这么多废话!现在老子可不是在和你商量什么,是直接通知你:你们可以滚出这座城市了!"那赤着膀子的大汉听到萧厉这话,眼睛顿时一瞪,手掌将面前的桌子拍得四分五裂,狞笑着喝道。

萧厉的脸色顿时变得阴沉,身后的大批黑衣人也锵的一声,抽出了腰间的武器。霎时间,气氛变得十分紧张,大有一言不合就大开杀戒的趋势。

"呵呵,想让我萧门让出枫城?韩枫都没这资格,你们也配?"

就在气氛极度紧张之时,突然间一阵淡淡的冷笑声响起,旋即在众目睽睽之下,一道黑影宛如鬼魅般出现在大厅中央处。

望着那悄然出现的黑袍青年,三大势力首领皆忍不住微微一缩眼瞳。这个家伙好诡异的身法,竟然能够悄无声息地进入这个大厅,并且丝毫没有引起他们的注意,这般身法和速度的确令人忌惮。

大厅内剑拔弩张的气氛,随着黑袍青年的出现微微一滞,原本即将开战的态势,也因为互相忌惮而平息下来。

看到那突然出现的黑袍青年,萧厉脸上涌现一阵惊喜,旋即大松了一口气:既然萧炎已经赶到,那么今日这场危难,就能迎刃而解了。对于萧炎的本事,他一直都抱着超乎常理的信心。

"你是谁?"首先开口的是那名天阴宗的老者,他面色阴鸷地盯着萧炎,声音嘶哑地冷声道。

"这位朋友,这是我们与萧门的事,外人还是不要插手的好,多管闲事在黑角域中可是最不理智的举动。"赤着膀子的大汉目光紧紧锁定着萧炎,沉声道。先前萧炎所展现出来的诡异身法,让大汉颇为震惊,因此他不敢表现出小觑之意。

"他就是我萧门的真正首领,何来外人一说?"萧厉淡淡地笑道。

听到萧厉此话,那三大势力首领也是微微一惊,旋即脸色微沉,没想到先前萧厉所说之话竟然属实,这萧门首领还真另有其人。三人互相对视了一眼,那名面相阴鸷的老者干笑道:"这位朋友面生得很,似乎以前从未在黑角域中见过啊,不知道名讳……"

"在下萧炎,初入黑角域,若有得罪之处,还望包涵。"萧炎微微一笑。简简单单的名字,却令大厅中的气氛彻底凝固。三大势力首领脸上挂着的笑容,也在此刻僵住了。

"萧炎?你就是击杀范獴、韩枫的萧炎?"衣着暴露的美妇脸上充斥着惊疑,片刻后,她忍不住失声道。

萧炎笑了笑,轻描淡写地道:"虽然算不得什么荣耀的事,但是他们两人的性命,倒的确在我手中了结了。呵呵,怎么,难道三位此次前来是想替他们二人讨个公道?"

听得萧炎的话语,三人的脸色顿时变得阴晴不定起来。最近韩枫身亡、黑盟解散是震动几乎整个黑角域的绝顶大事,而此事的"始作俑者",便是面前这个看起来还很年轻的家伙。真是倒霉。

他们三人的实力,顶多比范獴稍强一点,可与韩枫比起来,无疑要弱上许多。连韩枫都死在这个家伙手中,若真打起来,恐怕即使他们联手,胜算也不会大到哪里去。

三人忍不住皱了皱眉头,原本以为只是一个小势力,没想到竟然把这尊凶神给牵扯了出来。

"咯咯,萧小哥说的哪里话,我们与韩枫那家伙又不熟,怎么可能为他来讨公道?"衣着暴露的美妇掩嘴娇笑道。

"那三位如此兴师动众来我枫城,有何要事?"萧炎脸上的笑容依然平和。面对着这个曾经手刃了范痨与韩枫的青年,对面的三人可不会当真以为他的性子如此和善。能够在混乱的黑角域中混到这个地步,依靠的可不仅仅是实力。

面对萧炎的咄咄逼问,三大首领的脸色也有了些变化。他们的目的其实极为明显,对方却还在装傻,这可真有点讽刺。

"我们的目的,想必萧门主也清楚。枫城利润之厚,足以令任何人眼红,我们自然也不例外。"赤着膀子的大汉忍不住率先沉声说道。

"原来三位是想来抢我萧门在枫城的掌控者地位。"萧炎轻笑了一声,虚眯着眼睛,面上却没有任何喜怒表现。

三大首领悄悄对视后,皆咬了咬牙,这枫城利润极高,就算是萧炎出面,想要他们放弃,他们也绝不甘心。身为黑角域的人,他们骨子里永远都充斥着不安分的因子,铤而走险的事情没少干。而且以他们三人的实力,若是联手的话,不一定会败给萧炎。只要将萧炎拖住,再凭借他们那人数众多、实力强横的手下,清洗掉萧门,应该不算困难。

萧炎微眯着眸子,望着隐晦交换间眼中逐渐浮现淡淡凶光的三大首领,他的嘴角也浮现出一抹冷笑。黑角域的人,果然都是一群利益至上的贪婪家伙。

站在萧炎身后的萧厉似也察觉到了什么,脸色逐渐变冷,悄悄地打出一个手势,身后的大批黑衣人也缓缓地握紧了手中的武器。

就在气氛再度变得安静与紧绷时,突然,一道曼妙倩影毫无预兆地出现在了萧炎身后。突然出现的女子,顿时令气氛变得微妙了起来。萧厉一脸惊骇,他也认识这个一直在追杀萧炎的可怕女人,她在这种时候出现,无疑会令他们的处境雪上加霜。

与萧厉相同,对面的三大首领的表情也在此刻变得骇然。因为他们根本就没有发现任何一点空气流动的迹象，这个女人就如同一直站在那里没有移动过一般，但她的确是刚刚才出现的。

这种速度，比先前萧炎出现时还要恐怖，震慑人心。萧炎速度快若鬼魅，可至少还能让人隐隐分辨出他是从何处而来，这女子却是毫无踪迹可查。

而且最令他们惊恐的是，那女子看似随意地站在那里，可她隐隐间渗透而出的气息，却让他们的心脏有种滞塞的感觉。

三大首领皆是斗皇级别，以他们的实力都会有这种被压迫的感觉，这说明，面前这妖艳的美人，或许是斗宗级别的超级强者！

"斗宗……"三大首领悄悄咽了一口唾沫，额头上皆有冷汗浮现。以当初黑盟之强，都没有一个真正的斗宗强者，没想到，如今这个看似不起眼的萧门，却拥有这般恐怖的人物。

对于突然出现在身后的美杜莎女王，萧炎也有所感应。他转头冲着她笑了笑，然后对萧厉做了个安心的手势。看见他的动作，浑身冒着冷汗的萧厉这才悄悄地松了一口气。看情况，似乎萧炎已经和这个可怕的女人达成了某种协议。

对于萧炎的微笑，美杜莎女王没有半点反应。她那充斥着异样诱惑的狭长眸子冷漠地在大厅中扫了一圈，凡是被其目光扫中之人，皆有种皮肤发凉的感觉，实力不济者更是忍不住浑身发软。斗宗强者的气息压迫，竟然强悍至斯。

三大首领头皮发麻地盯着美杜莎女王，片刻后，那名衣着暴露的美妇方才在脸上挤出一个勉强的笑容，说道："没想到萧门竟然还有这种强者坐镇，我们三人这次可真是瞎了眼。"

对于美妇的这般话语，另外两大首领也干笑着点了点头，甚至连那性子看上去有些火暴的狂狮帮帮主，也不敢再有丝毫语言上的冒犯。虽说他在斗皇级别中也不算弱，可在真正的斗宗强者面前，也只能像遇见狮子的狗一样老实。

萧炎双手插在袍袖中，似笑非笑地望着三人。

在萧炎那有些不怀好意的注视下，三大首领表情都变得不太自然。半晌，

那名脸色阴鸷的老者方才干笑道："今天的事，其实是个误会，枫城既然是萧门主所有，那我们自然不敢有所冒犯。今日回去之后，我们定会告诉其他人，日后可不要再干这愚蠢的事情。"

"咯咯，是啊。"美妇掩嘴一笑，就势站起身来，冲着萧炎行了一礼，娇笑道，"今日的冒犯，还请萧门主不要放在心上。等来日，我们定然会登门谢罪。今日时候不早了，我们宗内还有一些事，就不再打扰了。"

说完，这名美妇便火急火燎地转身，欲离开这个令她极为不安的地方。一旁的另外两人也赶忙起身，想跟着赶紧闪人。

"三位别急。"就在三人即将出门时，淡淡的笑声令他们叫苦不迭地停下了脚步。他们对视了一眼，只得咬着牙转过身来，望着大厅中一脸微笑的黑袍青年。

"既然三位对枫城这么感兴趣，那我们不妨做个交易。"萧炎十指交叉，笑吟吟的声音在大厅中回荡着，让三大首领顿时愕然了。

"交易？什么交易？"听到从萧炎嘴中蹦出来的话语，原本还以为他要撕破脸皮的三大首领，惊疑地问道。

萧炎笑了笑，沉吟了一会儿，缓缓地道："枫城的利润的确丰厚，我可以允许你们三大势力在城中占据一定量的份额。"

"那萧门主想要我们干什么？"三大首领面面相觑，面容阴鸷的老者小心翼翼地问道，他们可不相信天上会平白无故地掉馅饼。

"我有一仇家，势力不弱，虽说以我如今的势力，已经有把握与他们抗衡，不过依然需要一些人手。"萧炎的目光锁定三人，淡淡地笑道，"我只需要到时候三位首领能够助我一臂之力即可。"

在萧炎身后，原本皱眉的萧厉，也稍稍放下心来。萧炎所说的仇家自然是云岚宗。萧厉心里清楚，虽说如今萧炎实力大涨，可还是势单力薄，而云岚宗强者众多，底蕴深厚，光凭他们这两三只小虾米，还真有些蚍蜉撼大树的无力感。

　　萧厉前段时间要来黑角域扩展势力，其实也是打着想扩大势力的念头。但是以他的那种方式，至少需要一年时间，方才能够与云岚宗相抗衡。如今萧炎这拉拢黑角域其他势力的办法，倒不失为一个妙招，只不过就要损失一些利益了，可与那灭族血仇比起来，又算得了什么？

　　"仇家？"闻言，三大首领一怔，脸色顿时阴晴不定起来。以萧炎如今的实力尚且需要寻找帮手，那仇家的势力得有多强？枫城的利润虽然丰厚，但若是要把自己扯进火坑中，就有些不划算了。

　　"不知道萧门主口中的仇家，是大陆哪方势力？"片刻后，衣着暴露的美妇终于忍不住开口询问道。

　　萧炎轻声笑了笑，漆黑的眸中隐隐有森寒冷芒掠过："虽然那个势力近年来一直龟缩一处，但是诸位应该也听说过，加玛帝国，云岚宗！"

　　淡淡的话语缓缓地从萧炎嘴中吐出，最后在大厅中回荡不散。

　　"云岚宗？"轻轻念叨了一遍这个有些耳熟的名字，片刻后，三人有些动容。三大首领对视了一眼，面容阴鸷的老者沉吟道："似乎听到过这个势力的一些情报，如果我得到的消息没有错的话，这云岚宗内也有一名斗宗强者！"

　　"嗯，前段时间我也接到过消息，加玛帝国中出现了一名斗宗强者，名字似乎叫云山吧？"衣着暴露的美妇也记起来了，脸色凝重地道。

　　三大首领听说过云岚宗，萧炎对此倒没有感到诧异。虽然黑角域距离加玛帝国有万里之遥，但是这并不妨碍一些重量级别的消息的传播。

　　斗宗，这种级别的强者，即使放眼整个斗气大陆，那也算得上一等一的强者。因此，在加玛帝国传出了一些消息之后，这情报便不胫而走。

　　三大首领面面相觑，半晌，皆有些尴尬地摇了摇头。面容阴鸷的老者冲着萧炎讪笑道："萧门主，这不能怪我们，黑角域距离云岚宗万里之遥，就算以我们的速度，来回至少也要两三个月之久。而且那云岚宗的势力颇强，在整个大

陆西北地区都极有名气，我想恐怕就算有我们相助，这仇也不好报。"

以云岚宗的势力，即使是放眼整个大陆，都能进入准一流之列。整个黑角域中，若论单个势力的话，恐怕没有一个能超过云岚宗，先前的黑盟或许能与云岚宗比肩，但那是一个联盟，而非单一的势力。

当然，若是萧炎能够将整个黑角域的势力都整合起来，能够远远超过云岚宗。不过在黑角域这种混乱之地，完全统一基本是一件不可能的事。

"呵呵，三位首领是怕萧炎斗不过云岚宗，最后还把你们也牵扯进去吧？"对于三人的这般反应，萧炎也不意外。

三人尴尬一笑，却不敢多说话。

"云岚宗除了一个云山之外，斗皇强者满打满算，怕也不超过三人之数。而其他的，则大多是一些斗王甚至斗灵级别的长老，不足为惧。至于更底层的弟子，就更没有威胁性。"萧炎淡淡地笑道，"而斗宗强者，我们也有，至于斗皇，我们有比韩枫更强的。所以我现在只需要寻找一些够资格的帮手，帮忙将云岚宗的中坚力量抵御住而已，这对你们来说并不难。"

三大首领目光闪烁，却依然保持缄默。

"果然是一群不见兔子不撒鹰的家伙。"见三人同时沉默，萧炎微微皱了皱眉头，旋即无奈地一摇头，说道，"萧门的野心，可不止枫城，日后定然会继续向黑角域扩展。以我们的实力，到时候所获得的利润，可比现在丰厚无数倍，若三位答应助我一臂之力，日后的利润分享不会少了你们那一份。"

听到萧炎此话，三大首领心头皆涌上一抹滚烫。如今萧门拥有萧炎与他身后那神秘斗宗强者，实力已经超越了当初的黑盟，在黑角域中，没有任何一家势力能与他们分庭抗礼。所以对萧炎这话，不可否认，他们的确极为心动，不过那该死的云岚宗也不是省油的灯啊。

望着脸色变幻的三人，萧炎再度一笑，淡淡地下了最后一剂猛药："皇极丹，你们应该听说过吧？"

平淡的声音却令三大首领猛地抬起了头，死死地盯着萧炎，眼中充斥着狂喜。

皇极丹，堪称六品顶峰级别的丹药。它的作用很简单，能够让一名斗皇强者在一个相对较短的时间内，提升一星至两星不等的级别。而且这皇极丹还有另外一个作用，那便是固脉炼骨。其提升实力后残余的药力，会帮服用之人强化一次身体。虽然这种强化不可能比得上萧炎在地底所经历的效果，但也能提升不少战斗力。

简单来说，皇极丹的效果与斗灵丹相差不多，不过斗灵丹只能作用于斗王强者，而皇极丹却对斗皇强者有着莫大的作用，而且还多了一个固脉炼骨的附加效果。

如此，皇极丹便成为最受斗皇强者追捧的丹药之一。提升一星至两星实力的诱惑，对他们来说实在是太大了。因为当实力到达斗皇这个层次时，很多人好几年都难以提升一个级别。

能够直接有利于提升实力的丹药，永远都是最具诱惑力的！

因此，三大首领也丝毫没有掩饰心中的渴望。这种丹药他们不是没有想过，可放眼整个黑角域，有能力炼制的，怕也只有韩枫一人。但他们与韩枫素来不和，韩枫自然不可能为他们费尽心力炼制这种丹药。所以如今萧炎提起这个丹名，他们的胃口就彻底被提了起来。

"萧门主能够炼制皇极丹？"片刻后，三人终于收敛眼中的狂喜，赤着膀子的狂狮帮帮主忍不住率先问道。

他这话一出口，另外两人也急忙看向了萧炎。像皇极丹这种级别的丹药，当初就算以韩枫的本事炼制起来，成功率也不高，更何况面前这个看起来还很年轻的萧炎。

"我如果不会炼制，也不会在三位面前提起这个。"萧炎笑了笑，屈指一弹，一缕碧绿的火焰陡然浮现。随着这缕火焰的出现，整个大厅中的温度顿时升高，

甚至连空气也变得格外干燥。

"这是……异火?"

三人眼瞳微缩地望着那一缕碧绿的火焰,忍不住地朝后面退了两步。身为斗皇强者,他们非常清楚异火有何等可怕的力量,即使是以他们的实力,沾上了那东西也是极为麻烦的。

"我能击杀韩枫,自然有自己的本事。"萧炎修长的手指灵活舞动,而那缕碧绿火焰也极为乖觉地绕着手指转动,他瞥了三人一眼,淡笑道。

"既然我能杀了他,那么自然已经超越了他。他能炼制的东西,我为什么不能炼制?若是三位能够答应我的条件,那么事成之后,皇极丹定然会立刻奉上。而且在这黑角域中,你们还能享受到令别人眼红的利润,如何?"萧炎轻笑的声音落在三人耳中,令他们的呼吸缓缓变得粗重了起来。

三大首领目光闪烁不定,陷入激烈的天人交战之中。

面对三人的挣扎,萧炎也不再说话,微眯着眼睛,等待着三人的最后答复。而在等待中,其手指上那缕碧绿火焰的温度,也随着其心境变化悄然上升……

当大厅之中的温度上升到某个程度时,三大首领终于从内心挣扎中回过神来,互相对视了一眼,最后咬着牙,狠狠地点了点头。拼了,险中求富贵!

"好,一切依你!"

第十二章
炼制复灵紫丹

在皇极丹那难以抵御的诱惑之下,三大首领终于点头答应。见已达到目的,萧炎自然也在心中松了一口气,与三人聊了一些驻扎枫城的简略措施之后,便任由他们告辞离去。

随着三大首领带着一大批来势汹汹的人马撤退,大厅顿时变得空荡了起来。见事情已经谈拢,萧厉挥手将手下遣退了下去。

"三弟,这些家伙虽然已经答应了我们的条件,但还是得小心提防。黑角域的人,出尔反尔简直就是家常便饭。"萧厉缓步走到萧炎身旁,先是隐晦地瞟了一眼美杜莎女王,旋即皱眉沉声道。

"呵呵,这是自然。今天若非美杜莎女王在,恐怕他们还真不会如此容易就答应我们的条件。"萧炎笑了笑道。

"美杜莎女王?"听着这名字,萧厉一怔,旋即似是想起了什么,脸色惊骇地失声道,"她是塔戈尔大沙漠蛇人族的美杜莎女王?"

当初萧厉与萧鼎在沙漠边缘混迹了许久,因此自然知晓这个艳名与凶名皆

极盛的美杜莎女王。只不过他没想到，那令加玛帝国极为忌惮的美杜莎女王，竟然是身旁这名妖娆的美人。

"保密。"萧炎笑着挥了挥手，回头冲着一旁脸色冷漠的美杜莎女王拱了拱手，笑道，"这次多谢了。"

"你想让我帮你抵御云山？"美杜莎斜瞥了萧炎一眼，冷笑道，"我凭什么帮你？云山如今也是斗宗强者，我犯不着去招惹这么一个强劲对手。"

萧炎不在意地笑了笑，轻声道："当初合作时可是说好了，关键时刻，你不能拒绝我的请求。女王陛下说过的话，总不会不记得吧？"

"你又诓我？"美杜莎女王柳眉一竖，令人骨头酥软的冷冷声音中掺杂着些许怒气。

萧炎叹息着摇了摇头，片刻后，淡淡地道："放心吧，到时候你若是不想出手，就在一旁闲观吧，我不会强求。"

微皱着眉头，美杜莎女王冷哼道："别以为说这种话就有用。到时候，我自然会视情况而定，我可不会随随便便当别人手中的武器。"冷哼声落下，她也不待萧炎回话，身形一颤，便再度诡异地消失在大厅中。

望着美杜莎女王消失的地方，萧厉紧皱着眉头，片刻后，忍不住道："三弟，看来她不太可靠啊。"

"本来就没把希望放在她身上。这女人实力固然超强，可性子太桀骜不驯，简直无人可降服她。若非我还能拿出让她心动的东西，恐怕现在她还在锲而不舍地追杀我。"萧炎摇了摇头，沉吟道。

"那怎么办？没有了她的帮助，我们对付云山的胜算也不大啊。"萧厉有些焦虑。他清楚，云山才是云岚宗最大的底牌，只要这个老家伙没倒下，云岚宗就将会永远屹立在加玛帝国。

"放心吧，云山交给我。"萧炎摆了摆手，缓缓坐回椅子，手掌撑着额头，陷入了沉思。

此时，萧炎再次感觉到复仇并非一件简单的事情。若是他真的具备别人无可抵御的无敌力量，那毁灭云岚宗自然极为容易。但如今就算是他实力大涨，也没有绝对的把握打败云山。而且在云山之下，还有众多的宗内强者和成千上万的底层弟子。云岚宗的合击阵法，当年他已经亲身领教过，自然知道它的强悍程度。

看来现在最重要的事，还是得赶紧加强自身实力啊。

轻叹了一口气，萧炎突然看向手指上的漆黑戒指，微微一怔，旋即眼中涌上点点惊喜：他倒是把这个超级战力给忘记了！别人尊称药老为药尊者，那也就是说，以前的药老定然也是一名斗尊级别的强者，就算他如今成为灵魂状态，凭借着骨灵冷火，也能够与斗皇巅峰强者相战而占上风。

若是药老能够苏醒，萧炎这边的战力无疑将会飞跃似的暴涨！

如今的萧炎已经融合了两种异火，应该有能力为药老炼制容纳灵魂的躯体。一旦药老的灵魂有了栖身之所，那么实力定然也能恢复到巅峰时期，那到时候……在斗尊强者眼中，一个斗宗云山，根本就不足为虑。

只是如何炼制躯体，需要哪些材料，萧炎却是半点不知。看来，当前的首要任务便是将药老从沉睡状态中唤醒。

药老一旦苏醒，不仅能令萧炎这方战斗力大涨，而且以他那丰富的阅历，也能让萧炎少走许多弯路。

至于如何让沉睡的灵魂苏醒，以萧炎如今的阅历与本事，无须再靠误打误撞。只要给予他足够的药材，他就能想出两三种办法。

萧炎手掌猛然拍在桌面上。突如其来的响声将一旁的萧厉吓了一跳，他抬头愕然地望着突然一脸欣喜的萧炎。

"二哥，能帮我收集几种药材吗？"萧炎笑问道。他所需要的药材都是极为罕见的，仅凭自己去寻找的话，不知道要哪年哪月才能得到。这种事，交给掌管着一个城市的萧厉，自然是最为合适的。

"没问题,枫城中正好有好几家在黑角域实力不弱的药材坊,现在他们巴结我们都来不及,若是我们需要药材,可以直接找他们拿。"萧厉点了点头,问道,"你需要哪几种?"

萧炎转身取下桌上搁置的墨笔,然后迅速地在一张纸条上挥舞,片刻后,将它递向萧厉,嘱咐道:"这几种药材最好全部寻找到,若是枫城没有,就派人去黑角域其他大城市搜罗,最好在半个月之内搞定。"

"阴神花,火阳灵叶……"萧厉扫过纸条,望着上面那一个个平常连听都没听说过的生涩药材名,苦笑了一声,小心地将纸条收好,说道,"我尽力吧。这些药材恐怕不好找,搜罗的话,价格怕也不便宜。最近一个月城中那些大商铺给我们进贡了一些税金,但用这些钱收购的话,恐怕还不怎么够……"

听到萧厉的话,萧炎这才想起,如今已经不是在内院,他的那些什么火能,在这里可没有半点流通作用。也就是说,他们再次陷入了经济困境。

萧炎无奈地摇了摇头,手一挥,十来个玉瓶出现在桌面上,说:"这些丹药都是韩枫以前所炼制的,品阶都不低,你想办法把它们卖了,应该会有一大笔资金,先解解燃眉之急。这段时间我也会留在枫城,用韩枫遗留的那些药材炼制一点丹药再售卖,直到你收集齐全我所需要的药材为止。"

听到萧炎会坐镇枫城,萧厉松了一口气。依靠萧炎那并不逊色韩枫的炼药术,想必萧门的名头会迅速在黑角域中打响。高阶丹药,永远不缺钱多人傻的追捧者。

将桌上的玉瓶悉数收进纳戒中,萧厉沉吟道:"以韩枫的本事,这些丹药应该能让我们撑一段时间。你便安心炼制吧,药材的事,交给我来办。如果找不全,就算最后去抢,我也会给你全部弄到手!"

说到最后,萧厉的脸涌上一抹疯狂和狠戾。他清楚这些药材对萧炎定然极为重要,不然以萧炎的性子也不会如此郑重交代。现在的萧厉,彻底地将萧炎的话放在首位。因为他明白,想要复仇,就必须依靠萧炎,而他所需要做的,便是尽最大的力协助萧炎，即使需要付出性命，也在所不惜！

当初来黑角域时，萧鼎所说的话，他一直记在心中。

"你能死，三弟不能死！"

望着萧厉那突然间涌上赤红的眼睛，萧炎的鼻子也有些发酸。父亲失踪，家族遭受灾难，他们两兄弟远离帝国，在这陌生之地孤独而艰难地混迹，所为的仅仅是能够得到足以报复云岚宗的实力！

为了这个目的，萧炎不惜在学院潜修一年，在地底忍受两年痛苦折磨；为了这个目的，萧厉不惜万里迢迢赶赴黑角域，吞服噬生丹，用生命换取力量；为了这个目的，萧鼎带领着萧家残存族人，苟延残喘地在加玛帝国坚持，等待他们的归来！

因为所有的萧家族人都相信，那个一度创造了奇迹的萧家青年，定然能够如许多年前一般，给予他们震撼，并且再次创造奇迹！

一处宽敞密室里，柔和的灯光洒遍每一个角落，将黑暗彻底驱散。

密室靠墙角处摆放着一张平板床，萧炎盘坐其上。在他面前，摆放着各种各样的药材。这些药材颇为稀罕，若是放在黑角域中，绝对能够卖出很不错的价钱，而且数量还这么多，真的不得不让人感叹韩枫的身家之雄厚。

目光从面前那大量药材上跳过，萧炎忍不住摇了摇头，心中再度为韩枫的身家感到惊叹——不过他再雄厚的身家最后都便宜了自己。

"这些药材刚好能够炼制一份复灵紫丹。"收回目光，萧炎沉吟了一下，旋即有些惊异地道。

复灵紫丹，一想起这丹药，萧炎就会记起加玛帝国的冰皇海波东。作为他的第一个伙伴，这个性子看上去有些冷漠的老头儿给萧炎留下了不错的印象。特别是在被云岚宗追杀之际，他竟然还能助自己一把，这令萧炎感激。

对于当初承诺给海波东的丹药，萧炎一直记在心中。以前是没有实力炼制，

从地底出来之后，实力虽已具备，可又失去了好不容易收集齐全的药材。如今这里竟然有一份炼制复灵紫丹的药材，萧炎第一时间便想起了他。

"呵呵，既然药材足够，那就先给那个老家伙炼制吧，不然日后回到加玛帝国被责问起来，可不好交差。"萧炎嘴角噙着一丝笑意，微微摇了摇头，手掌一挥，一尊赤红色硕大药鼎便自幽海纳戒中掠出，最后轰然落在面前的地面上。

赤红药鼎的体积颇大，周身布满各种各样的奇异纹路，鼎身之上雕刻着栩栩如生的魔兽图像。魔兽张着狰狞大嘴，若是附耳倾听的话，似乎能够隐隐听见那从药鼎之中传出来的异样的吼声。这种种异状，都显示着这尊赤红药鼎的不凡。

这尊赤红药鼎自然非萧炎所有，似乎是韩枫炼丹之物。

"这家伙在黑角域作威作福，得了不少好处啊。"手掌轻轻拍在赤红药鼎之上，金铁交击的清脆声音，悦耳地在密室中回荡着，萧炎满意地点了点头。

虽然萧炎并不知道这尊赤红药鼎有何来历，但他知道自己以前所使用的那些药鼎，除了药老的那尊名列天鼎榜的黑魔药鼎，其他的恐怕只能用"垃圾"二字来形容。

屈指轻弹，一缕碧绿火焰自指尖浮现。随着火焰的出现，密室温度顿时升高，不过这对萧炎来说，丝毫无碍。他紧紧地盯着药鼎，片刻后，手一挥，碧绿火焰便暴射而出，最后顺着赤红药鼎的通火口，涌进药鼎之内。碧绿火焰一进入药鼎，就猛然膨胀，化为熊熊火焰，燃烧了起来。

碧绿火焰在药鼎之中狂猛涌动，不断释放着恐怖的温度。不过不管温度如何暴涨，赤红药鼎都没有丝毫动静，外表依然清凉如冰。

"好鼎！"眼神火热地盯着这尊庞然大物，片刻后，萧炎忍不住开口赞道。虽然并未开始炼制丹药，但是他经过这番试探，能够猜到这尊药鼎对炼丹有多大的益处，甚至可以毫不夸张地说，使用这药鼎炼丹，连成功率都能提升不少。对于一名炼药师来说，还有什么东西比一个能够提升炼丹成功率的药鼎更具吸引力？

在碧绿火焰的翻腾中，药鼎之内的温度终于逐渐达到了萧炎所需要的程度。在这段时间，他反复翻看了复灵紫丹的炼制方式。这丹药的药方，药老早已传给他，只不过当初由于炼药术尚低，他一直都没有动过手而已。

萧炎来回将复灵紫丹的药方在脑海中过了好几次后，这才逐渐平定心神。他袍袖一挥，面前的几株药材便被一道巧劲直接送进了药鼎之内。

药材刚一进入药鼎，便在那高温之下，以一种肉眼可见的速度发生变化。虽然枝叶枯萎，但是在主干的地方，却缓缓渗透出色泽不同的液体。片刻后，枝叶彻底化为灰烬飘落时，几滴颜色不同的药液便悬浮在了碧绿火焰之上。在火焰的炙烤下，萧炎将其中所含的杂质缓缓驱除出去。

淡淡地瞥了一眼在碧绿火焰的炙烤下逐渐变得精纯的药液，萧炎微微点头，当下十指连弹。随着其手指的弹动，面前所摆放的药材皆腾飞而起，最后悉数有序地落进药鼎之内。那漫天药材飞舞的景象，颇为壮观。

若是放在以往，萧炎自然不敢如此肆意妄为，可如今不同，随着实力的暴涨，他对火焰的操控也越发精深。以他现在的本事，再借助两种异火相融合的碧绿火焰，还有那韩枫所遗留下的赤红药鼎，即使是炼制六品丹药，成功率想必也会达到一个颇高的地步。

药材一落进药鼎之内，顷刻间就化为粉末或者液体悬浮其中。随着时间的推移，药鼎之内悬浮的药液与粉末种类越来越多。提炼这些药液和粉末，都格外地消耗灵魂力量。这般大幅度的消耗，恐怕在同等级中，也就萧炎一人能够做得到。

眼睛紧紧地盯着药鼎之内悬浮的种种药液和粉末，半晌，最后一株药材终于被萧炎丢进了药鼎之内。

之后，萧炎的神色也逐渐凝重。以往他炼化这些药材，要分为好多步，如今他一气呵成地将所有药材丢入药鼎中，再使用不同的火候提炼每一种药材，

　　这种能力比起以往,简直不可同日而语。灵魂力量悉数涌进药鼎之内,那种高温环境,却并未对灵魂力量有所损伤,暖洋洋的感觉反而令灵魂力量有种如鱼得水的舒畅。

　　随着灵魂力量的涌入,萧炎瞬间全权控制了药鼎之内悬浮的那些药液。片刻之后,萧炎深吐了一口气,手印猛然一变!

　　手印变动,药鼎之内本来温和的碧绿火焰,犹如被添加了催化剂,骤然间爆发出极为恐怖的温度,而在那恐怖温度之下,那些药液也在急速地挥发,其中所含的精华,也彻彻底底地被提炼出来!

　　"凝!"低喝声猛然自萧炎嘴中传出。药鼎之内,几十滴颜色不同的药液与一些药粉,犹如受到了牵引,飞速地凝合在一起,最后疯狂地旋转着。

　　拳头大小的药液凝合体,在周围碧绿火焰的炽热高温下,缓缓地缩小。两三个小时后,拳头大小的药液凝合体已只有拇指大小,旋转速度逐渐减缓,能够隐隐看见一枚丹药雏形正在缓慢成形!

　　望着丹药雏形,萧炎微微松了一口气。复灵紫丹虽然是六品丹药,对炼制的要求并非很高,但这丹药的效果太过另类,只有少数人才需要它,其他人拿了也无用,所以论起真实价值来,其实还比不上斗灵丹。

　　碧绿火焰逐渐收敛温度,最后化为一团拳头大小的火焰,在那枚淡紫色的丹药雏形底下,微微释放着温度,缓缓地完成炼制丹药的最后步骤——酝丹!

　　随着低温徐徐炙烤,淡紫色丹药雏形的外表,也逐渐变得圆润并且富有光泽。

　　大约一个小时后,一股异样的药香与一股能量波动突然从药鼎中涌出。萧炎这才缓缓睁开眼睛,旋即便有些惊奇地发现,那些从紫色丹药中升腾而出并且带着色泽的香味与能量波动,竟然悉数被那赤红色的药鼎挡在了其中,任它们如何窜动,也逃不出去。

　　"这药鼎竟然还能掩盖六品丹药成形时的异象?"惊讶地望着赤红药鼎的这

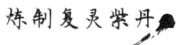

般功效,萧炎忍不住惊叹了一声。片刻后,他方才收起心中的讶异,手掌一挥,药鼎盖子自动掀开,一枚紫色丹药带着一缕香气,自其中飞掠而出,最后被萧炎稳稳地抓在手中,然后塞进早就准备好的药瓶里。

望着药瓶内那具有宝石般光泽的紫色丹药,萧炎轻轻一笑。没想到当年答应海波东的报酬,竟然要这个时候才能实现。

顺利地炼制出复灵紫丹,令萧炎颇为欣喜。因为只要能够炼制出六品丹药,就象征着他已经具备了六品炼药师的实力——虽然这复灵紫丹只是六品丹药中颇为低级的一种。

将心中的欣喜缓缓压下,萧炎望向面前摆放的其他药材,苦笑了一声。看来接下来的好长一段时间中,他需要守着这个药鼎过日子了啊……

第十三章
丹药拍卖会

　　随着萧炎闭关时间的推移，一瓶瓶成品丹药被源源不断地送到萧厉手中。有了如此丰厚的丹源，萧厉欣喜之余，也不再单独出售丹药。在黑角域混迹了两三年的他非常清楚，要将丹药的价值最大化，拍卖才是最完美的手段！

　　如今枫城已经彻底在萧门的掌控之中，以他们的实力，足以办一场声势浩大的丹药拍卖会。因此在筹备了几天之后，萧厉将举办拍卖会的消息，通过各种渠道传送了出去。

　　在黑角域中，大大小小的拍卖会经常出现，却没有只拍卖丹药的拍卖会。而且萧厉在传出消息时，将所要拍卖的高品阶丹药信息一并传了出去。在短短两天时间里，枫城要举办的丹药拍卖会便引起了众多关注。

　　在黑角域这种地方举办拍卖会，首先要有极强的实力。否则，一旦拍卖会开始，一些被贪婪遮蔽了理智的家伙就会干出极其疯狂的事情，比如强抢拍卖品。这种事若是放在外面，定然让人唾弃，不过在黑角域中，却是家常便饭。

　　萧门举办这种拍卖会，自然会惹来不少笑话，一个准一流势力而已，何来举办的资格？然而这种嘲笑，在天阴宗等三大势力首领带齐人马气势汹汹地冲进枫城，最后却当众宣布枫城的主宰者依然是萧门之后，彻底烟消云散。从三大势力的这般表态，明眼人都能看出，他们这次联手进驻枫城，必是受到了极强的阻力，那股阻力连他们都极为忌惮！

事情到了这一步，黑角域大大小小的势力不得不开始正视这个突然冒出来的新兴势力了。三大势力联手，即便是当初的黑盟也不敢轻易招惹，然而如今，却在萧门手中吃了瘪，这足以令众人浮想联翩。

而且三大势力的首领是何等性子，黑角域的人也非常清楚，说他们心狠手辣、性子乖僻都不为过。可他们从枫城回来之后，却都保持缄默，不发表任何有关萧门的言论，甚至在几日之后派遣人马进驻枫城时，都并未选在距离城中心那座恢宏庄园过近的地方。

这种种举动都极为明显地表明，三大势力都在忌惮甚至惧怕那个萧门！

到了这种时候，若再有人认为萧门只是一个有着一名斗王强者的准一流势力的话，恐怕就真的是脑子被烧坏了。

因此，当黑角域流传出萧门要举办丹药拍卖会的消息时，大家都极为乖觉地闭上嘴，没有发表任何言论。而后不久，当三大势力齐齐宣布将会派出人手协助维持枫城的秩序后，其他势力都为自己的沉默感到庆幸。看来这个萧门果然隐藏着令三大势力都惧怕的恐怖实力！

不管其他势力对萧门抱有何种心态，总之这一次萧厉的动作，让大半个黑角域都知道了枫城这一场盛大的丹药拍卖会。

随着拍卖会的临近，越来越多的人从黑角域各处蜂拥而来。对于丹药，几乎每一个人都有着极大的兴趣，况且这种丹药拍卖会在黑角域中还是首次。

在拍卖会前一天，枫城的人流量就已经达到了一个恐怖的状态，甚至超越了当初黑盟的顶峰时期，足见萧厉这专卖丹药的拍卖会点子出得非常好。

举办拍卖会这种大事，萧厉自然通知了萧炎。萧炎清楚，这种场合必须有

够级别的强者坐镇，否则定然会出乱子。所以在拍卖会开始的前一天，他便停止了枯燥的炼丹，并且暗中与美杜莎女王商谈了许久，方才彻底放心。

枫城的丹药拍卖会终于在无数人的期盼中开幕。开幕当天，拍卖场之外如雕塑般站立的一个个黑衣人，其身体内所溢出的浓郁血腥味，让所有人不禁心生压抑与忌惮。

拍卖场内，在一处能够将场地尽收眼底的地方，萧炎居高临下地望着下方那潮水般的人流，微微点了点头。

"三弟，你需要的那些药材，我费尽心思，总算是全部找到并且预订好了，但需要一笔不菲的资金才能拿货。若这次拍卖会能顺利举行，不仅能够将那些药材拿到手，我们萧门还能富余很大一笔资金。"一旁，萧厉满意地望着下方的人流，笑道。

"嗯。"闻言，萧炎松了一口气，笑着点了点头。这黑角域果然能人众多，他开出的那些药材皆属于极其偏门罕见的类别，没想到竟然还真能悉数收购到。

"不过今天也有一些麻烦。"萧厉突然皱了皱眉头，低声道。

"什么？"萧炎眉头一挑，不动声色地问道。

"这次我搞的动静太大，吸引了很多黑角域的势力前来，而这些势力中，有不少都是当初黑盟的成员，据说连那金银二老都要出席。"萧厉无奈地道。

"你怕他们捣乱？"萧炎笑道。

"嗯，那些家伙都不是省油的灯，特别是金银二老。他们忌惮迦南学院，却丝毫不惧我们。"萧厉点了点头道。

"放心吧，两个老不死的家伙而已，二哥你只管举办拍卖会，其他事情，放心交给我。"

"这……好吧。"闻言，萧厉迟疑了一下，便点了点头。对萧炎，他有着极强的信心，连美杜莎女王那种凶悍无比的女人都能被他压制，更何况这些家伙？

在两人谈话间，下方宽敞无比的拍卖会大厅，也逐渐变得人山人海。黑压压的人群，一眼望去，几乎看不见尽头，谈话声、喝骂声汇聚在一起，看那势头，简直要把天花板给冲破了。

拍卖场前方视线极好的位置，自然是安排给黑角域那些有头有脸的人物和势力首领的。这些势力首领偶尔互相交流低叹，目光四处扫射，也不知道各自在心中转动着什么念头。

在拍卖场西北面的前排，簇拥着不少在黑角域响当当的大人物，最靠前的两人，赫然便是萧炎颇为熟悉的金银二老。在两人身后，有一些名声不弱的黑角域强者。这些人大多都是当初的黑盟成员，所以在这里自动地会聚在了一起。

这群人此时正不断地窃窃私语，金银二老则闭目养神，也不知道他们心中在想些什么。

铛！嘈杂的拍卖场中，突然有清脆的钟声响起。拍卖场中的喧哗声逐渐减弱，满场的目光缓缓地聚焦在拍卖台之上……

萧厉的身影缓缓从台后走出。他站在台上，冲着四方拱了拱手，冷厉的脸上露出一抹笑容，朗笑道："在下萧厉，萧门掌事人，今日举办首次拍卖会，若是有什么怠慢之处，还望诸位担待。"

满场安静，所有的目光都锁定在萧厉身上。作为最近黑角域中风头最劲的新兴势力，无数人都在暗中猜测，究竟是谁有何能耐令三大势力都忌惮不已，难道此人便是萧门的首领？

安静持续了片刻，场中又响起窃窃私语声。这次来参与拍卖会的可不乏强者，自然有人一眼就看出了萧厉的实力顶多只是在斗王级别，凭他怎么可能压制住三大势力？

金银二老也缓缓睁开了眼睛，目露讥诮地望了一眼台上的萧厉，片刻后，冷笑道："小子，还是让真正的首领现身吧。若你真是萧门的首领，那么今日这拍卖会也不用举行了。怎么说韩枫在黑角域也有着不小的名声，虽然如今死在

了萧炎手中，但是他的城市还轮不到你这种小辈来占据。"

作为如今黑角域的最强者，金银二老的话音一落，就引起了不少附和声。黑角域中可不乏落井下石的人。

萧厉脸色有些难看地望着那一脸冷笑的金银二老，刚欲说话，一道淡淡的笑声便率先响起，回荡在整个拍卖场之中。"呵呵，两位，既然韩枫死于我手，那么我来收取我的战利品，又有何不可？"

笑声响起的同时，一道黑影缓缓地在拍卖台上浮现。

在那有些熟悉的笑声响起的一刹那，金银二老的脸色微微一变。当目光转移到拍卖台上的人影时，他们的脸色顿时变得难看起来。

"萧炎？你杀了韩盟主，竟然还敢来黑角域？"从金银二老嘴中传出的冷喝声，立马令整个拍卖场哗然，一道道惊讶无比的目光盯着台上的黑袍青年。这个看起来很年轻的家伙，竟然就是那个击杀了药皇韩枫的萧炎？

虽然如今萧炎的名声几乎传遍了整个黑角域，但对其相貌，很多人依然很陌生。因此，见这传闻中击杀韩枫的强者居然这般年轻，众人皆感到难以置信。

萧炎扫了脸色难看的金银二老一眼，轻声嗤笑道："两位这话可真是好笑，这黑角域中每天被杀死的人不计其数，难道杀了人之后，就得被驱逐出去不成？两者相争，有所伤亡，是再正常不过的。"

"油嘴滑舌！这枫城是黑盟的总部，虽说如今韩枫身亡，可我们身为黑盟的成员，自然有权利收回它。看你这意思，竟然还想将这座城市据为己有，未免也太不将我等放在眼中了吧？"金银二老对视了一眼，皆阴沉沉地道。

"韩枫已经身亡，黑盟也已解散，胜者王败者寇，作为胜利者，我有资格接管这座城市的一切。若是两位不满意，尽管放手来抢。"萧炎微微抬头，逐渐变冷的话语没有给金银二老留丝毫面子，也毫不掩饰语气中的那抹隐隐的挑衅。

萧炎这番近乎狂妄的话语一落，就再度引起满场的骚动。整个黑角域中，可没有几个人敢用这般口气与金银二老说话。

金银二老被萧炎这番话刺激得脸色铁青，片刻后，略显尖锐的声音在场中响彻："好个不知天高地厚的小子，还真以为你打败了韩枫便可纵横黑角域了？当初若非有苏千那老不死的和内院强者护着你，老夫早就将你就地格杀了！"

见到金银二老发怒，拍卖场内众人的窃窃私语声顿时小了许多，他们幸灾乐祸地望着台上的萧炎。金银二老的个性，黑角域的人可是颇为清楚的。这两个老家伙最讨厌的便是别人当众拂他们的面子，如今萧炎当着这么多人的面给他们两人难堪，这拍卖会要想顺利举办，没那么容易了。

"你们二人若是分散开来，让你们步韩枫后尘并不难。"萧炎淡淡地道。这两个老家伙虽然联手能与斗宗强者勉强抗衡，但是分散开的话，顶多就是斗皇巅峰实力。以萧炎如今的实力，想要击杀一名斗皇巅峰，并非不可能。

"幼稚之语。"对于萧炎这话，金银二老嗤之以鼻，冷笑道，"黑角域中，没有公平，只有胜败之分。这么多年来，不管对手是强是弱，我们皆联手而战。分散？那是笨蛋才会做的事。不过你这毛头小子竟然把话说到了这个份儿上，那我们今日便顺手帮韩枫了结仇怨，免得他死了都不安宁。"

话音落下，两道雄浑气势自金银二老体内暴涌而出，最后汇聚在一起，笼罩着整个拍卖场！

"好，金老银老，杀了这小子，我们再联手将萧门彻底清理了！枫城可不能落在这些家伙手中！"在金银二老身后，那些以前同属黑盟的家伙见到他们的举动，立马兴奋得大喝起来。对于枫城，他们同样是极为垂涎，自然不想这块肥肉落在萧炎手中。

得到众人的支持，金银二老阴沉一笑，自体内涌出的气势逐渐变强。在金银二老这般强悍的气势压迫之下，拍卖场中，大多数人都涨红了脸，唯有少数强者，才能够面不改色地安然而坐。

萧炎平淡地望着爆发出强悍气势的金银二老，萧厉阴沉着脸色，一挥手，拍卖场上方走廊上就窜出一道道黑影，手中闪烁着寒芒的弓弩直指下方的两人。

只等一声令下，那箭雨就会朝这两人暴射而去。

"这两个老家伙这次怕是要倒霉了。"在拍卖场一角，天阴宗、罗刹门、狂狮帮三大势力首领望着那爆发出压迫气势的金银二老，对视了一眼，都幸灾乐祸地冷笑了一声。别人不知道，他们却十分清楚，在这枫城之内，还有一名货真价实的斗宗强者，而且这名斗宗强者明显与萧炎有着千丝万缕的关系，这些家伙想凭借着人多在这里撒野，可真是自讨苦吃了。

感受着拍卖场之中愈加强横的气势，片刻后，在无数人的注视之下，萧炎缓缓从袍袖中伸出白皙手掌，十指交叉，淡淡的声音响彻全场："今日是我萧门举办拍卖会的日子，任何人在此处撒野都会被视为敌人，你们这两个老家伙，也同样不例外。"

"嘿嘿，好狂的口气，今日苏千和内院众强者未在此处，你也配与我们这般说话？"听得萧炎这狂妄的话语，金银二老顿时怒极反笑。

萧炎斜瞥了两人一眼，手掌缓缓举起，然后轻轻一挥，轻柔的声音从嘴中传出："麻烦让这两位安静一些。"

萧炎声音刚刚落下，其身旁的空间就扭曲起来，旋即一个充满无比诱惑的妖娆娇躯，犹如鬼魅般缓缓地浮现。

突然出现的妖艳美人令全场人顿时瞪直了眼睛，一些定力不坚者甚至涨红了脸，不断滚动着喉结。

美杜莎女王一现身，原本一脸得意冷笑的金银二老就呆住了。对于这个美得近乎妖孽的女人，他们有着极深的印象，当初韩枫便是被这冷血女人直接一脚给踢死了。而且最让他们心惊的是，这个女人是一个货真价实的斗宗强者！

"该死的，这女人不是在追杀萧炎吗？怎么还会在这里帮他？"金银二老脸上涌现一抹苍白，刚才还蛮横地笼罩着全场的强悍气势，也在美杜莎女王淡淡目光的注视下悄然减弱，片刻后，犹如见到了猫的老鼠，悉数缩回了身体之内。

虽然金银二老号称联手可与斗宗强者相战，但也只是针对一些初级斗宗强者，一旦遇见苏千那种强者，只要被对方稍稍拖延一段时间，就会迅速落入下风。对于苏千，金银二老不至于太忌惮，可对于这个有着妖孽般容颜的美人，他们却有一种发自内心的恐惧。这种恐惧毫无来由，他们只是隐隐感觉，若是真与这个妖艳女人打起来，自己将会有九成的概率，成为其掌下亡魂。

金银二老突然间的怪异变化，引起了不少人的注意。当下众人一愣，随后便有聪明人察觉到了什么，于是，一道道目光立刻隐晦地转向了那出现在萧炎身旁的妖娆美人身上。他们心中涌现些许骇然：这女人究竟是何方高人，竟然连金银二老都如此惧怕？

望着金银二老那有些僵硬尴尬的脸，萧炎似笑非笑地道："两位，这枫城，你们看我萧门是否有资格占据？"

"金老银老，枫城可是黑盟当初的总部，不能落在这家伙手中！只要两位一声令下，我们在城中的人马就会立刻动手，保证半天之内便能清除所有萧门势力！"金银二老身后，一个并不认识美杜莎女王的家伙，听到萧炎这番挑衅之意极浓的话，顿时出声说道。

按照他所想，以金银二老的性子，不可能对萧炎的这种挑衅话语无动于衷，到时候只要他们这些势力再添上几把火，今日就定然能够将萧门彻底铲除。

然而，这人在说话之时，却没有瞧见身旁一些势力首领对他投去的怜悯目光，更有甚者还悄悄地挪了一下位置。

听见这种话，金银二老干枯的脸皮都使劲地抖动了几下，他们能够感受到那从台上射下来的目光愈加冰寒。

在那道冷漠无情的目光注视下，金银二老突然猛地转身，在无数人目瞪口呆中，袍袖居然狠狠挥在那个不知死活的家伙脸上，强猛的劲道直接将那家伙一下子打飞了出去，最后重重地砸落在十几米外的走廊上，带起一阵凄厉哀号声。

"没长眼睛的蠢货！韩枫是死在萧门主手中，他自然有权利接管这座城市，

哪轮得到你在这里啰唆?"

庞大的拍卖场霎时一片安静,所有人都一脸错愕地望着那突然间义正词严、破口大骂的金银二老,心中皆有种滑稽的感觉:这两个老家伙真是忒不要脸了。

淡笑着望着场下的闹剧,萧炎知道,从今以后,萧门的名头将会响彻黑角域。

望着那被金银二老一袖打飞的人影,萧炎微撇嘴角。这两个老家伙的手段的确称得上无耻,不过既然对方已经服软,他也懒得再在这种场合与他们计较,今日的拍卖会方才是最重要的事。而借着这一插曲,他所需要的震慑效果已经完美达到,接下来,应该不会再有不开眼的家伙来捣乱了。

"两位,既然对我萧门掌管枫城没有意见,那么就请安静坐下吧,拍卖会即将开始了。"萧炎笑着说道。

听到萧炎的话,金银二老脸皮抖了抖,今日他们这老脸可算是丢尽了,不过没办法,谁叫自己实力不如人……心中叹息着,两人忌惮地看了一眼萧炎身旁那冷若冰霜的美杜莎女王,这才讪讪地坐回了椅子。

"诸位,先前只不过是一场闹剧,还望勿怪。接下来是今日的正戏——丹药拍卖。"目光从金银二老身上移开,萧炎满脸笑容地冲着拍卖场内的众人说道。

萧炎话音落下,下方先是一阵沉默,旋即响起阵阵迎合声。经过刚才那一幕,再蠢的人也知道,这个萧门所拥有的实力已远超出他们的想象,自然没有人敢再出言挑衅,反倒是种种拍马附和声接连不断地响起。见风使舵的人,黑角域同样有不少。

无视那铺天盖地的拍马附和声,萧炎转头冲着松了一口气的萧厉笑道:"接下来的事就交给二哥吧,今天这拍卖会应该能够顺利举行了。"

萧厉笑着点了点头,连金银二老那等实力都碰了一脸的灰,还会有谁胆敢捣乱?

见萧厉点头,萧炎这才举步向着后台走去,其后,美杜莎女王如影随形地紧跟而上，最后在无数道目光的注视下消失。

目送着萧炎两人离开，萧厉微微一笑，手掌一挥，便有几名侍女手捧银盘款款走上台。银盘之上，小巧的玉瓶格外引人注目。

"呵呵，接下来，是我们拍卖会所要拍卖的第一种丹药……"

后台客厅，萧炎安静地坐在椅子上，捧着温热茶杯，偶尔浅抿一口。在这里，他能够隐隐听见从拍卖场中传来的火热竞拍声，看来那些丹药的拍卖效果颇为不错。

"这次多谢你了。"捧着茶杯，萧炎突然转头，对着一旁脸色冷漠的美杜莎女王轻声道。

听了萧炎的道谢，美杜莎女王依然冷着一张俏脸。美杜莎女王此刻的心情极其复杂。在萧炎找到她想要她帮个小忙时，按照她原本的性子，绝对理都不会理，但一瞧见对方脸上殷切的希望，灵魂深处又悄然蔓延出一种异样的情绪，令她不忍拒绝。

她虽然也知道那种异样情绪定然是融合了吞天蟒灵魂的缘故，但是这种潜移默化的影响，依然令她颇为烦躁。一方面她很想一巴掌拍死这个竟然敢侵犯自己的家伙，另一方面，灵魂深处的影响却令她忍不住总是徘徊在这个家伙身旁。这种矛盾，让素来以杀伐狠辣闻名的美杜莎女王，不断地挣扎与犹豫。

"不要再冷着一张脸了，我知道你答应我的请求有一些原因是受吞天蟒灵魂的影响，所以我不会自作多情地以为你真对我有什么特殊的感情。"望着美杜莎女王那张冰冷的脸，萧炎忍不住摇了摇头，苦笑道。

美杜莎女王微挑黛眉，依然保持沉默。

萧炎轻轻放下茶杯，摇了摇头，旋即有些尴尬地道："其实我们之间，也没多大的仇恨吧？当初在地底……咳，我也是身不由己，都是那该死的陨落心炎惹的祸。"

"当年在我进化成功时,你若是不将我所化的吞天蟒带走,我自然不会与你有牵扯。只要给予我足够的时间,我迟早能与吞天蟒的灵魂相融合。它本来就是由我进化诞生的,从某个方面来说,我们同为一体。"听得萧炎竟然想推掉所有责任,美杜莎女王顿时柳眉一竖,咬牙骂道,"你不带走吞天蟒,就不会有如今的诸多麻烦事,我更不会被你带进地底……现在你竟然还敢跟我说没有多大的仇恨?"

萧炎再度苦笑,敲了敲有些头疼的脑袋,道:"当初我又不知道那吞天蟒是你所化,而且你也说了你与吞天蟒同为一体,我对那小家伙哪里敢有半点怠慢?"

"你总说我把那小家伙当宠物养,所以让你这个女王陛下很没面子,不过苍天可鉴,我平日把它当小祖宗一样供着,连我自己都舍不得吃的伴生紫晶源,都给它当水一样喝了,我对它还不够好?"萧炎为自己大声喊冤。

听到萧炎这番仿佛受了天大冤枉般的反驳,美杜莎女王也是一怔。萧炎究竟是不是把吞天蟒当小祖宗供着她不知道,不过那珍贵的伴生紫晶源,倒的确是经常给吞天蟒食用,这一点,她是极为清楚的。

心中念头转动着,美杜莎女王那冷漠的脸稍稍解冻了一点,然而还不等发现这一幕的萧炎心中一喜,她便突然又想起了什么似的,脸色再度一寒,冷冷地道:"就算那些事我可以不再计较,不过你趁我力弱时所做的无耻之事却是丝毫狡辩不得。按照我蛇人族的规矩,若是身躯在非自愿的情况下被侵犯,就要取下那侵犯之人的脑袋,最后投进族中'圣池'之内,任其腐蚀殆尽!"

闻言,萧炎的脸顿时一僵,突然感觉脖子一阵发凉,这女人……难道还想把他的脑袋带回去这么处理?

萧炎嘴角抽搐着,忍不住有种喊冤的冲动。当初在地底,他也是完全被陨落心炎所生的欲火操控了理智,因此只能在事后回想起片段……

"等我完成约定,你必须将复魂丹给我炼制好。到时候,这些恩怨,我会与你做个了断。"美杜莎女王理也不理萧炎,兀自冷笑道。

"而且你也别想给我拖延，约定的时间一到，我若见不到丹药，你的下场，同样不会好到哪里去！"话音落下，美杜莎女王身形一颤，便缓缓在椅上消失。

望着美杜莎女王的身影消失，萧炎无奈地摇了摇头。这女人果然不好忽悠，看来只能慢慢来了。不过还好，距约定日期还有不少时间，他还能慢慢想办法让这女人对他的感觉变得好一些。

"头疼啊……"用手指揉了揉太阳穴，片刻后，依旧想不出什么办法的萧炎，只能抬头哀号一声。

拍卖会持续了将近一天的时间，才在天色渐暗时完美结束。

这场拍卖会的收获，虽然萧厉与萧炎早有预料，但是最后在听到属下汇报时，依然异常欣喜。有了这一笔庞大的资金，不仅萧炎需要的那些稀奇药材能够全部弄到手，剩余的资金还能令萧门大肆笼络强者。

当然，对于为这次拍卖会出了一些力的三大势力，因为日后还需要他们的力量，所以萧炎并未吝啬，直接从所获中拿出不菲的一笔资金，分给了他们。看到他们惊喜的表情，萧炎心中知道，这笔钱的效果已经达到，想要降服人，光靠大棒可不行。

此次拍卖会的顺利举办，不仅让萧门大赚，也令因为黑盟解散而有些萧条的枫城，再度恢复了巅峰期的人气，甚至犹有过之。这一点，倒有些出乎萧炎、萧厉的意料。

在拍卖会落幕的第二天，萧厉便派出人手，以最快的速度，将当初在各处预订的昂贵药材悉数搜罗而回！

当萧炎从萧厉手中接过那些被保存得极好的药材时，脸上露出难以掩饰的喜悦。有了这些药材，距离药老苏醒的日子，就不远了。

药老一旦苏醒，那距离他们回归加玛帝国的日子，也同样不远了。

一切的恩怨，那时都将会有个了断！

第十四章
药老苏醒

茫茫深山,人迹罕至,望不见尽头的葱郁是山中唯一的色调,偶尔有魔兽的咆哮声响彻山林,惊起无数栖息的飞鸟。

在一处悬崖峭壁,有一块从山壁上凸出来的巨石。巨石由于经常被风吹雨打,因此表面极为光滑,甚至还隐隐泛着一层光润。此时,一个黑袍青年稳稳站立,双脚犹如老树盘根般,将巨石紧紧地吸附住,身体纹丝不动。

黑袍青年自然便是从枫城离开的萧炎。这次唤醒药老恐怕会引起不小的动静,他不能在枫城那种人多眼杂的地方进行。在与萧厉打过招呼之后,他便与美杜莎女王两人再次进入深山之中。在这无尽深山中,即使是再大的动静,也不会被人注意到。

萧炎扫视陡峭山壁,这里十分安静,甚至连鸟鸣声都难以听到。片刻后,他满意地点了点头,抬头对着峭壁顶峰大声笑道:"彩鳞,麻烦你了,不要让任何东西打扰我。"

山顶有一道曼妙的倩影,对于萧炎的喊声她充耳不闻,懒得回半句话。

对于美杜莎女王这般态度，萧炎早已经习以为常，因此也没什么其他的表情。他知道，这女人虽然嘴上懒得理会自己，但是只要她答应的事情，都会做得令人无可挑剔。有她在一旁护法，萧炎能够彻底放心。

盘腿坐在光滑的巨石之上，萧炎缓缓闭目，片刻后，待呼吸、心跳皆进入一个平缓节奏时，方才屈指一弹。赤红色的药鼎轰然落下，重重地砸在巨石上，令巨石微微颤抖了几下。

望着面前的赤红色药鼎，萧炎脸色逐渐凝重，手指上的幽海纳戒微微闪烁光芒，一株株药材从中闪现而出，最后犹如受到了某种牵扯，凭空悬浮在萧炎周身。

这些药材的长相皆有些古怪，隐隐间所散发出的奇异味道，令人有种灵魂泡在温泉之中的舒畅感觉。

轻轻嗅了嗅那些奇异的药香，萧炎脸上露出满意的微笑。这些药材对于灵魂果然有着不小的作用。

屈指轻弹，一缕琉璃莲心火闪掠而出，然后宛如火精灵般，灵活地绕着萧炎的手指来回穿行。

"去！"一声轻喝，这缕琉璃莲心火暴射而出，顺着药鼎的通火口钻入其中。在钻入药鼎的那一霎，琉璃莲心火骤然膨胀，化为熊熊火焰，在药鼎之内升腾而起。

半响，萧炎修长的手指突然轻弹一株悬浮在其面前的药材，一股巧劲直接将之射进了药鼎之内。

药材一进入药鼎，就被碧绿火焰悉数包裹，然而那恐怖的高温并未立刻焚毁它，反而随着火焰煅烧，通体散发出犹如白玉般的淡淡光芒，试图隔绝火焰温度。

药材竟然能自主反抗火焰的煅烧，萧炎却并不诧异。他清楚，这种能够修复灵魂创伤的珍稀药材，大多都能凭借某种本能抵御外在的伤害。

比如这株被投进药鼎、名为雪玉骨参的药材,虽然名为参,其形状却与一根雪白如玉的骨头相差不多。这种骨参有着不低于钢铁的坚硬度,对火焰的抗性也极强。若使用寻常火焰炼化,就算烧个半年乃至一年,恐怕都难以取得多少成效。

因此对于它能够抵抗住琉璃莲心火的炙烤,萧炎并未感到意外。炼化这种药材,不能有丝毫急切的心理,循序渐进才是正道。

望着药鼎之中的熊熊火焰,半晌后,萧炎缓缓地闭上了眼睛。他知道,即使是以琉璃莲心火之强,想要炼化这雪玉骨参,至少也要几日时间。

即便萧炎早有预料雪玉骨参的抗火程度,瞧见骨参在第三日方才开始熔化时,也不免一脸惊愕。这些能够治愈灵魂的药材果然与寻常药材不同,这种硬度的药材,还能算作药材吗?

在萧炎不停的炼化下,到第五日时,那原本坚硬无比的雪玉骨参,才彻底熔化成了一摊雪白的黏稠液体。

将那些雪白的黏稠液体挪置于药鼎之内某处温度稍低的地方继续以温火熏烤,萧炎又马不停蹄地将另外一株同样难以炼化的药材投入药鼎,再度开始了枯燥的炼化。

山中无时日,当一株株悬浮在萧炎面前的药材逐渐化为药鼎中各种色泽的药液时,时间悄然从指间流逝……

在萧炎进入深山将近一个月后,所有药材终于都被他彻底炼化。而后,他又花费了将近七天时间,才使这些药液融合在了一起。

峭壁之上,萧炎望着在药鼎之中散发着淡淡斑斓光泽的一团黏稠液体,如释重负地吐了一口气。虽然这次并非炼制丹药,但绝对是萧炎有史以来在药鼎前时间待得最长的一次。

一个多月的时间,萧炎纹丝不动地坐于药鼎前,源源不断地调动斗气补充着药鼎内的火焰。这种高负荷的挥霍，若非萧炎如今已晋斗王级别，并且焚诀功法也已进化到了地阶的等级，就算他性子异常坚定，恐怕也会因为斗气的枯竭，一头从这巨石上栽落到悬崖之底。

"终于完成炼化了啊……"用袍袖抹去额头上的汗水，萧炎咧嘴露出一口白灿灿的牙齿。这一个多月的坚持，令他收获不小。且不提那药液的成功融合，经过一个多月的煅烧，萧炎能够察觉，他对体内由两种异火融合而成的琉璃莲心火的操纵，比以往又熟练了许多。

这种步骤，虽然枯燥并且消耗心神，但是对于锤炼对火焰的操纵度，却有着极大的好处。

将药液融合完毕之后，萧炎歇息了十来分钟，才再度振作精神。他的目光从药鼎中转向手指上那枚古朴的漆黑戒指，略微迟疑，旋即将戒指缓缓取下。

萧炎将戒指放在掌心轻轻握着，半晌，猛地一咬牙，手一抛，漆黑戒指便在一道巧劲的护送下，被投进了熊熊燃烧的药鼎之内！

漆黑戒指一进入药鼎，碧绿火焰就急速涌上，然而一股无形的力量自戒指中自动涌出，硬是把火焰隔绝开去。

"自动护主吗？看来老师这戒指也不是普通东西啊。"看到漆黑戒指的这般反应，萧炎一怔，不由得笑了笑，屈指一弹，那色彩斑斓的黏稠药液一阵滚动，最后把漆黑戒指包裹起来。

对于这些对灵魂有着不错治疗效果的药液，漆黑戒指倒没有反抗，而是任由它将自己扯了进去。

见药液已成功将漆黑戒指包裹住，萧炎微微一笑，手印一变，药鼎之内本来有气无力的碧绿火焰，立刻犹如被打了兴奋剂，噗的一声暴涌而上，将那斑斓药液团团包裹。恐怖的高温，即使有赤红药鼎的隔绝，也依然令周围空间逐渐扭曲起来。

斑斓药液在萧炎的控制下，并未对碧绿火焰有过多的反抗，黏稠的液体表

面，在那恐怖高温之下，逐渐冒起些许细小的气泡。气泡偶尔爆裂时，一缕无形的烟雾在高温的压缩下，最后悄无声息地融合进漆黑戒指之中！

随着时间的缓缓流逝，那团原本巴掌大小的斑斓药液，体积逐渐地缩小。其中所蕴含的治疗灵魂的药力，已经在周围那恐怖高温的压迫下，被悉数融合进了戒指之中，修复着那沉睡的灵魂。

药液愈加稀薄，在萧炎喜悦目光的注视下，那枚漆黑戒指表面终于逐渐地涌上一层代表着生机的淡淡光芒……

"老师，您沉睡了两年，该醒了……"

葱郁山林，山峰如刀刃般直插云霄，巍然，壮观。

在某处山脉的一方陡峭山壁之间，一块巨石延伸而出。巨石之上，黑袍青年盘腿而坐，紧闭眼睛。在其面前摆放着一尊巨大的赤红药鼎，药鼎之内，碧绿火焰熊熊升腾，若仔细看的话，能够隐约瞧见，火焰之中居然有一团斑斓的液体在缓缓流动。

斑斓液体在火焰的炙烤下，表面不断地泛起细小的气泡，每当气泡爆裂，这团液体的体积就会缩小。

当然，这种缩小很是细微，若不仔细察看的话，很难发现。不过水滴石穿，一段时间下来，体积已缩小了不止一星半点。

斑斓药液愈加稀薄，隐隐约约露出其中所包裹的一小团黑色。细细看去，原来在药液之中，竟然还有一枚漆黑的古朴戒指！

此时的这枚漆黑戒指，比起以前来，无疑多了几分暗蕴的精芒，表面的颜色也更加深邃与暗沉。当戒指的光芒偶尔闪烁时，液体的体积也随之悄然地缩小。显然，药液之中的精纯药力，正在被戒指之中那沉睡的灵魂逐渐吸收。

唤醒药老沉睡的灵魂，是一件颇为烦琐和缓慢的事情。对此，萧炎早有准备，所以即便时间已经过去了一个月之久，戒指依然没有丝毫反应，他也并未感到紧张与不安，只是偶尔睁开双眸盯着药液中的戒指，良久后发出一声低叹，然后便再度静心炼化。

宁静的山脉中，没有外界的喧哗，偶尔从此处经过的一些魔兽，也会因为那山顶之上隐隐散发出的恐怖威压而狼狈逃离。

时间在宁静中悄然流逝，不知不觉间，距离萧炎进入深山已两个多月的时间了。而这两个多月，萧炎大部分时间都守候在药鼎旁。

在琉璃莲心火的不断煅烧中，那团原本巴掌大小的斑斓药液，此刻已化得只有拇指大小，刚好能够将那枚漆黑戒指完全包裹，其色泽较之以前也有天壤之别。显然，这药液之中的大部分药力伴随着火焰的煅烧，已被压缩进了戒指之中。

山顶，美杜莎女王盘膝坐在青石之上，缓缓睁开狭长眸子，淡淡地瞥了一眼下方峭壁上萧炎所在的方位，红润的嘴唇动了动，一阵冷笑声轻轻响起："两个多月了，这已经是你的极限，若是再继续熬下去，恐怕就得等别人来救你了。"

虽然相隔甚远，但是美杜莎女王的冷笑声极为清晰地传进了下方脸色有些苍白的青年耳中。

听到耳边的声音，萧炎缓缓睁开眸子，体内斗气涌动，再次催动着一缕碧绿火焰自指尖射出，最后灌注进入药鼎之内。做完这一切，他才抬头冲着山峰上笑道："怎么，担心我啊？"

"我担心你死了，那复魂丹我就拿不到手了！"美杜莎女王一撇嘴角，冷声道。

"呵呵，放心吧，我还能坚持的。你的丹药，也一定能拿到手的。"萧炎略显苍白的脸上扯出一抹笑容。不断消耗斗气催动琉璃莲心火长达两个多月，并且还要使用灵魂力量将火焰完美控制，这种消耗，一个月时间还能接受，时间过长，他就逐渐出现疲态。这种程度的挥霍，就算是斗皇级别的强者也承受不了，更何况是他……话音刚落，萧炎再不敢分神，继续将心神完全投注在面前的药鼎之中。

"冥顽不灵！"望着那又凝神控制火焰的萧炎，美杜莎女王微微皱了皱黛眉，低声自语道，"他的死活，关我何事？我竟然会跟他说这种话！"

美杜莎女王颇为不解地摇了摇头，这与她原本的性子极为不符。不过嘴上这般说着，目光还是时不时瞟向下方，担心萧炎会因为力竭而一头栽下山崖。

随着时间的推移，当那包裹在漆黑戒指之外的斑斓药液只剩下薄薄一层时，原本稳稳坐在巨石之上的萧炎，身躯颤抖了起来，药鼎之中的碧绿火焰也开始闪烁不定。显然，经过如此长时间的炼化，萧炎已经濒临力竭。

望着身躯有些晃动的萧炎，美杜莎女王再度紧皱黛眉："这个家伙还真是不知死活！"心中暗骂了一声，美杜莎女王身体表面逐渐涌上淡淡的七彩能量。

紧咬着牙，强忍着脑袋中传来的一波波疲倦和昏沉的感觉，萧炎死死地盯着那在火焰中的漆黑戒指，拼命地榨干隐藏在体内每一处的斗气。他隐约感觉到，距离药老苏醒的时候已经不远了！

体内仅剩的斗气，在他不断的压榨中，涌出的速度越来越慢，到最后，甚至出现断断续续即将枯竭的状况。此刻萧炎的脑海已被疲倦与昏沉彻底侵占，视线开始模糊，身体摇摆的幅度也逐渐加大。

"自找死路！"望着那摇摇摆摆，随时会掉落悬崖的萧炎，美杜莎女王咬牙骂了一声，身体微微前倾，似乎随时准备出手抢救那个冥顽不灵的家伙。

眼前视线越来越模糊，萧炎心中也清楚，他已经到达极限，不过这个时候不能放弃……

牙齿狠狠地一咬舌尖，剧烈的疼痛令萧炎精神稍稍一振，旋即疯狂地运转着焚诀功法，那潜藏在体内的最后一股斗气也被悉数压榨出来，在体内疯狂地窜动，最后尽数灌注进入药鼎之内。

当斗气从指尖涌出时，萧炎的视线终于由模糊彻底转变成了黑暗，脑袋垂下，身体一歪，犹如木头一般，从光滑的巨石上滑落，一头朝着那云雾缭绕的悬崖栽下。

"该死的！"见到萧炎终于一头栽落悬崖，美杜莎女王忍不住骂了一声，旋即娇躯一挺，便欲抢救。不过刚刚直起身体，她的脸色便是一阵变幻："我为什么要救他？这家伙死有余辜！"

在美杜莎女王内心挣扎迟疑间，萧炎坠落的速度越来越快，看这情况，若是云雾中有从悬崖上延伸出来的巨石，恐怕他就要摔成一堆肉酱了。

紧盯着落进缭绕云雾间的萧炎，瞬间后，美杜莎女王终于猛地一咬牙，身形一颤，化为一道七彩流光，闪电般地掠下山峰，几个闪掠间，便出现在了萧炎身边。

就在美杜莎女王有所行动的一刹那，那巨石之上的赤红药鼎之内，漆黑戒指表面的那层斑斓药液也终于彻底地融进其中。戒指猛然间剧烈地颤抖起来，一股无形的波动犹如涟漪般扩散而出，撞击在药鼎内壁上，发出清脆音波。

无形涟漪扩散得愈加迅猛，仅仅几个眨眼间，那剧烈声波便从药鼎之中传出，最后化为雷霆巨声，在这片山脉之中回荡。声波扩散之处，狂风乍起，绿色的波浪在林海之上成形，最后席卷至天地尽头！

那突然间爆发的清脆声波，美杜莎女王自然有所察觉，不过此刻她已无暇理会。低头望着近在咫尺的萧炎，她那充斥着野性的狭长美眸中再度光芒闪烁。看来，她又在救与不救之间挣扎了起来。

对于萧炎，美杜莎女王的第一感觉，便是要将这个讨厌的家伙就地格杀，但她的灵魂深处，却不断地有另外的东西与这种感觉相抵抗，还暗中驱使她出手相救。

内心挣扎持续了一瞬，美杜莎女王终于下定决心，咬着牙道："混蛋，算你好运，完成约定之后，我会亲手取你性命！"

话音落下，美杜莎女王修长玉臂一探，便牢牢抓住了萧炎衣袍，然而刚欲将之带上悬崖，脸色便猛然一变，旋即玉掌毫不犹豫地对着身后空间狠狠拍去。

嘭！玉手落处，空间一阵波荡，恐怖的能量涟漪扩散而出，在一旁的悬崖

壁上，震出一道道裂缝。

"是谁？滚出来！"脚尖在虚空轻点，方才卸去劲力，美杜莎女王俏脸一寒，冷喝道。

喝声刚刚落下，一股诡异吸力陡然涌现，旋即在一道衣袍的破裂声响中，昏迷的萧炎便自美杜莎女王手中脱落，被另一道虚幻的人影闪电般地接住，最后又闪掠上天空。

"你想取老夫弟子性命，可得先问问老夫同不同意！"苍老的喝声，宛如滚滚怒雷般轰然响彻天际。如此庞大的灵魂力量，即使是美杜莎女王这等强者，脸色也为之一变。

一道苍老人影悬空而立，赫然便是在戒指中沉睡了两年的药老！

此时，药老的身躯明显比以前更加实质化，从其体内隐隐散发出来的强大灵魂力量来看，这两年的沉睡，令药老的实力增强了不少。

"是你？"看清楚药老的脸，美杜莎女王一怔，皱着黛眉道。

药老笑了笑，低头望着陷入昏迷的萧炎，一脸欣慰。虽然陷入沉睡，但是他依然能够感受到一股能量在滋润着自己的灵魂，能如此来助他迅速恢复的，除了萧炎，还会有谁？

"没想到你竟然能够成功地与吞天蟒的灵魂相融合，看来我沉睡的时间应该不短。"药老瞥了一眼同样没有凭借任何外力，就悬浮在空中的美杜莎女王，淡笑道。

"你也不差，沉睡了两年，实力竟然增强到了这一步。"美杜莎女王冷笑了一声。本来她以为只要自己能够融合吞天蟒的灵魂，就必定能超越这个神秘的老头儿，可没料到，经过了两年的沉睡，药老的灵魂力量居然也越发强横。经过先前那闪电般的交锋，美杜莎女王能够感觉到，即便她现在已经成功融合了吞天蟒的灵魂，若想击败药老，难度依然不小。

"既然如今你已经融合了吞天蟒的灵魂，为何还留在萧炎身边？"

药老低垂的眼中掠过一道冷芒。以前这女人如何敢视萧炎,他可是清清楚楚,因为有他在萧炎身边,她就算想动手也要忌惮几分。可在他沉睡的两年中,无人相护,萧炎又是那般实力,这心狠手辣的女人难保不会有什么心思。

药老话中的冷斥之意,美杜莎女王听得明白。她是个心高气傲的主,好好说话或许还会听两三句,语气一旦不对胃口,管你是谁,都是冷脸相对。因此,一听到药老这话,她一扬妖艳俏脸,冷笑道:"我留在这里,与你何干?当年萧炎那般辱我,你这老家伙也脱不了干系,如今遇上,我未找你麻烦就罢了,你还有胆来管我?"

"嘿嘿,好个牙尖嘴利的丫头,老夫我纵横大陆时,你还不知道在哪里喝奶呢。"药老嘿嘿一阵怪笑,不过脸上的冷意倒少了许多。不管这女人是否对萧炎有杀心,至少现在他见到的萧炎还是活的。

"不过现在老夫可没时间与你扯皮,等我将这小家伙弄醒后,再来跟你算账。"药老四处望了望,目光突然停在了峭壁之间一块巨石上的赤红药鼎上,不由得轻咦了一声,手掌一招,一股吸力凭空涌出,那硕大的药鼎便自动飞掠而来,悬浮在药老面前。

"这药鼎……"药鼎表面雕刻着种种魔兽图纹,只见那些魔兽仰头咆哮,栩栩如生,轻轻抚摸片刻后,药老脸上的惊异更盛,忍不住喃喃自语道,"这药鼎……看起来怎么有些像天鼎榜上所记载的万兽鼎?"

对药鼎,药老的眼光明显比萧炎老辣无数倍。萧炎只能感觉到这药鼎的不凡,却根本猜测不到其来历,而药老能够凭借粗略的查看就辨出不少端倪。

药老转了转眼珠子,最后目光停在一旁的美杜莎女王身上,看到她对此鼎没有什么反应后,这才悄悄松了一口气。将萧炎手指上那枚深蓝色的纳戒取下,药老刚欲把药鼎收进去,却再度发出惊疑:"竟然有灵魂印记?这是高级纳戒?嘿,看来这两年小家伙过得挺不错的啊。"

想把药鼎收进纳戒,却被纳戒中隐隐传来的抵抗力阻拦了下来。药老一阵

错愕后,才望着那枚深蓝色的纳戒咂着嘴赞叹了一声。

收取无果,药老也不勉强,手一挥,一股无形力量便将药鼎固定悬浮在萧炎身旁。他目光四处一扫,旋即身形一动,带着萧炎向一座山峰之上闪掠而去。

看到药老带着萧炎离开,美杜莎女王一皱黛眉,迟疑了一下,随即也展动身形迅速跟了上去。

美杜莎女王的举动自然未逃过药老的注意,他皱了皱眉,不过并未阻拦。现在最重要的事,是先把这个小家伙弄醒。因此,他身形一颤,有些虚幻的身形便悄无声息地划过天空,最后一头扎进了布满葱郁巨树的山峰之中。

月如银盘,悬挂遥遥天际。清凉的月光从天空倾洒而下,披上了一层淡淡银纱的山脉,在暗沉天色下,显得格外朦胧与神秘。

葱郁森林中,有篝火升腾,红亮的火光在暗沉的森林中显得颇为显眼。

篝火旁,一名老者手掌抵着黑袍青年的额头,庞大的灵魂力量源源不断地涌出,浸润着青年那枯竭的灵魂。在篝火一旁不远处,一脸清冷的妖艳美人亭亭玉立,一对狭长眸子淡漠地望着那一老一少。

许久之后,药老缓缓地吐了口气,手掌离开了萧炎的额头,手指一晃,一枚丹药出现在手中,然后被塞进了萧炎的嘴中。

"两年不见,没想到这小家伙的灵魂力量竟然已经强悍如斯,不知道确切实力达到了哪种级别。"望着喉咙滚动,将丹药吞服而进,却仍紧闭着眼睛的萧炎,药老惊叹地摇了摇头道。

因为萧炎此刻的气息处于最萎靡时期,而且体内斗气也近乎枯竭,所以就算是感知敏锐的药老,也不太清楚萧炎的确切实力。

在药老轻声嘀咕时,那陷入昏迷状态中的萧炎,突然一阵剧烈咳嗽,随后睫毛抖动着,片刻后,眼睛缓缓张开。首先映入他眼帘的,便是药老含笑的面孔。

呼——望着那张熟悉而亲切的苍老面孔，片刻后，萧炎仰起头，长长地吐出一口气。随着这口气的吐出，他似乎将所有担心与压力悉数卸下，将疲软的身体靠在身后的树干上，冲着药老微笑道："老师，两年不见，您还好吧？"

药老紧紧地盯着这张比起两年前多了几分成熟与冷厉的年轻面孔。他知道，在他沉睡的时日中，这个长久以来一直依赖着他的小家伙，已经彻底蜕变并且具备了独当一面的资格与实力。

当年需要他时刻庇护的雏鹰，如今已然能够振翅高飞，翱翔九天！

从某个方面来说，如今的萧炎，已经可以出师了。

用温暖而干枯的手掌轻轻地拍着萧炎的脑袋，药老欣慰地笑道："小家伙，干得不错！"

面对药老的赞赏，萧炎讪讪地挠了挠头，挣扎着要坐起来，可体内传来的一波波虚弱感觉却令他无奈地摇了摇头。他抬起头，突然瞥见了不远处的美杜莎女王，当下笑着致谢道："彩鳞，多谢相救。"

虽然从巨石上掉落时，萧炎已陷入昏迷，但是隐隐间还是感觉到，是美杜莎女王对他伸出了援手。

对于萧炎的道谢，美杜莎女王毫无反应，只是淡淡地道："我没救你，是他救的，而且我也只是想得到你承诺给我炼制的丹药而已。"

对于美杜莎女王的嘴硬，萧炎已经深有感触，因此也懒得计较，转头望着一旁的药老，笑着道："老师，您似乎实力更加精进了。"

"算不得什么精进，只是恢复了当年的一点实力而已，想要完全恢复，怕是得先解决躯体的问题。"药老摇了摇头，有些迫不及待地问道，"小家伙，那陨落心炎怎样了？"

"被我炼化了。"萧炎微微一笑道。

"就知道你这小家伙不会让人失望。"听到萧炎这话，药老脸上顿时涌上难以掩饰的惊喜，手掌重重地拍在萧炎的肩膀上。虽然药老在苏醒后见到依然活

着的萧炎，便隐隐猜测到这个结果，但是当这猜测被证实时，他还是感到特别惊喜。

望着药老那张充满惊喜的脸，萧炎笑了笑，迟疑了一下，突然轻声道："还有，老师……那个叛师者，也已经被弟子清除了……"

轻轻的声音，却令药老顷刻间怔住，好一会儿，他方才使劲地吐了一口气。药老脸上的表情说不清是悲戚还是解脱，手掌缓慢而沉重地拍在萧炎头上，他低沉得令人心酸的苍老声音，在萧炎耳边徘徊。

"多谢了，小家伙！"

第十五章
炼制躯体的材料

望着药老那副表情,萧炎笑了笑,简略地将当初的事情说了一遍。当说到击杀了韩枫,魂殿的人出现时,药老的脸色顿时一变。

"你说韩枫的灵魂被魂殿的人带走了?"药老紧皱着眉头,脸色凝重地问道。

"嗯。"萧炎点了点头,看到药老那副凝重模样,不由得小心翼翼地问道,"怎么了,老师?有何不对的?"

药老皱着眉头沉吟了片刻,才缓缓道:"如果是这样的话,恐怕韩枫并不会那么容易死。"

萧炎一怔,旋即皱眉道:"老师的意思是,魂殿会助其复活?"

"你应该也清楚,当灵魂强大到一定程度时,便能离体存活,当然实力会因此大打折扣,就如同我现在这种情况。魂殿对于灵魂体显然十分了解,虽然并不清楚他们为什么要满大陆地抓捕灵魂体,但是他们的攻击手段对灵魂体有着格外强横的杀伤力。"药老沉声道,"韩枫那孽畜以前便与魂殿有瓜葛,当年对我下毒手时,也有魂殿的人参与。好在当时我早有准备,才从魂殿的追捕中逃

走。此次韩枫的灵魂落在魂殿手中，难保他们不会使用一些诡异手段令他复活。"

"那魂殿竟然如此麻烦……这样说来，恐怕韩枫还真没彻底死去，可惜啊！"萧炎皱着眉头，苦笑着摇了摇头，有些惋惜地叹息道。

"这倒没什么可惜的，从某个方面来说，你已经杀死他一次，就算他能在魂殿的帮助下复活，实力定然也会大打折扣，恐怕也难以对你构成多大的威胁。"药老摇了摇头，正色道，"不过最让人担心的，还是魂殿那些诡异的家伙。听你所说，魂殿显然已经知道了我的灵魂体附在你身上，或许日后就会派遣追捕者来对你出手了。"

"兵来将挡，等他们找上门来再说吧。正好我父亲的失踪也与他们有关，来了正好。"萧炎挑了挑眉，冷笑道。

"以你如今的实力，对于寻常的魂殿猎杀者，倒也不用惧怕。不过魂殿这个势力太诡异莫测，连我都不清楚他们的实力究竟有多强横，所以还是得小心行事。"药老沉声道。

"这是自然，狮子搏兔尚使全力，更何况如今我们是那只兔子，不小心点迟早会成为他们的口中餐。"萧炎笑道。

药老微微点了点头，思忖了一会儿，似是想起了什么，突然转头对不远处的美杜莎女王笑道："我们师徒有些话要谈，麻烦你回避一下。"

听到药老的话，美杜莎女王微微一皱黛眉，瞥了一眼已无大碍的萧炎，冷哼了一声，身形一闪，便消失在篝火旁。

"没想到这美杜莎女王融合了吞天蟒的灵魂之后，实力竟然精进如此之多，以她现在的实力，恐怕就算我倾力而为，要胜她都有点凶险啊。"药老望着美杜莎女王消失的地方，片刻后，轻叹了一声，话语中有一丝忌惮。

"呵呵，老师不用担心，至少半年之内，她不会对我出手，而且若是有事，还能请她出手相助。在您沉睡期间，我狐假虎威地借她威风了好几次。"萧炎笑着道。

"你这小鬼头，就是鬼主意多，竟然连这等心狠手辣的女人都能降服。不过，还是得小心一些。这女人就是一头桀骜不驯的母豹子，驱使得当是绝好的助手，一旦失败，反噬之下恐怕第一个就把你给吞了。"药老先是笑了笑，然后正色提醒道。

萧炎笑着点了点头。

"还是先谈正事吧。"药老脸色一正，紧盯着萧炎，有些许迫不及待的味道，"陨落心炎已经被你炼化成功了，那两种异火融合了吗？"

望着药老那副急切的模样，萧炎咧嘴一笑，缓缓伸出手掌，屈指一弹，一缕琉璃莲心火便浮现而出。由于萧炎此刻的状态颇为萎靡，因此这缕火焰显得很微小，但这并不妨碍其中那恐怖温度的散发。

"果然融合成功了啊！"死死地盯着那缕碧绿火焰，药老的脸色有些激动。这焚诀连他都没有修炼过，因此对于究竟能否真的吞噬并且融合异火，他也不敢肯定。毕竟人体内只能存在一种异火，这是炼药界尽人皆知的常识，强横如当年的药老，也只敢吸纳一种异火，更何况他人，然而如今这神奇的焚诀将这常识彻底打破。

可以想象，一旦将焚诀的特效公布出去，将会在炼药界引起何等剧烈的震动！一种异火，足以令一名炼药师或者火属性修炼者拥有莫大力量，倘若是两种、三种，乃至更多呢？那累积起来的力量，恐怕称之为毁天灭地也并不为过吧。

望着激动的药老，萧炎一笑，一根手指轻轻探进那缕碧绿火焰之中，一拉一扯，碧绿火焰便被分成了两团颜色不同的火焰，左为青色，右为无形之色。

"融合之后，竟然还能分离出来？"瞧见萧炎双掌上的两团熟悉的火焰，药老顿时一脸惊愕。

"分离开的话，很是消耗斗气，却胜在各有各的用途；合起来的话，威力自

然更加恐怖。"萧炎笑了笑,再度将两种火焰融合成琉璃莲心火,抬头对药老好奇地问道,"老师,您看我这融合出来的琉璃莲心火,能在异火榜上排多少名?"

手掌在碧绿火焰上方晃了晃,药老略微沉吟,有些无奈地道:"异火榜上的那些异火皆极为稀罕,连我都未曾全部见过,所以不能给你的这琉璃莲心火做排名。不过按照我的推测,至少不会比我的骨灵冷火低便是。"

对于这个模糊的答案,萧炎也只得耸了耸肩。

"对了,既然你如今已经成功吞噬并且融合了陨落心炎,那么焚诀应该也进化了吧?"药老突然问道。

"嗯,我想如今焚诀应该步入地阶级别了吧?"萧炎搔了搔头,有些不太确定地道。

"你试试运转功法,我来检测一下。"药老沉吟了一下,手掌贴着萧炎心门处,说道。

闻言,萧炎立马照办,心神一动,体内焚诀功法便迅速运转。随着功法的运转,周围空间也迅速波动,一股股天地能量迅速钻进萧炎体内,然后经过重重炼化,潜藏进体内各处。

"嗯,能量的吸纳的确比以前强横了许多,看样子是进入地阶了,算是地阶低级。"药老缓缓抽离手掌,笑道,"不过以焚诀功法的奇妙,就算是地阶低级,也能抵得上寻常的地阶中级功法,足够你挥霍了。"

萧炎点了点头,轻笑道:"老师,如今我已经融合了两种异火,是否可以为您炼制容纳灵魂的躯体了?"

听得萧炎这话,药老一怔,旋即心中有些欣慰,摸着萧炎的脑袋,笑道:"两种异火有些勉强,加上我的骨灵冷火,应该就没多大的问题了。但炼制躯体所需要的材料实在是太罕见乃至恐怖,所以这事也急不来。"

"需要哪些材料?如今我在黑角域也有一些势力,或许能让人帮忙搜寻。"萧炎追问道。

"这些东西可不是靠搜寻就能得到的。"药老苦笑了一声,望着萧炎那殷切的目光,只得无奈地点了点头,道,"想要炼制一具可以容纳我灵魂的躯体,最主要的是三种东西。"

看到药老伸出的三根手指,萧炎急忙凝神,附耳倾听。

"第一,生骨融血丹。

"第二,七阶魔兽的精髓血脉。

"第三,一具斗宗强者的骸骨。"

听到药老缓缓说出来三种东西的名字,萧炎原本凝重的神色逐渐变得呆滞。

生骨融血丹?这玩意儿萧炎倒是知道一点:堂堂七品顶峰,甚至能够踏入八品之列,传说中连只有一口气的半死人都能被立刻救活的超级灵丹。

七阶魔兽的精髓血脉?老天,你是在说美杜莎女王吗?

一具斗宗强者的骸骨?

这个……难道要萧炎去找一名斗宗强者把他宰了不成?以他现在的能耐,谁宰谁还不一定呢。

望着萧炎那目瞪口呆的神色,药老笑了笑。他知道这三种材料对萧炎来说是何等震撼,安慰道:"这些东西皆极难弄到手,所以我说急不来。你能有这份心,我便很欣慰了,反正时间还长,我们可以慢慢弄。"

萧炎逐渐平静下来,片刻后,他苦笑了一声,感觉脑袋有些发晕。七阶魔兽,那便是相当于斗宗级别的超级强者,而精髓血脉是魔兽赖以生存与成长之物,就犹如人体之内的鲜血骨髓,这东西一旦从魔兽体内抽离,那魔兽自然就会立刻丢掉性命。如此说来,想要得到七阶魔兽的精髓血脉,就必须击杀一头足以与斗宗强者相匹敌的超级魔兽。而这种阶别的魔兽,从出生到现在,除了美杜莎女王,萧炎还从没见到过,更别说将之击杀了。

斗宗强者的骸骨……这材料也同样让萧炎无语。斗宗强者横行天地,能混到这一地步的人,大多都拥有不弱的势力,而一旦他们陨落身亡,尸骨不是无

存，就是会被严加保存与隐藏。你若是敢去动别人祖宗的尸骨，就算实力相差再大，人家也一定会拖家带口地来找你拼命。因此这东西也是一种极为棘手的材料。

至于那所谓的生骨融血丹，也不是什么简单东西。七品顶峰级别的丹药，恐怕就算是现在的药老倾尽全力，都不能保证炼制成功，更别提炼制生骨融血丹需要种种罕见的药材，收集起来，又是极大的麻烦。

萧炎面带苦涩地点了点头，叹息道："我会把这事记在心里，日后找机会，想办法把三种材料弄齐全。"

药老微微一笑，道："若是炼制容纳寻常灵魂的躯体自然不会如此麻烦，灵魂力量越是强横，对于躯体的要求便越是苛刻。我如今的灵魂力量颇为强大，若不使用强悍点的躯体，恐怕灵魂刚刚进入，就会把新的躯体给胀爆。

"不过，若是日后你真的凑齐了这些材料，并且成功炼制出了容纳灵魂的躯体，等我的灵魂与新的躯体融合之后，我的实力应该会比当年巅峰时期更强，毕竟如今我的灵魂力量可比当年强了许多。"

闻言，萧炎大喜。从苏千等人称呼药老名讳时便能够听出，当年的药老，应该是一名货真价实的斗尊强者，若是在这个等级上更强一些，那岂不就是传说中的斗圣强者了？

看到萧炎那副喜形于色的模样，药老似也猜到了他的想法，当下无奈地摇了摇头，道："别做白日梦了，真当斗圣强者那么容易修炼？若我真有那实力，就算是直接去你那小女友族中为你提亲，他们也会正视我的要求的。"

萧炎一怔，心头不禁有些震动。从药老这话，他能够隐约地感觉到薰儿一族的强横可怕，药老说得达到斗圣级别，他们方才会正视，那也就是说，只凭其斗尊实力的话，还难以让他们正眼相待。

萧炎紧皱眉头，在心中轻叹了一声：薰儿的家族究竟是何方神圣？居然连位列大陆强者金字塔巅峰的斗尊强者都如此忌惮。看来自己还有很长的路要走

炼制躯体的材料

啊……

"好了，小家伙，不用想太多。以你的天赋，我相信，你迟早能够具备真正配上你那小女友的资格。呵呵，二十一岁的斗王强者，这般成就，放眼大陆，虽不敢说独你一人，却足以傲视无数人了。"望着脸色变幻的萧炎，药老笑了笑，安慰道。

萧炎微微点了点头，抬头盯着药老，嘴唇动了动，欲言又止。

"我知道你对你那小女友的家族很感兴趣，不过有些事现在告诉你并没有太大的意义。我唯一能告诉你的，便是他们那一族是从远古传下来的，拥有极其可怕的力量和常人难及的特殊天赋。小家伙，斗气大陆很大，现在你所接触的，还只是冰山一角，日后你会逐渐发现，这块大陆，比你想象的更加宽广。"似乎清楚萧炎想要问什么，药老摆了摆手，淡笑道。

缓缓地吸了一口有些冰凉的空气，将心中的躁动压下，萧炎微微点点头，脸色也恢复了以往的平静。

"现在，你还是先安心养伤吧，这次你为了唤醒我把你自己搞得筋疲力尽，若再持续下去，对你的实力也会有损伤的。"药老拍了拍萧炎的肩膀，笑道。

萧炎点了点头，略微沉吟了一下，突然从纳戒中取出一个卷轴与一个造型颇为古怪的玉瓶，玉瓶之中盛着一枚宛如鲜血凝结的丹药。

"咦，这药瓶竟然还有能量封印的痕迹？这丹药……"药老的目光在玉瓶出现的一刹那，便被吸引了过去，扫见那枚猩红丹药时，脸上逐渐涌上一抹凝重。

"老师，这丹药便是您当初与我偶然提起的噬生丹。"萧炎的神态也颇为凝重，声音压得极低，只能两人听见。

"果然是这东西……"眼瞳微微一缩，药老缓缓地吸了一口冷气。那血色丹药一出现，看着那有能量封印痕迹的药瓶，他便隐隐猜到了这一点。

"你怎么搞到这东西的？据我所知，很多年前这丹药就随着它的创始人神秘消失了。"药老皱了皱眉，目光忽然转到一旁的卷轴上，道，"难道这是配方？"

"嗯,这便是噬生丹的药方。"萧炎点了点头,无奈地道,"这东西是我二哥偶尔在深山中所得,也正因为如此,我想请老师帮个忙。"

"你别告诉我你二哥吃了这丹药。"药老苦笑了一声,望着萧炎变得更加无奈的神色,不由得有些头疼地揉了揉脑袋,叹息道,"这噬生丹能够让人在极短的时间内成为斗王强者,但却是通过透支生命得来的。服用了这丹药的人,剩下的时间最多不会超过三年。"

"我二哥如今已不足一年了。"萧炎神色黯然,低声道,"当初我掉入地底,二哥以为我身亡,家族血仇未报,绝望之下,只能铤而走险服用噬生丹了。"

药老苦笑,这萧家的男儿们怎么都是这副性子?

"老师,难道这噬生丹,就没有办法解开吗?"萧炎望着药老,有些迫切与期待地问道。

望着萧炎那殷切的目光,药老陷入了沉默。噬生丹是当年那位炼药大师的巅峰之作,丹药出世时,可是引起了不小的震动,想要破解它,难度确实不小啊。

沉默了好片刻,在萧炎那逐渐失望的目光中,药老终于开口安慰道:"万物相生相克,有毒药便会有解药。是否能够真的解开这噬生丹,我也没有绝对的把握,不过我们可以试试。"

听到药老并没有一口否决,萧炎悄悄地松了一口气,将手中的卷轴与药瓶递给药老,叹息道:"既然如此,那就劳烦老师帮忙研究一下这东西吧,若是能破解的话,自然最好,若是不能……也只好听天由命了。"

药老点了点头,接过东西,在手中掂量了一下,沉吟道:"关于这噬生丹的事,你记得不要向任何人提起,另外也提醒一下你二哥。不然必定会引来一些麻烦。"

"这点我早就提醒过二哥了。"萧炎笑了笑。他可不是什么都不知道的雏儿,在外历练这么多年,经验之老辣,远超同龄人。

炼制躯体的材料

对于萧炎的谨慎,药老颇为放心,因此也就不再多问,笑着道:"事情交代完毕,你也该安心休养了,先把实力恢复才是最重要的事。"

闻言,萧炎笑着点了点头,盘腿而坐,缓缓闭上眼睛,片刻后,呼吸逐渐变缓,一呼一吸间,形成完美的循环。随着呼吸循环的建立,其周身空间微微波动,一股股能量源源不断地奔涌而出,被萧炎悉数吸纳入体,充实着枯竭的斗气。

望着进入修炼状态的萧炎,药老无奈地摇了摇头,捏着手中的卷轴,苦笑着低声道:"这家伙,竟然连噬生丹的药方都能弄到手。只是想要找到解开的方法,谈何容易啊……"

揉了揉有些涨疼的脑袋,药老满脸郁闷:这老师,可真是当得不轻松啊!

第十六章
姚氏三兄弟

　　萧炎这次为了唤醒药老，不仅将体内所有斗气榨取得一干二净，连带着灵魂力量都大为受创。即使如今焚诀已经进化成了地阶功法，可想要短时间内恢复到巅峰状态，也颇为困难。

　　好在如今药老已经苏醒，有了这个最可靠的守护者，萧炎也能彻底地安下心来进行修炼，再也不用担心来自外界的影响。

　　在这种心无旁骛的安静休养中，萧炎那空虚的体内，逐渐被雄浑的斗气所充斥，状态一日比一日好转。看这进展，估计要不了多久，他就能彻底痊愈。

　　葱郁山林间，一处幽静的山峰之顶，一名黑袍青年盘坐着，身体如磐石一般，任由狂风吹得衣袍呼呼作响，也纹丝不动。

　　在黑袍青年周身，空间波动，一股股天地能量从中渗透而出，源源不断地钻进青年体内。由于这些能量消失得太快，黑袍青年周身竟凝聚出一个能量旋涡，而旋涡中心，正是他那具犹如无底洞般的身体。

这般能量吸纳持续了将近一个小时才逐渐减弱。半晌，能量旋涡微微波荡，再缓缓消散。

随着能量旋涡的消散，青年纹丝不动的身体轻轻一颤，紧闭的眼睛猛然睁开！

双眼乍开，宛如实质般的两团碧绿火焰直接从其中喷射而出，不过瞬息之后，又嗖的一声窜回双眼之中，迅速隐去了光芒。

呼——一口压在胸口处许久的浊气，被萧炎喷吐而出。随着这口浊气的吐出，萧炎的脸顿时泛起一层淡淡的如玉光泽，而其眉宇间的萎靡，也在此刻悉数消散。

缓缓握紧手掌，充盈的力量感，令萧炎忍不住扬起一抹笑意。将近七天的休养，总算将体内彻底枯竭的斗气补充完全，将受创的灵魂调养完好。而且，刚才收功时，萧炎明显感觉到体内的斗气比以往还雄浑了许多。

上次实力暴涨，紧接着陷入假死状态两年，苏醒后萧炎无法完美掌控自己体内的力量。所以一直以来，不管怎么修炼，他都难以提升半丝实力。这次不同，经过这两个多月不断地调动斗气和灵魂力量炼制丹药，萧炎对体内力量的掌控熟练度已经大幅度上升，以至如今在完成休养恢复实力时，他能明显感觉到自己的实力有所精进。这表明如今的萧炎已经开始掌控本身的力量，并且拥有了继续提升实力的资格。

萧炎心中也明白这一点，因此在感觉到实力精进时，才会如此惊喜。

从巨石上站起身来，萧炎居高临下地望着那蔓延至视线尽头的林海，微微一笑，然后手掌极其熟练地结出一道奇异印结，旋即轻飘飘地朝前一推。

手印推动，带起一股微风。开山印实在太消耗斗气，萧炎自然不会随便真正施展，因此，这一记并未带起任何动静。即便如此，手印所过处，空间还是轻轻波动了一下，这完全是手印自身玄奥所引起的。

"这开山印修炼了这么长时间，我依然只能勉强掌握，不愧是地阶高级的斗技，修炼起来，困难重重。"

缓缓撤去手印，萧炎脚掌突然涌上淡淡的银色光芒，旋即身形一颤，留下一道残影驻留原地，而其本体却犹如鬼魅般悄无声息地掠上了天空。由于三千雷动的玄妙，萧炎竟然能够不借助斗气双翼，便在天空中短暂停留。

在半空停留了片刻，一对华丽的碧绿火翼从萧炎的背后弹射而出，微微振动，稳住即将下落的身形。

"如今的三千雷动，应该已经到达了第二层的雷瞬境界，真不知道要到何年才能进入那最高一层的三千雷……"低头望着双脚上闪烁的丝丝电芒，萧炎叹息道。对于药老当初所说的三千雷动大成时的恐怖速度，他可是颇为向往的。

"呵呵，小家伙，终于恢复实力了呀。"就在萧炎沉吟间，苍老的笑声突然响起，随着破风声响，一道有些虚幻的人影出现在萧炎面前。

望着面前一脸笑容的药老，萧炎笑着点了点头。

"看来你不仅伤势痊愈，而且还有一些精进嘛。"望着萧炎那漆黑眸间暗蕴的些许精芒，药老挑了挑眉头，有些惊讶地道。药老已经知道了萧炎当初在地底实力暴涨的事情，所以对于他这么快便能彻底掌控本身力量并且再次精进实力，感到颇为惊诧。

"从天焚炼气塔出来也好几个月时间了，若是还不能掌控本身力量，还有何资格回加玛帝国？"萧炎笑了笑，道。

"加玛帝国嘛……呵呵，没想到一晃眼就离开三年多了啊。"药老轻笑道。

"是啊……又是一个三年呢。"萧炎淡淡一笑。第一个三年，他受到了纳兰嫣然退婚之辱；第二个三年，他被云岚宗追杀得犹如丧家之犬，狼狈地逃离帝国。不过第一个三年之辱，他已经彻底讨还，这第二个……或许距离讨还也不远了。

"打算什么时候回去？以你如今的实力，已经有了与云岚宗叫板的资格。"药老欣慰地望着面前的青年，心中却有些感慨。当年的少年，需要随时借助他的力量，才能在加玛帝国强者层中混迹，如今却是真真正正地具备了强者的实力——两种异火，地阶功法，各种高深斗技在身，一个加玛帝国，已经再也限制不住他了！

"快了，将这里的一些事情打理好后就可以回去了。"萧炎笑了笑，轻声道，"如今我在黑角域也有一些势力，这次回去，会带着不少强者。云岚宗强者众多，而且在加玛帝国强者圈中也拥有不弱的号召力，若是只身回去，双拳难敌四手。我自己一人倒还好，打不过大不了拍拍屁股走人；可萧家那些在加玛帝国艰难生存的族人却是不行。所以这一次，不能再出半点意外。"

药老有些诧异地望着面前一脸微笑的青年，片刻后，拍了拍他的脑袋，欣慰地笑道："小家伙的确长大了啊，不再是当年那个冲动的小孩子了，竟然能够将事情想得如此周到。"

当年的萧炎，在父亲失踪后陷入暴怒，毫无理智地再度冲上云岚宗，将唯一可能知道其父亲下落的大长老云棱当场击杀，不仅令自己彻底失去了父亲的消息，还令双方关系彻底决裂，甚至到了结下生死之仇的地步，这举动的确颇为鲁莽。与以前比起来，现在的萧炎，不仅在实力上大为精进，性格方面，也更加成熟与冷静。

显然，当年的少年已经蜕变成一名真正具有独当一面能力的强者！

"以前，多亏了老师处处照应陪伴。"

听了药老的话，萧炎却有些惭愧。回想当年，他的确做了不少莽撞的事情，而药老不仅未有半句阻拦，反而陪着他一路横冲直撞。现在想来，对这位尽到最大责任的老师，萧炎心中无限感激。

"臭小子，现在还说这些话，年轻人不冲动、不鲁莽，还叫年轻人吗？"药老一巴掌拍在萧炎的肩膀上，笑骂道。

望着药老那一脸欣慰开心的笑容，萧炎微微一笑，缓缓转过头，眺望着遥远的南方。在那个方向万里之外的地方，有一个帝国叫作加玛帝国，帝国里有

一个宗门,叫作云岚宗!

"云岚宗,等着吧,再过不久,我们就能见面了。"

夕阳斜下,微红的光辉照射在青年清秀的面孔上,那张脸隐隐间溢出一抹淡淡的冷笑。

枫城,宽敞的议事厅,几道人影坐于其中,偶尔有笑谈声响起,一个个身姿婀娜的侍女穿行在大厅中,为客人斟茶送水。

"呵呵,萧厉兄弟,多亏了你前段时间那拍卖丹药的点子啊,如今枫城的人气,足以挤进黑角域前三之列了,甚至连当初黑盟占据此处时,都未能达到这个程度。"一道粗犷笑声在大厅中响起,发声之人赤着膀子,胸口处绘着一头仰天怒吼的狂狮,看其容貌,赫然便是那狂狮帮的帮主,人称狂狮铁乌。

随着铁乌笑声的落下,坐在其身旁的另外两位——天阴宗与罗刹门的首领,也笑着点了点头。在短短三个多月的时间内,他们所获得的利润,比以前半年所得还要丰厚,而这全都是与萧门合作的缘故。

"铁帮主太客气了,大家不过是各取所需罢了。"首位之上,萧厉闻言淡笑道。

铁乌三人笑了笑,旋即目光不由自主地转向了萧厉身后。那里,漠然站立着三名身着同色衣袍的男子。

三名男子,年龄看似在三十岁左右,一脸阴戾。这三人外貌相似,应该是有些血缘关系。最重要的是,从三人体内散发出的气息,略微感应,便能够察觉,他们居然皆是斗王级别的强者。

"呵呵,没想到萧厉兄弟竟然能将姚氏三兄弟都招入麾下,当真是让人羡慕啊。他们早年得罪了金银二老,因此黑角域中没有势力敢收留他们,萧门是唯一具有这种实力的势力。"天阴宗那位面容阴鸷,在黑角域被称为"阴骨老"的老者瞥了一眼萧厉身后的三人,笑道。

萧厉笑了笑，摆了摆手，道："姚氏三兄弟可不是入我麾下，只不过是来我萧门做客而已。"

对于萧厉的这番客气话，铁乌等人皆在心中撇了撇嘴。这三兄弟的顽固在黑角域是出了名的，以他们的脾气，若不是自愿来投靠，岂会安静地站在你身后当柱子？

对于大厅中的谈话，那姚氏三兄弟却是连眼皮都没抬过，那模样就犹如萧厉等人的谈话与他们毫无干系。

"咯咯，萧厉兄弟，最近三个月，好像都没见到过萧门主啊？这黑角域太混乱，如今枫城又如此惹人注意，若没有萧门主坐镇的话，可是难免会出点岔子的啊。"身为三大势力中唯一的女性，罗刹门门主苏媚抬了抬眸子，似是随意地娇笑着问道。

在她说出这些话时，一旁的铁乌与阴骨老也缓缓停下手中动作，目光有意无意地扫向首位的萧厉。

如今枫城的人气越来越高涨，其利润也愈加令人眼红，想要在黑角域这个群强环伺、虎视眈眈的环境中守住这份不弱的家业，自身若是没有令人服气的实力，恐怕没多久就会被取而代之。

虽说在萧炎与美杜莎女王超强的实力压迫下与萧门达成了约定，但萧炎将近三个月时间未曾露面，而且枫城利润又越发丰厚，本就不是什么善茬的三大势力，难免会带着其他心思蠢蠢欲动。

面对着三大首领有意无意投来的目光，萧厉淡淡一笑，随意地道："我三弟不喜束缚，前段时间说要去深山寻找炼制丹药的药材，自然无法露面。三位若是想念的话，等他回来，我可以通知你们一下。"

闻言，三人笑了笑。阴骨老轻轻放下手中茶杯，笑道："萧厉兄弟，虽说当初我们有过约定，会随你们去一趟加玛帝国应付仇敌，可你也知道，那云岚宗有斗宗强者坐镇，所以若没有萧门主和那一位强者跟随，我们可是不敢去的。"

萧厉微微皱眉，这三个狡诈的家伙，不愧是在黑角域混迹了这么多年的老油条，竟然在这种时候还要为日后可能会出现的一些问题留后路。

"呵呵，怎么，三位对于当初的约定还有疑问？若是有的话，直接与萧炎提便好。"就在萧厉准备开口时，淡淡的笑声突然间从大厅之外响起，旋即两道人影在萧厉惊喜的目光中缓缓走进大厅。

望着突然出现的黑袍青年，铁乌三人一怔，旋即脸上连忙堆起笑容，站起身来，冲着萧炎拱手客气地笑道："萧门主哪里的话，我们当初答应的约定定然不会反悔，不然日后还有何脸面在黑角域混？"

突然出现的，自然便是从深山归来的萧炎和美杜莎女王二人。萧炎笑着瞥了一眼满脸堆笑的三人，心中却对他们的话嗤之以鼻：这黑角域中，他们所说的"脸面"二字，值几个钱？

"呵呵，想必三位这段时间从枫城获得的利润不少吧？有钱大家赚，对此我没有半点意见，不过对于那些拿了钱就想分道扬镳的人……呵呵，萧炎虽然年轻，但也不是心慈手软之人，这一点，想必三位也清楚。"萧炎凝视着三人，淡淡地道。对于这些狡诈的家伙，适当敲打是非常必要的，黑角域的人向来吃硬不吃软。

果然，听了萧炎这隐带威胁的话语，三人脸色都微微一变，随后连忙点头，证明自己的立场。

"三位也不用着急，我只是随意说说而已。"看见三人脸色变幻，萧炎摆了摆手，笑着道，"最近两个月，或许我们会去一趟加玛帝国，还请三位准备一下。事成之后，我承诺给予你们的皇极丹，会悉数奉上。"

"最近两个月？"闻言，铁乌三人一愣，这时间未免有点太匆忙了吧？虽然心中犯嘀咕，但是此刻他们也不敢说什么反对的话，而且有那皇极丹的巨大诱惑在，三人略一迟疑，便连忙点头应下。

"看来得尽快将宗内事情安排妥当了。"三人心中闪过同一个念头，与萧炎谈了几句后，便火急火燎地告辞了。

目送三人离开，萧炎这才微微撇嘴，冷笑道："三个狡猾的家伙，真当我萧炎的便宜那么好占？"

"你这小子，可算是回来了。这几个月枫城的摊子，真是把我折腾惨了。"萧厉从首位上走下来，到萧炎面前，拍着他的肩膀，笑道。

"如今枫城怎么样了？"萧炎笑了笑，问道。

"很不错。或许是当初你出面震慑了金银二老的缘故，如今这黑角域中，已经很少有人再对我们使绊子，一些有本钱的大商铺也相继在城中落户。现在的枫城，人气值恐怕已能名列黑角域前三。想想这利润，几个月下来，就算是我们当年在佣兵团干两年都比不上啊。"萧厉摇着头，有些惊叹地道。

望着萧厉那一脸惊叹的模样，萧炎笑了笑，目光突然移到那紧随萧厉身后的三道人影身上，眉头微微一挑。他能感应到，这三人都是斗王级别的强者。

"这三位是……"

"姚氏三兄弟见过门主！"不待萧厉招呼，三名脸色一直保持淡漠的男子，突然极其整齐地对着萧炎一抱拳，恭声道。

"这三位是亲兄弟，皆姓姚。虽然他们以前并未加入任何势力，但三位斗王强者也是一股不弱的力量，因此在黑角域有着一些名声。早年他们曾经得罪了金银二老，因此一直在黑角域躲躲藏藏。前段日子我发现了他们，就将他们招揽了过来。"萧厉在一旁笑着解释道。

萧炎恍然大悟，旋即笑着点了点头，对三人道："你们既然加入了萧门，自然就是一家人。至于金银二老，你们不用担心，现在那两个老家伙怕是没胆子出现在枫城了。"

反正与金银二老之间的关系本就颇为恶劣，因此萧炎自然不会将这三名斗王强者拒于门外。回加玛帝国，手下的强者肯定是越多越好。

听得萧炎这话，姚氏三兄弟脸上涌上一抹喜意。这些年他们过得颇为凄惨，

金银二老的名头在黑角域太响亮,以致很多势力都不敢收留他们,以免得罪那两个老不死的。

"门主,我在三兄弟中年龄最大。以往的名字也不用再提,日后若是有事吩咐,叫我们姚大、姚二、姚三便可。"那个看起来年龄最大的男子,冲着萧炎恭声道。

对于这简单有趣的称呼,萧炎莞尔一笑,点了点头,转头冲着一旁的萧厉笑道:"二哥,开始调集人手吧,将萧门能拿得出手的强者召集起来。或许这两个月,我们就得回加玛帝国了。"

"呃?好!"闻言,萧厉先是一怔,旋即满脸大喜,狠狠地点了点头。为了这一天,他等得太久了!

"接下来我还要去内院一趟,召集人手的事情,便交给你了。"萧炎笑道。

"没问题!交给我!"萧厉咧嘴一笑,目光投向大厅之外遥远的南方天际,冷厉的脸隐隐浮现出一抹狰狞的弧度。

"云岚宗,复仇者要来了……你们可准备好了?"

第十七章
安置磐门

　　站在内院宽敞的道路上，萧炎望着那些来来往往朝气蓬勃的学员，因为混迹黑角域几个月而有些冷肃的脸变得温和了许多。内院虽然竞争氛围颇浓，但是与那残酷的黑角域一比，简直就是天堂。

　　与萧炎一起进入内院的，还是那一直紧跟其身旁的美杜莎女王，两人毫无顾忌地站在人来人往的大道上，自然引来了无数道惊艳与好奇的目光。美杜莎女王那副美艳近妖的容颜，对于这些生活在象牙塔中的年轻学员来说，有着一种难以言明的诱惑。

　　对于周围那一道道惊艳的目光，美杜莎女王却视若无睹，妖娆的俏脸依然冷若冰霜。弥漫在身体周围的那股拒人千里的冷漠气息，将一些家伙心中的搭讪念头顿时给打消了去。

　　美杜莎女王能够无视周围那些目光，萧炎却颇为无奈。由于美杜莎女王一直紧跟着，因此那些目光也不免光顾到了萧炎，只是当视线转移到他这里时，里面蕴含的自然就不是什么惊艳，而是极为纯粹的艳羡与自然产生的某种妒忌。

能够被这么倾国倾城的美人青睐的人，是大多数男人心中共同的敌人。

对于那一道道透着丝丝敌意的目光，萧炎只得无奈摇头。他自然不会和这些比他年轻的学弟一般见识。因此在辨明了方向之后，萧炎便对美杜莎女王挥了挥手，旋即脚底银芒闪烁，瞬间便消失在周围一道道惊愕的目光之中。

待两人消失之后，周围安静的气氛才逐渐被窃窃私语声打破。

"那家伙好快的速度啊，好像这两人都不是内院的学员吧？"

"不过那男的似乎有点眼熟。"一些人疑惑地眨了眨眼睛，绞尽脑汁地回想着。

"对了，我想起来了，他不就是磐门的首领萧炎吗？"突然间惊呼声响起，许多人顿时恍然大悟。众人面面相觑，眼中皆跳动着兴奋。对于这个在内院犹如传说但又神龙见首不见尾的神秘人物，不少人都抱着一种仰慕之情。在当年那场关乎内院存亡的大战中，这个青年几乎是以一人之力逆转了整个战局，这般耀眼战绩，光是听起来，就让这些年轻学员有种热血沸腾的感觉。

"啧啧，难怪能让那等美人跟随身旁，原来是萧炎学长……"在清楚了萧炎的身份之后，不少人皆暗自咂嘴，心中不由得一声暗叹："果然是英雄才能够有美人相陪啊。"

学员间的种种议论，萧炎自然是没有听见，他正一路风驰电掣般地赶往内院深处大长老苏千所在的区域。

当萧炎进入苏千日常所待的书房时，苏千也听见了他的脚步声，抬头望着率先进门的萧炎，不由得微微一笑，刚刚起身，目光又凝在了萧炎身后的美杜莎女王身上。

"呵呵，大长老不用担心，我与她之间的事已经解决了。"望着苏千那突然凝重起来的脸色，萧炎连忙开口解释道。他知道，对于美杜莎女王，苏千心中一直颇为忌惮，这个女人令苏千有一种危险的感觉。

闻言，苏千绷紧的身体这才悄悄舒缓了一点，虽然大部分注意力依然停留在她身上，但是脸上已露出笑容，对萧炎道："你这家伙，一离开就是好几个月，若不是对你有信心，我还真以为你被黑角域中那些家伙给暗中干掉了。"

萧炎笑了笑，缓步走进书房，然后在苏千面前的椅子上坐下，笑道："大长老可别唬我，我在黑角域搞出的动静又不小，内院哪可能会没有察觉？"

苏千一愣，随后哑然失笑，摇着头，道："你这小家伙果然不是省油的灯。你如今占据枫城，并且还搞了那么盛大的丹药拍卖会，几乎吸引了大半个黑角域的目光，内院自然要多加注意。"

萧炎点了点头，作为两个紧挨在一起的庞然大物，内院自然要对那个混乱之地格外警惕。原本按照内院的决策，那枫城距离内院太近，绝对不准许再被某个黑角域的势力占据，免得日后又出现一些不必要的麻烦。如今由于萧炎的关系，这枫城属于萧门，但一些必要的监测手段还是不可免的，毕竟苏千他们还要为整个学院的安全着想。

"这次回来，有什么打算？说起来，你这家伙如今可还是我们内院的学生呢。按照时间来算，你还没毕业，却整天不在院中修行。这种行为，简直能让我给你盖好几个'不良学生'的大印了。"苏千先问了一句，旋即对萧炎翻了翻白眼。

萧炎尴尬地笑了笑，有些无奈地苦笑道："大长老您也应该知道，现在我再在内院修炼，可没多大的作用了。"

苏千撇了撇嘴。以萧炎如今的实力，他在内院的确不会有太高的提升，就连那天焚炼气塔最底层，在拥有了陨落心炎的萧炎看来，也没有了一点吸引力。但是，苏千心中依然有点小小的不爽：这家伙太不务正业了。

"大长老，或许这两个月之内，我就会回加玛帝国了。"萧炎凝视着苏千，郑重地道。

苏千微微一怔，皱了皱眉，沉声问道："要回加玛帝国吗？这么快！"

萧炎轻叹了一声，淡淡地道："离开那里三年了，一些恩怨，总是要解

决的。"

"唉,这种事情,我自然也不好说什么阻拦的话。我知道,当初你来迦南学院,就是抱着增长实力回去报仇的心思。这三年来,你已不再是当初那个满身锐气的少年。只是如今你虽然实力大涨,但依然要小心行事。云岚宗在加玛帝国根深蒂固,势力太庞大,而且那云山是货真价实的斗宗强者,若是一个疏忽大意,恐怕你就再没有了卷土重来的机会。"苏千沉吟了片刻,语重心长地道。

"大长老的教诲,萧炎铭记在心。这些年,多谢关照了。"听到苏千那真诚的提醒,萧炎心中颇感动,站起身来,郑重地对苏千深深行了一礼。这几年在迦南学院,所有人都能看出来苏千对他的格外照顾与青睐,这份恩情,不容他轻视。

"呵呵,说这些话干吗?你是我内院的学生,这些都是我分内之事。"苏千笑着摆了摆手,望着那张年轻的面孔,突然叹息了一声,道,"真羡慕药尊者,竟然能收到这般出色的弟子。呵呵,说实话,当初,原本我也有此意……"

闻言,萧炎愕然,旋即诚挚地道:"大长老在萧炎心中,也是一位不可多得的良师。"

苏千笑了笑,道:"要走了,需要我帮什么忙?"

萧炎摇了摇头,有些不好意思地笑道:"倒也没什么,只是想请大长老在我走后,能够帮我照看着点萧门。这边是个不错的发展之地,等我将加玛帝国的事情解决之后,会派人过来正式接管。在那之前,或许便要大长老帮忙照料了,毕竟黑角域那种地方,您也知道,若是没我坐镇的话,恐怕要不了多久,枫城就会被其他势力抢占。"

"你这家伙,竟然要我一个内院之人,去帮你照看黑角域的势力。"苏千有些哭笑不得,不过片刻后还是点了点头,道,"这个倒也不算多大的麻烦。黑角域大大小小的势力很多,若是都联合起来的话,恐怕就算是迦南学院都难以抗衡,好在这些家伙各自心怀鬼胎,难以联手,以我们的实力,照看萧门应该暂时不会有什么事。"

"那便多谢大长老了！"见苏千点头，萧炎大为欣喜，抱拳笑道。

苏千笑了笑，旋即道："虽然知道这次回加玛帝国对你来说是绝顶重要的事，但是碍于迦南学院在大陆上的特殊身份，你也别怪我在这事上不能给予你太大的帮助。"

"萧炎不是不明事理的人，大长老帮我的已经够多了。"萧炎轻笑道。他自然不可能奢望苏千动用迦南学院的势力来帮他复仇，毕竟这学院可不是他一人所有。

望着那张带着爽朗笑容的清秀面孔，苏千微笑点头，手指轻轻敲打着桌面，片刻后，似是随意地道："当然，一些长老，特别是林焱他们这种由学员升上来的长老，虽然名为内院长老，但依然是自由身，他们要干什么事，不会和我们有太大的关系，这个……你明白吧？"

听到苏千这句意有所指的话，萧炎一怔，马上含笑点头。

"既然如此，那就多谢大长老了！"

从大长老苏千的书房出来，萧炎站在石梯之上，仰天轻吐了一口气。在他身后，美杜莎女王如影随形地紧跟着，俏脸冷漠，一句话都不肯说。

书房前，偶尔会有内院长老来往，这些在内院拥有不低身份的长老见到萧炎之后，都停下脚步与他热情交谈，丝毫没有与寻常学员说话时的长老架子。当然他们心中也清楚，那所谓的长老身份，对面前这个青年来说，其实根本就没有半点作用。

将那些打招呼的长老打发走之后，萧炎悄悄松了一口气，这才几个月没见而已，用得着如此热情吗？

"接下来你要去哪里？"突然一道冰冷中夹杂着一点不耐烦的酥软声音从身后响起，原来是那等了老半天的美杜莎女王。

"我还以为你要一直当哑巴呢。"萧炎转头望着美杜莎女王那微蹙着黛眉的冰冷面孔,笑道。

对于萧炎的调笑,美杜莎女王却再度绷紧了脸。萧炎只得无奈地摇了摇头,道:"走吧,先去磐门一趟。这次回加玛帝国,下次再来就不知道要到什么时候了,所以最好将所有事情都打理好吧。"

话音刚落,萧炎就率先抬腿朝外面走去。其后,美杜莎女王犹如幽灵般,步步紧跟。

萧炎回到磐门,自然令磐门顷刻间沸腾了起来,无数人从各处拥来,向那难得一见的神秘首领奉上仰慕与欢呼。如今萧炎在内院的声望几乎达到了顶峰,以往任何一届,都没有哪一位学长达到过这般地步。

磐门议事大厅中,吴昊、琥嘉、林焱、萧玉等一干高层因为萧炎的归来,全部聚集在了此处。

"你这家伙,一回来就搞出这么大的动静,现在不知道外面有多少磐门弟兄在等着你露面呢。"萧玉瞥了一眼坐于首位的萧炎,再听得大厅之外的喧哗声,不由得无奈地摇了摇头,道。

萧炎笑了笑,他也没料到自己不过是露个面而已,竟然会搞出这么大的动静。

"这次又失踪了好几个月,回来是想干什么?"林焱大剌剌地坐在椅子上,对萧炎翻着白眼道。

萧炎沉默了片刻,缓缓地道:"诸位,这次回来,是想与你们说一下,或许就这一两个月,我便会离开迦南学院,回加玛帝国了。"

萧炎说完,大厅中本来欢愉的气氛顿时凝固,众人面面相觑。对于萧炎以往的事情,他们也知道一些,因此听到萧炎说回加玛帝国,自然也知道他想干什么,所以倒没人开口说什么挽留的话语。

沉默半晌,琥嘉终于开口道:"这么快吗?"

望着突然沉默了许多的众人，萧炎苦笑了一声，叹息道："是啊，事情我都安排好了，萧家还等着我回去，不能再拖延了。"

众人再度沉默，片刻后，突然犹如早约定好的一般纷纷说道："我跟你一起走！"

萧炎一愣，望着那异口同声的众人，心头一暖，微笑道："我倒是希望如此，但这次回加玛帝国太危险，那云岚宗的实力恐怕不比两年前韩枫纠结大批强者袭击内院的阵容弱。而且，你们若都走了，磐门怎么办？这可是我们的心血。"

闻言，吴昊、琥嘉顿时萎靡下去。

"我当初早就跟你说好了吧？"林焱摊了摊手，冲着萧炎笑道，"我如今留在内院也没有太大的作用，能跟你去闯一闯见识一番，说不定更好。"

看到林焱那笑眯眯的脸，萧炎略一迟疑，便点了点头，道："我也不说什么夸大的话，你的实力我倒是放心，而且你在磐门也没啥作用，跟我来也行。"

听到萧炎这话，林焱的脸忍不住一阵抽搐，什么叫"你在磐门也没啥作用"？这家伙说话也太损了吧？

"那我呢？这个家伙都能去，难道我还不行？"突然一个稚嫩清脆的嗓音响起，萧炎望着那叉着小蛮腰站起身来的白衣小女孩，不由得又是一阵迟疑。虽说紫妍实力的确比林焱强，可这次回加玛帝国并非游玩，危险不小，他并不想将这个可爱的小丫头拖进来。

"你是不是不想给我炼制化形丹了？你这个骗子，找打是不是？"看到萧炎迟疑，紫妍立马竖起了柳眉，紧握小拳头，怒视着萧炎。她这么多年在内院也待烦了，现在有机会出去闯荡，自然要把握机会，而且最重要的是，跟在萧炎这个家伙身边，就不用吃那些难吃的药材了。这些话自然是藏在心中的，说出嘴的理由嘛，肯定要找最正气凛然的。

望着紫妍那怒目而视的可爱模样，萧炎有些哭笑不得，沉默了半晌，点了

点头，道："跟我走也行，不过可得说好，一切听我的，不然我就把你送回来！"

小丫头虽然个性天真，实力倒毋庸置疑，两年多不见，她那恐怖的怪力说不定又增长了不少。那种怪力，恐怕就算是斗皇强者正面挨上了，也不会好受到哪里去。

"喊，才不怕你。"听到萧炎答应，紫妍小脸上扬起一抹得意，毫不示弱地撇了撇嘴。

萧炎将目光移向一旁的琥嘉与吴昊，沉思了一会儿，缓缓地道："想必你们也听说过一点消息，我在黑角域组建了一个名为萧门的势力。学院的磐门潜力无限，可在管制上有天生的缺陷，学员毕业之后，总会离去，而内院的火能又不能供他们在外面的世界生存，所以我想请你们多多注意一下，日后若是有毕业的学员，可以介绍他们进入萧门。当然，这全凭自愿，若他们不愿意，也不要勉强。"

对于磐门的潜力，萧炎一直颇为重视，能够进入内院的学生，大多是天赋不错之人，若是培养得当，日后定然有不小的成就。如若能够将他们召集起来，这会是一股极强的潜在力量。

"加入萧门？这样是否有些不妥？萧门建立在黑角域，那么便算是黑角域的势力。你又不是不知道，迦南学院的学员，对那里总是讳莫如深。"闻言，吴昊与琥嘉皆皱了皱眉，疑惑地说道。

"呵呵，我自然知道这点，不过迦南学院与黑角域之间总是摩擦不断，这种时刻防备黑角域的做法并不是长久之计。倘若日后萧门大为扩张，而其中成员又有不少是从内院出来的学生，你们认为这个势力与学院外出修行的队伍遇见，他们之间会友好，还是敌视呢？"萧炎轻笑了一声，缓缓地道。

"日后萧门渐成规模，或许还能成为调节迦南学院与黑角域之间关系的中间人。"

吴昊与琥嘉皱眉沉思，他们自然也知道，迦南学院的这些势力并没有外界那些宗门帮派那般严谨，不管怎样，他们都是学生，不可能制定什么叛宗的帮规。而萧炎此举，则将磐门弄成了萧门的人才后备军。作为黑角域的一方势力，萧门中的种种门规定然颇为严厉，整体调动能力远超磐门十倍百倍。若是为日后离开内院提前做打算，萧门倒也还不错。

"你们若是不放心的话，我离开的这段时间，萧门正缺管理者，你们两人可以先暂管着，如此你们便能彻底了解其中的瓜葛。"萧炎淡笑道。

"你才是磐门真正的首领，这些事情，你有决定的权力……既然你有这等想法，那就听你的。"吴昊与琥嘉笑了笑，略微沉吟，点头说道。

"要不是你们，磐门老早就解散了，哪有我什么事？"萧炎叹息了一声道。

"若是没有你拼死拼活累积起来的声望，光靠我们两人，能有何用？"吴昊摇了摇头。他们都清楚，虽说磐门的事情萧炎的确很少参与，但若是没有萧炎的声望，磐门想形成今天的规模，是绝对不可能的事情。至于萧炎在磐门众人心目中的地位，从这一次他回来所引起的动静便已清楚可见。

"你们两人就不要互相吹捧了，这事就按萧炎说的办吧。我与吴昊实力太低，就怕跟你回加玛帝国也帮不了什么忙，所以就先留在这里管理磐门与了解萧门吧，等什么时候我们突破到斗王级别，再去帮你。"琥嘉翻了翻白眼，率先表示同意。

萧炎微笑着点点头，心中松了一口气。最为重要的磐门如今已经安置妥当，也的确令他放下了心中的大石。接下来，他会安静地待一两个月，等萧厉那边人手召集齐全，回归计划便能正式启动！

第十八章
万事皆备

在将磐门安顿好之后,萧炎彻底放下心来。因为萧厉那边召集人手还需要一段时间,所以萧炎并未动身离开内院。

萧炎即将离开的消息并没有扩散出去,因为吴昊等人知道,这消息一旦被磐门众人得知,难免会令许多人沮丧。反正萧炎经常失踪,几个月不见是极其正常的事情,因此消息隐藏起来倒也容易,等日后时机成熟,再将这消息公布出去,或许会更好。

接下来的时间,萧炎便安心地待在磐门中,偶尔兴起会当众出手炼制一些低阶丹药,当作礼物送给围观的磐门成员。每一次他动手炼制丹药,都会引来无数人观看。

虽说如今磐门已招募了不少炼药师,可对于萧炎这位头上顶着"内院第一炼药师"名头的磐门首领,大家都抱着极大的好奇心。毕竟,许多新生都未曾亲眼见到当年萧炎与药帮首领那一场令人赞不绝口的炼丹比试。

一日,林焱满脸诡笑地找上门来,然后将萧炎拖出磐门,带往内院的竟技场。

竞技场永远都处于震天喧哗中，每天都有无数人在这里挥洒汗水。胜者，将会享受到欢呼与荣耀；败者，则只能黯然无奈地退去，然后憋着一口气使劲修炼，期待着找回场子的那一天。

他俩进入竞技场，庞大的场地却空空荡荡的，反而是周围高台之上围满了密密匝匝的人，窃窃私语的声音犹如无数只苍蝇在竞技场中嗡嗡响。

"我可不想挨揍，想挨揍的另有其人。"林焱嘿嘿笑了笑，旋即举起手来拍了拍，响亮的掌声在竞技场中响起。掌声落下，两道身影突兀地暴掠而出，最后闪现在下方竞技场之上。萧炎一瞟，愕然发现，那两人竟是林修崖与柳擎。

"这两个家伙想干什么？"望着跃跃欲试的林修崖与柳擎，萧炎问道。

"我知道，你这次回加玛帝国，应该需要不少帮手，所以我把你要离开的事告诉了这两个家伙，当然，我并没有表露邀请他们的意思。但这两个家伙却主动说，你若是能将他们两人打败，他们也要跟你到加玛帝国去见识一下那所谓的云岚宗。"林焱耸了耸肩，笑道。

萧炎一怔，旋即有些诧异地望着下面两人。林焱要跟着他去加玛帝国倒很正常，毕竟当初他早就提起过，没想到这两个家伙竟然也……

"嘿嘿，当初的老朋友如今大多已经离开了内院，继续留在这里，感觉也没什么意思。其实当初的那批家伙对你还是挺佩服的，就像这两个家伙，平日里傲得很，可对你也是一样服气，从某种角度来说，他们已将你当作值得一交的朋友。"林焱笑道，"若你也认为这两个家伙值得一交，就答应他们的要求，并且不要留手，狠狠地揍他们一顿。"

"对，萧炎，揍这两个家伙一次。他们是这竞技场胜率保持得最高的两人，你快离开了，要给内院学生留一个难以超越的纪录。年轻人总要做些疯狂的事。"一阵笑声突然在身后响起，萧炎回头一看，竟然是吴昊、萧玉等一大群人。看他们的神情，似乎早就知道此事。

望着一脸认真的林焱,再看看满脸怂恿之意的吴昊等人,萧炎哑然,片刻后,笑着点了点头,道:"既然如此,就狠狠扁这两个家伙一顿吧。其实这念头,我当年就有了,就是没这本事。"

说完,萧炎脚尖一点地面,身形便翻下栏杆,犹如一道影子般闪掠而下,瞬间便出现在场地之上。

望着对面一脸亢奋的两人,萧炎咧嘴一笑,手掌一握,豆子爆裂般的声音便噼里啪啦地响起。

萧炎一入场,周围看台上就响起了排山倒海般的欢呼声。一人对战两名内院斗王级别的长老,这般劲爆阵容,可是以往竞技场中颇难出现的。而且这出场的三人,皆是当年强榜之上最为出色的家伙。萧炎如今在内院的声望几乎无人能及,而林修崖与柳擎两人也是当年强榜的前三名,如今更是位列长老之班,实力不容小觑,两人联手,恐怕就算是斗皇强者,都只能与他们勉强一战。

"萧炎,这次可不要留手哦,我与柳擎同样也会施展全力。"林修崖望着面前身姿挺拔、一脸微笑的黑袍青年,笑道。

"只要你能打败我们两人,我们就心甘情愿当你的打手!"柳擎狂热地望着萧炎道。

萧炎一笑,冲着两人摆出一个手势,含笑道:"十招!十招之内,若不能让你们二人出场,那就算我输!"

"嘿嘿,够狂妄!这次比试可是连大长老他们都在,你可别闪了舌头。"林修崖对着某处看台指了指,嘿嘿笑道。

萧炎顺着林修崖所指处望去,果然见到苏千等一干内院长老坐在看台上,笑眯眯地望着下方的场地。

"你们这些家伙……这么闲吗?"萧炎无奈地摇了摇头,偏头望着两人,轻笑道,"不过……还是十招。"

听了这话,林修崖与柳擎皆一挑眉,旋即嘿嘿一笑,雄浑斗气猛然自体内暴涌而出。两人各自移开一步，看似随意的脚步，却令萧炎眼中闪过一丝讶异：这般站位，两人可以随时随刻应付对方从任何角度发动的攻击，这两个家伙的配合，怎么达到了这种默契程度？

"难怪敢这般嚣张，原来是有一些底气啊。"萧炎笑着摇了摇头，碧绿色的斗气自体内各处涌出，如洪水般奔腾在经脉之中，雄浑的力量充斥着身体的每一个细胞。

望着场中猛然间暴涌而出的三道强悍气息，周围看台之上的欢呼声更是响亮了几分，许多人皆因马上将要目睹一场龙争虎斗而激动得脸色涨红。

"准备好了？"萧炎望着对面两人，轻声道。

对于萧炎的问话，林修崖与柳擎却选择用行动回答。两人身形一颤，便化为两道模糊的影子分散开来，最后呈一个颇为玄异的弧度，对着萧炎暴冲而去。

"不错的速度。"瞥了一眼暴掠而来的两道模糊影子，萧炎一笑，身形纹丝不动。瞬间后，两道劲风便陡然而至，尖锐的劲气带着撕裂空气的刺耳声响，一上一下，对着萧炎攻击而来。

林修崖与柳擎的攻击位置很是刁钻，一上一下刚好取了萧炎难以顾及的两个位置，若萧炎只防一处，另外一处必然会被击中。

在无数道目光的注视下，如同雕塑般的萧炎，在两人拳风渐至的那一刹那，身形猛地一颤。错愕的众人只瞧见两只虚幻脚影悬浮其两侧，在同林修崖与柳擎拳头碰撞时，却宛如化为实质一般，霎时间爆发出极为恐怖的力量。

第一招！

嘭！闷声在场中响起，强猛的劲道在那一刻如洪水般宣泄而出，直接令林修崖与柳擎的身影暴退了十几步。两人每一次脚掌落下，都会在地板上留下深深的印痕。

"这家伙，好恐怖的速度与力量……"柳擎稳住身形，心中一道念头刚刚闪过，浑身毛孔便骤然紧缩，旋即一道黑线犹如在空间缝隙中穿行般骤然而至。

柳擎反应同样不慢，脚掌一跺，高壮的身躯急退。

黑影浮现，萧炎微微一笑，手掌对着急退的柳擎摊开，一股无形的狂暴吸力顷刻间暴涌而出。在这股凶猛吸力之下，柳擎急退的身形立马变得缓慢。他正待加力后退时，那股吸力却又突兀消散，另一股强悍推力接踵而至，将其身形震得急退，双脚在地板上擦出了一条长长的痕迹。

第二招！

柳擎体内斗气暴涌，努力将那股一吸一震的力量造成的胸闷之感消除，然后偏头望了一眼距离自己不过两三米远的出场线，额头上忍不住冒出些许冷汗：刚才自己差点就出场了。

"现在可不是庆幸的时候哦。"就在柳擎松了一口气时，微笑声突然传来，旋即雷鸣声响起，一道黑影再度令人目瞪口呆地出现在了柳擎面前。

"大裂劈棺爪！"

瞧着紧随而至的萧炎，柳擎脸色微沉，早就在酝酿斗气的手掌猛然探出。斗气包裹着手掌，将之渲染成金属手爪，带起一股空间波动，对着萧炎的胸膛狠狠抓去。

望着那施展拿手好戏的柳擎，萧炎却依然不闪不避，手指诡异探出，屈指连弹，手指弹动所带起的空气，犹如无形的炮弹，连绵不断地击打在柳擎的"手爪"之上，居然将柳擎的"手爪"所携带的恐怖劲力抵消了！

第三招！

在萧炎那弹动空气的连番攻势下，柳擎手掌上隐隐传来刺痛之感。不过他没有丝毫收掌的意思，反而生起一股凶悍气势，瞬间便扑至萧炎手旁，双"爪"陡然变势，一探一抓，便将萧炎的双臂紧紧擒住。

"动手！"柳擎紧抓住萧炎手臂，对林修崖猛然一声低吼。

而随着柳擎吼声的落下，萧炎背后一阵清风拂过，林修崖的身形闪掠而出，他双掌紧握，其上淡青色的风刃盘旋不休，犹如锋利的长枪，对着萧炎的后背怒砸而去。

望着场中突如其来的变故，看台上顿时响起阵阵惊呼，如今萧炎双手被困住，怕是难以逃脱林修崖的攻击。

在无数道目光的注视下，林修崖如刀锋般的手掌顷刻而至，重重地击在萧炎的后背上。然而，就在击中的那一刻，其手掌居然诡异地从萧炎体内穿透了过去。

诡异的一幕，令满场哗然。

"这家伙，竟然把三千雷动修炼到了这种地步……"苏千惊讶地望着下方，不由得低声喃喃道。

林修崖手臂穿透萧炎身体的一刹那，他与柳擎的脸色同时大变。柳擎更是感到不可思议，因为他分明感觉到，萧炎的的确确被他钳制住了，可这一眨眼之后，人就诡异地消失了。

"这应该算是第五招吧？"

就在两人脸色大变时，一双有些冰凉的手掌，不知何时分别悄悄印在了两人的胸膛与后心之处，淡淡的冰凉令两人浑身汗毛都陡然竖了起来。这个位置，只要萧炎一使劲力，柳擎与林修崖，恐怕不死也得重伤。

命门处被钳制，林修崖与柳擎的身形瞬间僵硬，额头之上冷汗狂流：那家伙的速度……简直已经达到了可怕的地步。

砰！轻柔的劲风突然爆发，直接将林修崖与柳擎震出场外，两人在地上狼狈地翻滚了几圈之后，才稳住身形。

"结束了吧？"看台之上鸦雀无声，唯有萧炎的轻笑声在场内缓缓响起。这场战斗，很多人都看不清真实情况，不过萧炎那犹如闪电般诡异出现又诡异消失的速度，令无数人暗自骇然。

寂静在持续了许久之后，终于被一道掌声打破，紧接着，排山倒海般的掌声轰然响起！

从地上爬起来，林修崖与柳擎对视了一眼，皆苦笑摇头。他们与萧炎的差距太大，根本毫无可比性，在他那种恐怖的速度下，他们根本没有半分胜算。

"这个家伙……简直太恐怖了，当年我还能和他拼得两败俱伤，如今……"柳擎苦笑道。

林修崖也是一脸无奈的苦笑。当初萧炎虽然出色，但是只能令他稍微正视而已，哪想到才短短两三年时间，自己便得仰视他了。

"难怪连薰儿那般出色的女孩都对他青睐有加……如今看来，他的确有那资格。"望着台上一脸微笑的青年，林修崖在心中轻轻地叹息了一声。

竞技场上那场令无数人惊叹的战斗以萧炎的完美胜利落幕。这场战斗，不出意料地再度成为内院中让人津津乐道的话题。

对于林修崖、柳擎这两个名字，就算是内院中的新生也如雷贯耳。这两个家伙一直是霸占强榜前三名的恐怖存在，直到他们脱离学员身份，成为内院长老时，依然没有人能够取代他们的位置。因此，与他们相比，失踪了两年的萧炎，虽说在舆论声势的渲染下，披上了浓浓的传奇色彩，但反而给不少人一些不太现实的感觉。

当初萧炎在出塔时便与林修崖交过一次手，但只是切磋试探，实力强者或许能够从中看出两人间的差距，寻常学员却没有那种从快速交战中分辨出双方强弱的眼光了。

后来内院对黑盟发动的庞大攻势中，实力在斗皇级别的韩枫在萧炎手中身亡，这种战绩的确堪称骇人，不过也正是因为太震撼，反而让人觉得不太真实，特别是并非很多人亲眼所见，那种不真实的感觉格外浓郁。

虽然很多人都没有表露在嘴上，但是心中依然隐隐对萧炎实力存疑。

如今这场火爆战斗被将近大半的内院学员目睹，他们心中的质疑终于彻底烟消云散，对萧炎佩服得五体投地。

林修崖与柳擎的实力之强，内院的学员们深有感触，然而如今即使这两人联手，也难以在萧炎手中走出十回合。这等实力，足以让所有人骇然。

因此，即使那场令人热血沸腾的火爆战斗已经过去了好几日，无数学员依然意犹未尽地讨论着，偶尔闲谈时，脸上也会流露出一丝敬畏。能够建立磐门这等势力的人，果然不是寻常之辈。

相对于其他学员，磐门的成员显得更兴奋。在外与人谈话时，瞧着对方在提起那个带着传奇色彩的名字时流露出的敬佩神情，他们便会佯装不在意地摆摆手，旋即似是随意地提起，自己在磐门中曾经偶遇那位传奇人物，然后在观摩其炼制丹药时，还被幸运地赠送了一枚。每当这时，旁人脸上充斥的艳羡，就会大大满足他们的虚荣心。

此时，作为大家谈论的主角，萧炎却已再度隐身在磐门中，偶尔林焱、林修崖、柳擎三人会来一趟，更多的时间，他都是单独一人在密室中炼丹或者修炼。

时间在平稳安详的日子中逐渐流逝，不知不觉间，萧炎在内院已经停留了将近半个月。其间他收到了萧厉传来的消息，那边的人手召集工作也正在进行之中。

黑角域强者众多，想要将这些桀骜不驯的家伙招入麾下，不仅需要不菲的资金，还得拥有令他们折服的实力，而这两样，如今的萧门皆具备。不少在黑角域中有名气的强者，都对萧门的招募表现出了浓厚的兴趣。照这个势头，到时候萧门所召集的强者阵容，应该会大大出乎萧炎的意料。

磐门一处楼顶之上，萧炎俯视着下方。片刻后，一阵脚步声在身后响起，他偏过头来，望着走来的萧玉，刚欲说话，目光却扫到了其身后一名模样娇媚的少女。

"萧媚？"熟悉的容貌令萧炎一怔，他马上笑着叫了一声。

"萧炎表哥。"少女一身淡紫衣裙，娇躯凹凸有致，年龄不大的她，在某些方面倒有着堪比成熟女人的风采，特别是那张妩媚又清纯的小脸，更是散发着一种异样的魅力。这样出色的少女，在这内院之中怕是少不了追求者。然而此时，这个在许多追求者眼中显得颇为冷傲的少女，却有些怯怯的。

萧炎笑着点了点头，将目光再度转向萧玉，道："在内院待了这么久，事情大多已经解决了。剩下的时间，我想去深山修行一下，然后等二哥那边把事情弄好后，再回一趟内院，带林焱他们离开。"

闻言，萧玉一怔，微微蹙眉，道："一定要安排得这么紧吗？"

"云岚宗与云山不是普通敌人，当年被追杀逃出加玛帝国时，我所想的，便是不顾一切地增强自己的实力。后来听到萧家险被云岚宗灭族时，那时的我，差点失去理智立刻冲回加玛帝国。"萧炎笑了笑，声音却是平平淡淡的，未有多大的波澜。

"不过在最后时刻，我忍下了……"萧炎揉了揉鼻子，轻笑道，"因为我知道，凭借两年前我的实力，就算是回去了，恐怕下场也和当年差不多，或许还会被追杀得更加狼狈。

"三年时间能够达到如今这个地步，或许很多人都感到很诧异，不过我自己不意外，因为我所遭受的痛苦与付出的那些努力，值得这个回报。"

望着面前青年脸上浮现出的灿烂笑容，萧玉却没来由地感到有些心酸。家族血仇是压在每个萧家族人心头的重石，然而那报仇和振兴家族的重担，却全部落在了这个家伙身上。自始至终，这个当年被称为家族废物的青年，都未曾有过半句抱怨。

行至萧炎面前，萧玉望着这个不知不觉间竟与自己差不多高的青年，突然揉了揉他的脑袋，柔声道："小色狼，萧叔叔当年没有看错你，他始终相信，你一定会是萧家最有出息的人。现在，我也相信。"

一旁的萧媚，望着对萧炎做出如此亲昵动作的萧玉，明媚的眼睛中闪过一抹难以察觉的艳羡与黯然。谁说少女不怀春？以萧炎如今在内院的声望，不少容貌与天赋俱佳的美少女都对其十分仰慕，对他暗送秋波的少女更不少。但当年的那一件事，却令她只能将那种感觉彻底封在心中。她知道，即便如今已经冰释前嫌，她与萧炎，也很难再恢复以往的那种关系。

从某个方面来说，萧媚、薰儿与萧炎的关系，当年是站在同一条起跑线上，却在萧炎从天才陨落成废物那一刻，萧媚的路线悄然转变，两者间的关系，也大幅度偏移……直到如今仍难以愈合。

被萧玉这一番对待小孩子的举动搞得有些小郁闷，萧炎偏了偏头，不满地道："叫谁小色狼呢？"

"喊，当年闯进我洗澡的地方，事后还嚷着是被魔兽追杀才慌不择路地闯进来，真以为我是傻子啊。小小年纪便满脑子坏念头，不是小色狼是什么？"萧玉俏脸绯红地甩了萧炎一个大大的白眼，撇嘴道。

"咳！我是无辜的。"萧炎剧烈地咳嗽了一声，脸不知是何缘故有些臊红，开口为自己小时的某些举动洗刷罪名。然而在辩解之余，他却又悄悄瞟了一眼对面那一双纤细圆润的性感长腿，忍不住在心中感叹："如此令人难以忘怀的玉腿，不知道以后会便宜哪个男人。"

萧炎的目光虽然隐晦，但是依然被心思细腻的萧玉察觉，俏脸更红，她恶狠狠地瞪了萧炎一眼。

萧炎尴尬地笑了笑，又觉得气氛有点温馨。他微微一笑，冲着两人说道："等将加玛帝国的事情解决之后，我会派人通知你们，到时，若是愿意的话，你们便能回去。相信我，到时候，萧家将会成为加玛帝国最强大的家族！"

望着萧炎那郑重的脸色，萧玉与萧媚皆微微点头。她们相信，萧炎的承诺一定能够实现！

"呵呵，时间不早了，我也要进山了，等下次回来，恐怕就得真正离开了。"萧炎对着两人挥了挥手，不再拖拖拉拉，颇为洒脱地直接朝下楼的阶梯走去。

"萧炎表哥!"望着萧炎那即将下楼的身影,萧媚紧握着纤手,终于忍不住喊了一声。

"嗯?"萧炎转头,目光扫向少女。

"对不起。"萧媚小脸涨红,片刻后,方才鼓足勇气怯生生地轻声说道。

萧炎一怔,旋即笑着摇了摇头,道:"大家也算是一起长大的兄妹了,这些话,就不用再说了。当年的事,我早就忘了。"说完,萧炎不再停留,转身下楼,旋即消失在她们的视线之中。

贝齿紧咬着红唇,萧媚望着萧炎消失之处,小脸有些苍白,半响,方才苦涩地低声道:"真的都忘记了吗?"

看到萧媚那黯然苦涩的脸,萧玉轻叹了一声,将萧媚拥进怀中,纤手抚摸着她柔顺的青丝,目光扫向萧炎离开之地,俏脸上也露出淡淡的苦笑。这家伙还是一如既往的倔强,谁伤害了他,就会彻底地被他排斥在心门之外。

想到此处,隐隐间,萧玉竟略有一点庆幸。

安静而葱郁的重重山峦中,一道雷鸣声突兀响起,惊起林间无数飞鸟。那鸟儿铺天盖地振翅高飞的模样,颇有大难来临的感觉。

在山峦某处,一座山峰摇摇欲坠,巨石不断地从山上滚下,将山脚下一些巨树悉数折断。巨石滚落间,一道道手臂粗的裂缝顺着山壁急速蔓延,短短几分钟时间,一座完好的山峰,便距离彻底崩裂仅有一步之遥了。

山峰之上的半空处,一道黑袍人影振动着背后的碧绿火翼,望着那摇摇欲坠的山峰,满意地点了点头。如今这开山印的威力比以往强悍了许多,而且这次只是练习,他并未倾尽全力,仍然取得了这般效果,难以想象若是倾力施展,那威力将会何等恐怖。

"这便是开山印吗?不愧是地阶高级的斗技啊。"在黑袍青年身旁,一道虚幻的苍老人影悬空而立,望了望在青年的攻击下变得破裂不堪的山峰,讶异地点了点头，笑道。

"嗯。"萧炎笑着点了点头，问道，"老师可曾听说过这套斗技？"

"呵呵，帝印诀嘛，如此大名怎会没听说过！这套斗技就算是放在你那小女友族中，也不是什么人都可以修习的，她能拿到，多半还是因为她身份的关系。她能将这种珍稀斗技赠予你，也真是出人意料啊。"药老笑了笑，旋即轻叹道，"当年我对这套手印斗技也有不小的兴趣，可惜未弄到手。若能将这套手印斗技炼至大成地步，即便说它可焚山煮海怕也不为过。"

"不过可惜，薰儿给予我的卷轴中，这手印斗技只有两种手印。"萧炎搔了搔头，道。

"你这贪心的小子，知足吧。这套帝印诀虽说是地阶高级的斗技，但修炼到最后一印，再达到印印相通的地步，恐怕就能与天阶斗技相媲美了。"药老笑骂了一声，道，"就算你那小女友在族中身份不低，可将这种斗技私自送你，想必也担了不小的风险。她那一族，对这些顶尖斗技可是看得极重的，能给你帝印诀中的两印，怕已经是她的极限了。"

萧炎讪笑了一声。他也只是随意一说而已，自然不可能真正对薰儿发牢骚。看她当初将帝印诀赠予自己时脸色那般郑重，很明显对它也是极为看重。按照卷轴上所说，光是修炼第一印的开山印便至少需要达到斗王强者级别，遑论后面几印。所以就算薰儿真的给了他所有的帝印诀，他也只能看着后面的印诀流口水，能看却不能炼，将更加折磨人。

"进山有半个月时间了，二哥那边还没有什么消息，不会出什么岔子了吧？"萧炎振动着背后的火翼，目光投向黑角域的方位，皱眉道。

"应该没事吧，若是有事，他会给你发信号的。"药老笑了笑，旋即正色道，"现在，你还是将心思放在自己身上吧，想要与那云山抗衡，没有强力手段可是难以成行。"

听到这个令人记忆深刻的名字，萧炎收起了笑容，微微点头，沉声道："虽

然这三年我实力大涨,但是那老家伙也不可能只在原地踏步,而且云岚宗屹立加玛帝国那么多年,底子肯定不薄,那老家伙所会的斗技应该也不弱。"

当年凭借着药老的力量,萧炎虽然能够勉强与云山斗上几回合,但那是在云山几乎没有施展斗技的情况之下。一旦云山施展斗技,再配合其本身超强的实力,恐怕即使萧炎有药老相助,下场也会颇为凄惨。

如今虽说萧炎实力大涨,并且还有佛怒火莲与帝印诀这等大杀招,可凭此就想击杀云山的话,还是痴心妄想。斗宗级别虽然不是占据金字塔顶尖的,但毕竟也是只比那个地位稍次一点的强者。若是对这种强者抱着小觑心态,无疑会令自己陷入灭顶之灾,特别是萧炎本身等级远低于对手。

这一次重回加玛帝国,萧炎再不能容忍出现半点差池。当年他犹如丧家之犬般被追杀逃出加玛帝国,事后害得萧家遭此大难,若这一次的回归依然失败,他或许能够再次逃离,但等待萧家的便是真正的灭族之灾!

所以这次回去,他即使拼上一切,也要将云山彻底击杀!

若是加上美杜莎女王与药老这两大战力,击杀云山其实不难。可惜对于美杜莎女王,萧炎并没有十足把握劝服她帮自己对付云山;至于药老,虽说如今他实力足以和斗宗强者抗衡,不过谁又能保证,云岚宗没有其他隐藏的超级强者?

按萧厉所说,云岚宗明显与魂殿有所勾结,所以萧炎必须做最坏的打算,一旦到时真出现意外令药老不能参战,那么他就得独自迎战云山。因此,他必须确保自己拥有击杀云山的力量!

望着萧炎那张逐渐冷厉的脸,药老微微点头,缓缓地道:"以你如今的实力,想要有击杀云山的绝对把握的确很难,不过也并非完全不可能。"

"老师有何办法?"萧炎一怔,旋即连忙问道。

"将帝印诀第二印习成。"药老淡笑道。

闻言,萧炎顿时萎靡,无奈地道:"如今我连第一印都未彻底掌握,第二印怎么可能习成?而且按照薰儿所说,那第二印至少要达到斗皇级别,方才能够修炼。"

"呵呵，既然如此，那么就只有最后一种办法了。"药老一笑，手掌一挥，森白色的火焰便袅袅升出。他望着若有所思的萧炎，含笑道："融合三种异火，施展佛怒火莲！"

"融合三种异火的佛怒火莲……"萧炎神色变幻，眉头紧皱。作为这种威力极端恐怖的异火火莲的创造者，他对于这东西的危险性与不稳定性极为了解。当年他虽侥幸掌控了两种异火之间的平衡，可也付出了差点把自己炸死的代价。融合三种异火，看起来只是简简单单地增加一种异火而已，其中的困难程度，萧炎却深有体会。毫不夸张地说，要想将三种异火融合，那种修行难度，不会比修炼开山印低上丝毫。

"若你真的能够将三种异火融合成佛怒火莲，击杀云山，应该不会再出什么意外了。"望着紧皱眉头的萧炎，药老笑道。

"我……试试吧。"萧炎迟疑了一会儿，只得无奈地点了点头。如今怕也只有这么一种办法了。

药老笑着点点头，道："也不用太着急，能融合便融合，实在不行，就算了，大不了到时我出手，将那云山击杀便是。"

萧炎笑了笑，心中却知道，为了达到真正的保险，自己还必须再努力一把。

有了目标之后，在接下来的一段时间中，萧炎便开始尝试将三种异火融合成佛怒火莲。正如他所料，这东西的融合实在太艰难，其间好几次试验都以失败告终，而且在异火彼此对碰产生的剧爆中，他还受了一些轻伤。

对于萧炎的屡屡失败，药老也无可奈何。这倒不是说萧炎天赋不行，而是这异火的融合的确不容易。就算以药老当年的巅峰实力，想要融合三种异火，也同样难以办到。再者，骨灵冷火毕竟是药老的，就算萧炎能够使用，依然难以达到绝对精准的控制程度。控制程度的细微差别，在这种必须极其精细的融合中，将直接导致不同的结果。

然而面对不断的失败,萧炎并未显得太急躁,这令药老放心了不少。

药老还真怕这小子会在这巨大的压力下钻牛角尖。异火融合不是靠急就能完成的,心越静,效果就越好,反之,就会得不偿失。

经过反复试验,一个月之后,三种异火的融合终于有了一些进展。就在这时,一只从黑角域飞来的传信鸟,令萧炎停下了试验。

"万事皆备,随时可走!"

纸条上仅有这一句话,然而这句话却让萧炎沉默了许久。他仰天长长地吐了一口气,这一天,他等了三年……

第十九章
回归加玛

在距离内院不远的一处深山内,原本偏僻得毫无人烟的场所,此刻却簇拥着不少人。一道道目光皆投向最前方一脸微笑的黑袍青年,因为即将要离别,现场弥漫着些许低沉的气氛。

"决定今日走了吗?"苏千望着面前的萧炎,轻叹了一声,开口道。

"呵呵,二哥那边已经准备好,是该走了。"萧炎微微点了点头,目光缓缓地在那些熟悉的面孔上扫过,片刻后,轻笑了一声,道,"将大家叫到此处,只是不想让我离开的消息扩散到内院,导致磐门众人情绪低落。"

吴昊与琥嘉等人默默点头。萧炎即将离开内院,这令他们的情绪都有些低落。

"大长老,这些年,多谢您的照料。这般恩情,萧炎没齿不忘。"目光再度转向苏千,萧炎冲他躬身行礼,诚挚地说道。

苏千笑着摆了摆手,拍了拍萧炎的肩膀,道:"小家伙,此行多加小心!你那萧门我会派人照料的,等你回来时,定然会看见一个完整的萧门。"

萧炎微微点头,退后两步,对着众人一抱拳,沉声道:"诸位,三年相处,这般情谊萧炎永远不会忘记。日后若是有需要帮忙的地方,只要我萧炎还活着,就尽管来加玛帝国寻我!"

萧炎这般带着几分黑角域色彩的江湖话语,令众人一乐,因为离别而低落的气氛也稍稍缓和了一些。

"萧炎,等我与琥嘉毕业并且突破至斗王级别后,便去加玛帝国寻你,希望到时候也能助你一臂之力!"吴昊脸上露出一抹柔和的笑容,说道。

"到时萧炎定会陪你们不醉不休,以赔今日匆匆离别之罪!"萧炎大笑道。

"可以走了吗?"一道冷冷的声音突然自树顶传下,众人一抬头,就瞧见了美杜莎女王那冷艳精致的容颜,心中先是一声赞叹,旋即赶忙移开了视线。这个女人,就算是苏千那等强者都颇为忌惮,更何况他们。

听到美杜莎女王催促,萧炎笑了笑,也不再拖延,对众人一拱手,朗声笑道:"诸位保重,今日就此告别,日后有缘再见!"说完,萧炎转头对着一旁的林焱、林修崖、柳擎还有紫妍等人挥了挥手。

"走吧!"

听到萧炎的话,他们微微点头,旋即也向众人一抱拳,背后斗气双翼逐渐浮现,双翼振动间,身形缓缓升空。

"萧炎……小心点,遇事可千万不要莽撞!"望着那召唤出华丽的碧绿火翼并逐渐升空的萧炎,萧玉终于忍不住上前一步,眼圈泛红地叮嘱道。

"呵呵,放心,等我将加玛帝国的事情解决后,会马上派人通知你们。"萧炎微笑点头,旋即潇洒转身,火翼一振,不再有半分拖沓,化为一道碧绿火影,向茫茫深山飞掠而去。其后,美杜莎女王与林焱、紫妍等五人紧随而上。

望着一道道人影逐渐消失在视野之中,半晌,众人方才收回目光,黯然轻叹。

他们知道,萧炎此次回加玛帝国的危险程度可不小。云岚宗屹立加玛帝国那么多年，底子雄厚无比，就算萧炎有美杜莎女王这等强者相助，怕也难以取得绝对上风。这一次，等待萧炎的，将会是一场极其激烈的龙争虎斗！而成与败，就全看他自己了。

"大长老，萧炎这次能够成功吗？"收回目光，琥嘉突然低声问道。听到她的问题，在场所有人都将视线投向了负手而立的苏千。

"难说啊……"苏千叹息了一声，道，"加玛帝国颇为排外，导致整个帝国中唯有云岚宗这么一个势力，其传承时间颇久，即使是放眼西南大陆，云岚宗也算是实力强横的势力。萧炎修炼天赋不凡，终究底子太薄，虽说这次呼朋唤友召集了不少帮手，但鹿死谁手，依然是未知数啊。"

听闻苏千这么说，吴昊等人脸色不禁微微阴沉。不过他们也知道，就算再怎么为萧炎担心，也毫无作用，以他们现在的实力，即便跟着萧炎回到加玛帝国，恐怕也只是他的累赘而已。

"呵呵，好了，你们也别担心了，成与败，日后自有分晓。若萧炎真的一举灭掉了云岚宗，那么他的名声将会传遍这西南大陆。"苏千淡淡笑了笑，转身缓缓朝内院所在的方位走去。其后，吴昊等人对视了一眼，也只能心情沉闷地跟上。

"小家伙，这一次，不成功便成仁，一切都得看你自己了啊！希望不久之后，会有好消息传来吧……"在即将进入森林时，苏千脚步一停，再次转头望了一眼萧炎消失的方位，心中低叹道。

黑角域，距离枫城不远的一处山峰之上，人影晃动，偶尔有低低的兽吼声响起。

"二首领，萧门人马已经聚齐。这段时间投奔而来的强者，加上我们三兄弟，一共有八名斗王强者，其余的是按照要求严加挑选的斗灵强者，不仅强悍不畏死，而且大多处在斗灵巅峰。"一名壮汉对着站于山峰边缘处的男子沉声

说道。

听到壮汉这话,男子缓缓转过头来,那冷肃模样,赫然便是在枫城召集强者的萧厉。他瞥了壮汉一眼,微微点头道:"姚大,做得不错。"

话音落下,萧厉望向山峰斜坡处。那里,一百多道黑影安静地矗立着,黑影之前还站着七名或高或瘦的人影,从他们体内渗透而出的强悍气息,表明这七人全都是斗王级别的强者。

这么多人拥在山坡之上,却鸦雀无声,一股隐隐的压迫感笼罩四周,以致连那从森林中传出的兽吼声都减弱了许多。

"天阴宗、罗刹门、狂狮帮有何消息?为何还未到来?"目光从那些黑影之上收回,萧厉突然一皱眉,沉声道。

闻言,姚大刚欲回话,天空中便响起一道女子笑声。"咯咯,萧小哥还真是心急。这次离开黑角域起码得好几个月时间,若是不做好准备的话,岂不是回来连老家都会被人给抄了?"

笑声落下,便有大批破风声紧随而来,旋即十来头飞行巨兽从遥远天际飞掠而来。几个眨眼间,飞行兽便停在了这处山峰之上,然后道道人影闪掠而下,落在周围一些树顶上。大略看去,怕有百人之多,而且个个气势不凡,显然不是弱手。

在众多黑影掠下后,三道气势极强的人影方才振动着斗气双翼飞掠而下,悬浮在山峰半空处。来者正是铁乌、阴骨老、苏媚三人。三人的目光扫了扫萧厉身后那般阵容,脸上皆闪过一抹诧异,笑着道:"萧小哥果然有些本事,没想到这才一个多月时间,竟然能够召集这么多强者,真是让人羡慕啊。"

萧厉笑了笑,似乎不在意地道:"以我三弟六品炼药师的身份,有这个号召力,倒算不得什么。"

闻言,铁乌等三人目光闪烁了一下,旋即笑着附和道:"萧小哥说得对。若是萧门主肯将这六品炼药师的身份公布开去,别说几名斗王,恐怕就算是斗皇强者，也会蜂拥而至的。"

萧厉淡笑道："不知道这一次三位所带的人，实力如何？"

听到萧厉这话，铁乌、阴骨老、苏媚对视了一眼，皆笑道："我们每一方都派出了两名斗王强者，其余的也都是派中精锐，想必绝对不会比那云岚宗的核心弟子弱。"

"六名斗王？这与三位在黑角域的身份似乎有点不符啊。"萧厉随意地笑道。天阴宗、罗刹门、狂狮帮皆是黑角域一流势力，如今每方却仅仅派出两名斗王强者，着实有些说不过去。

"萧小哥也得为我们想想啊，黑角域不比其他地方，我们若是带走了太多门中精锐，就怕回来的时候连老窝都被人清理了。"苏媚三人无奈地道。

萧厉皱了皱眉，只得点点头。这话倒不假，因此他也没有其他话好说。不过还好，这三个家伙都是斗皇级别的强者，算起来也是一股很大的助力了。

"呵呵，萧小哥，我们的人都已经到了，不知道萧门主为何还不现身？"四处扫了扫，那阴骨老干笑了一声，突然问道。

听得阴骨老的话，苏媚与铁乌也将目光投向了萧厉。这次万里迢迢地赶去加玛帝国与云岚宗那等势力对抗，若是连萧炎这个主事人都不在的话，那他们可要打退堂鼓了。

"我已通知了三弟，想必……"萧厉笑了笑，话还未说完，另一道淡淡的笑声便从天边传来，响彻这处山峰。

笑声响起不久，一阵破风声便紧随而来，旋即几道身影从天际浮现，几个眨眼后，便闪现在山峰之上。

"呵呵，劳烦诸位久等了，抱歉！"人影站定，为首的一名黑袍青年，抬头对铁乌等人微笑道。

随着黑袍青年的出现，山峰之上的气氛顿时有了细微的变化。那些站在萧厉身后的一众黑影，都将目光投注在了那黑袍青年的背影之上。在这一刻，本

就安静的氛围更是变得鸦雀无声，一种异样的压迫气氛笼罩在山峰之上，以致连森林中的魔兽吼声也在此刻彻底消散。

望着那脸上含笑的黑袍青年，铁乌、苏媚、阴骨老却是心中暗自打鼓，脸上的笑意也收敛了些许。虽然这个年轻人的年龄比他们小许多，但是以他们在黑角域中磨炼出的狠辣性子，都难以在他面前保持绝对的镇定。因为他们都清楚，就是这个笑容和煦的青年，却令黑角域中一名斗皇强者和一名半只脚踏入斗宗级别的强者悲惨陨落。

他们敢在面容更加冷厉的萧厉面前谈笑风生，可在这个一脸微笑的青年面前，却不得不打起所有的精神，不敢有丝毫怠慢。

"你这家伙，终于赶过来了。"能够不受萧炎影响的，怕也只有萧厉了。萧厉倒没在意那细微的气氛变化，率先冲着萧炎笑道。

萧炎笑着点了点头，旋即指着身后的林焱、紫妍四人笑道："他们你应该也认识，都是我朋友，算是我这次拉来的帮手。"

闻言，萧厉微喜。以他的眼光，自然能够看出林焱等人的实力，至于那外表只不过是个小女孩的紫妍，却令他有种看不透的感觉。这种感觉，在斗王级别中，除了眼前的小女孩，萧厉便只在萧炎身上感受过。

"这五人，是我这段时间从黑角域中招揽而来的强者，实力都在斗王级别。"萧厉指着山坡上那身躯如枪般笔直，并且浑身散发着凌厉气势的五道人影，笑着道。

"嗯，不错。"萧炎目光从那五道人影上扫过，满意地点了点头。这五人实力皆在六星斗王左右，即使是在整个黑角域中，也能算作一方强者。按照萧炎料想，他们的实力，恐怕足以和加玛帝国那所谓的十大强者相抗衡。

"见过萧门主！"见到萧炎望过来，那脸色冷峻的五人脸上露出僵硬的笑容，齐声喊道。这些家伙在黑角域都是极其强悍的人物，即便如此，他们对于将血宗范滂、药皇韩枫皆斩杀于手下的萧炎，却不敢有丝毫的怠慢。黑角域中实力为尊，这一点，几乎已经渗入所有人骨子之中。他们能够与萧厉淡然相处，可在萧炎面前，却必须抛弃心中的那份桀骜不驯，小心应付。

"呵呵，诸位援助之情，萧炎会记在心中，等事成之后，定然会给予一份让大家满意的酬劳。"萧炎抱拳笑道。

他心中清楚，这些家伙能够冒着得罪云岚宗那般大敌的风险来帮自己，所为的自然是不菲的报酬，因此与其说一些感谢的话，不如说这么一句实在话更令人振奋。

果然，听得萧炎此话，那几名斗王强者脸上顿时涌上一抹兴奋。他们冒着这么大的风险，正是因为萧炎那六品炼药师的身份，只要能够让萧炎欠他们一个人情，日后的报酬自然丰厚得难以想象。

"只要萧门主一声令下，管那狗屁云岚宗有多强，我们都会杀得他们片甲不留！"兴奋之余，那黑角域特有的嗜血话语便从几名斗王强者嘴中冒了出来。

萧炎笑着点了点头，手掌虚压，将他们安抚住，旋即转头望着阴骨老、苏媚、铁乌三人，片刻后，瞟了一眼树顶上的那些三方强者。

瞧见萧炎所望之处，阴骨老三人心跳加快了一点。面对着萧厉，他们能够随意说笑，可在萧炎面前，他们总是感觉到一种难以言明的压迫，这种压迫令他们颇为不安。

"萧门主，此次前往加玛帝国，简直就是万里迢迢，不提到那边之后所需要的时间，光是来回一趟，便需要几个月之久。呵呵，你也知道黑角域中的情况，不知道有多少人在盯着我们的家底，若是不在门派中留下较强的力量，恐怕等回来时，我们就得变成光杆将军了。"似是察觉到萧炎微微皱了皱眉头，那阴骨老干咳了一声，连忙解释道。在说话的同时，他还偷偷地瞟了一眼站在萧炎身后不远处身姿婀娜的美杜莎女王，在见到对方并未有半点异动时，方才在心中松了一口气。对于这个货真价实的斗宗强者，他可是打心底里感到恐惧。

闻言，萧炎微微点头，旋即淡笑道："三位能亲自前来，便已经算是履行了

当初的约定，萧炎自然不会有什么怪罪的地方。"

听到萧炎这话，阴骨老三人方才偷偷地放下悬在心中的大石，若萧炎要他们再增派点人手，他们不知会多么为难呢。

"不过……"然而萧炎接下来的一个转折，却令三人稍微放下的心再度提了起来。

"三位应该知道，这一次的行动有一定危险性，而且这件事对萧炎也极其重要。所以还请三位在与云岚宗交手时，千万不要抱着随意打发的心态，否则的话……"萧炎淡淡一笑，漆黑的眸中闪过一抹冷厉凶芒，平淡的声音里也添上了些许寒意。

虽然如今万事俱备，但是对于阴骨老这些家伙，萧炎却颇为了解，若是不适时地敲打震慑一下，他们恐怕还真会暗中搞些小动作。正如他所说，此次回加玛帝国，对他实在是太重要，他不容许因为任何一点失误而导致全盘皆输。凡是会干扰自己实行计划之人，萧炎对之不会有半点的心慈手软。如今的他，已经不再是当年那个无知少年了！

对于萧炎声音中的警告与寒意，阴骨老、苏媚、铁乌三人也听得明白，当下脸色都微微一变。

阴骨老干笑了一声，率先开口道："萧门主请放心，既然答应了助你一臂之力，那么我们就是在同一条船上，凿船同沉的傻事，我们可干不出来。"

"呵呵，这样自然是最好，等事成之后，几位所要求的报酬，萧炎定会悉数奉上，不会有半丝迟缓！"闻言，萧炎脸上再度涌上和煦轻笑，缓缓地道。

望着萧炎那犹如翻书般的变脸速度，三人面上赔笑，心中暗自咋舌。这家伙，为人处世哪像个二十来岁的年轻人，简直就跟混迹江湖半辈子的老狐狸差不多。

将三人震慑一番，萧炎这才转过头来，望向萧厉，两兄弟心有灵犀地相视一笑。

"此次前往加玛帝国，路程遥远，就算是斗王强者也不可能长时间使用斗气双翼赶路，更何况我们还有不少斗灵级别的人。"见到萧炎出面将局面彻底稳定，萧厉这才开口道。

萧炎微微点头，他当年从加玛帝国到黑角域，也花费了许久时日，自然清楚这两者间的距离是何等遥远。以他如今的实力，想要飞掠如此远的路程，中途也要歇息好几次，才能完成。

"呵呵，如果从陆地上步行去加玛帝国，恐怕半年的时间都到不了。"萧厉笑了笑，旋即嘴中吹出一声尖厉的口哨。随着其口哨声的传出，山峰之下的森林中，顿时响起阵阵低沉的兽吼声，然后森林中万鸟齐飞，十来头体形庞大、外表颇为凶悍的魔兽，振动着宽大的肉翼，带起一阵狂风，迅速地升至山峰之上，冲萧厉发出阵阵兽吼声。

"这十头虎鹰兽，可都是货真价实的四阶魔兽，不仅凶悍，而且极擅长长途飞行。这东西太桀骜不驯，颇难驯化，为了搞到它们，我可是付了不菲的价钱，才从驯兽门中换取过来。"萧厉指着那十头体形颇为巨大、似虎似鹰的魔兽，笑道。

"四阶魔兽吗？"闻言，萧炎略感诧异，岂不是这十头虎鹰兽便相当于十名斗灵强者了？

"途中所需要的各种东西，也已全部安排妥当，随时可以起飞前往加玛帝国。"萧厉笑了笑，目光中隐隐露出些许狂热与迫切。

"既然如此……"萧炎一笑，漆黑眸子中涌上一股异样炽热，声音骤然加大，"那还等什么？所有人立刻上虎鹰兽，即日开始，赶往加玛帝国！"

萧炎话音刚落，那如木桩般矗立在山坡上的百多道黑影就齐齐闪掠，纷纷落在那些匍匐在地的虎鹰兽宽敞的背上，而天阴宗等三派的强者，也再度闪回到那盘旋在半空中的飞行兽之上。

见众人已经就位，萧厉嘴中再度响起尖锐的口哨，十头虎鹰兽立刻低吼着站起身来，挥动宽大的双翼，带着狂风缓缓升上天空。

萧炎抬头望着天空中那十几头庞大的飞行魔兽，只觉胸膛滚烫，一声低喝，背后碧绿火翼一振，便闪电般掠上了最前方一头虎鹰兽巨大的脑袋之上。而其后，美杜莎女王、萧厉等人也迅速闪掠而来。

站在虎鹰兽脑袋之上，迎面而来的狂风将萧炎的衣衫吹得呼呼作响。他低头望着愈加渺小的地面，然后缓缓抬头，盯着遥远的南方天际，嘴角缓缓扬起一抹阴寒笑容。

"加玛帝国，云岚宗，我萧炎回来了！"

加玛帝国，帝都，米特尔家族那庞大庄园内的某处防卫森严的大厅之中，三道人影正端坐着，气氛有些凝重。

"雅妃，这么着急将我们叫过来，发生什么事了？"大厅下方，一名身着淡蓝袍服的老者，微微皱着眉头望着首位上优雅而坐的美丽女子，率先开口问道。

"呵呵，是啊，雅妃小姐，今日我们正好接了任务，还赶时间呢。"大厅另外一侧，一名男子坐在轮椅上，望着首座上的女子笑道。

"萧鼎大哥叫我雅妃即可，那般称呼，可显得生分了许多。"坐在首位的女子，面颊如玉，眉黛如画，嘴角勾勒起微笑弧度，她举手投足间洋溢着成熟与妖娆的风情，煞是引人注目。她正是与萧炎关系颇为不错的雅妃。

听雅妃对男子的称呼，那男子赫然便是萧炎的大哥——萧鼎！

"这次着急地派人将海老与萧鼎大哥叫来，主要是因为我收到了些不太好的消息。"雅妃纤指在桌面上轻轻一点，旋即微蹙着黛眉道，"据情报所说，云岚宗似乎有一些动静。上一次云岚宗有所动静，便是对萧家出手，这一次想来也是必有所图。"

在说到"对萧家出手"时，雅妃轻瞟了一眼坐于轮椅上的萧鼎。萧鼎脸色却没有变化，依然保持着春风般的笑容，就好像当初萧家险些被灭族的事与他没有丝毫关系一般。

"云岚宗又有动静了？"闻言，一旁的海波东倒是紧皱起眉头，道，"他们这次又想干什么？"

"暂时还不知道他们的目的，而且他们行动颇为隐秘，若非我如今的情报网已经渗进了云岚宗，恐怕也难以察觉。"雅妃微微摇头，轻启红唇说道。

"难道是冲我们来的？他们是如何发现萧家残余的族人是在我们米特尔家族庇护下的？"海波东皱着眉头，沉声道。

"这还只是猜测。这些年云岚宗的举动越来越不像以往那个保持着超然身份的门派所为。我想，恐怕皇室也早就盯着他们的一举一动了，只不过云山实力太强，因此连皇室也不敢有丝毫异动，生怕惹恼了这个近在咫尺的庞然大物，造成难以收拾的局面。"雅妃沉声道。

"米特尔家族是加玛帝国三大家族之一，三大家族之间牵扯极大，不像当年我们萧家。若是云岚宗要对你们出手，想必会引发帝国内的动荡，其他势力应该不会坐视米特尔家族被云岚宗毁灭。当然凡事都有例外，正如你们所说，云岚宗本就是加玛帝国最强的势力，如今再加上云山这等强者，其余势力就算有心想要帮忙，也得掂量一二啊。"坐于轮椅之上的萧鼎，十指交叉放于身前，缓缓说道。

"万事都得小心。这段时间，萧鼎你让你们的族人尽量少外出活动，米特尔家族也要暗中警戒起来。万一云岚宗真有什么动静，我们也不至于搞得措手不及。"海波东在大厅中来回踱着步子，好一会儿，方才沉声说道。

"嗯。"萧鼎微微点头，望着海波东那紧皱起来的老脸，轻轻叹了一口气，道，"海老，实在抱歉！因为我萧家，竟然将你们米特尔家族也拖下了水。"

"怎么还说这些？"海波东冲着萧鼎摆了摆手，淡笑道，"而且这也并非无故相帮，你就当是我这老家伙在用这条老命和米特尔家族来一场赌博吧。"

"海老是赌我三弟一定能够归来并且战胜云岚宗吗？如果是这样的话，那的

确是一场豪赌啊。"萧鼎轻笑了一声，道。

"你相信那个小家伙会回来力挽狂澜吗？"海波东笑着反问道。

萧鼎摸了摸鼻子，微微一笑，轻声道："我自然相信！而且我还能感觉到，离这一天，不会太远了……"

"老夫也正有这般想法，哈哈。"

雅妃望着一脸笑容的两人，唇角也泛起一抹笑意，脑海中，那有着一对清澈黑色眸子的黑袍青年缓缓浮现。

"小家伙，我也相信，你会以强者姿态，回归加玛帝国！"

云岚宗，后山一处偏僻大殿。

空荡荡的大殿之中，寂静无声，在大殿的中央位置，一名风华绝代的白衣女子，安静地坐于蒲团之上，紧闭着眼睛。

嘎吱——空荡的大殿中，突然响起一道开门声。那紧闭的大殿门缓缓打开。一缕月光射进来，将那名白衣女子包裹其中，宛如一层淡淡的银纱，使女子像仙子般，透着一种难以言明的高贵与缥缈。

一道苍老身影缓步走进来，最后在距离白衣女子不远处停下了脚步，淡淡地笑道："韵儿，还在生为师的气吗？"

白衣女子缓缓睁开紧闭的双眸，犹如宝石般的眸子在月光的反射下，有着一种异样的魅力，她那张高贵出尘的淡然俏脸，令人生出自惭形秽之感。这赫然便是当年云岚宗宗主——云韵！

三年岁月并未在她脸上留下丝毫痕迹，反而将那种高贵的气质酝酿得越发浓郁。不过在高贵之下，还隐藏着些许当年未曾具备的清冷。

"老师今日怎么有空来这'禁殿'？"白衣女子瞥了一眼面前的老者，却并未起身，声音中带着些许嘲弄。

"唉，韵儿，你还是这个脾气，为了一个毫无瓜葛的萧家，你便忘记了老师对你的栽培吗？"老者叹息了一声，旋即有些恨铁不成钢地道。

"老师多年栽培，云韵自然谨记在心。"云韵的俏脸溢出些苦涩，片刻后，她方才低声喃喃道，"但一个小小的萧家，你何必对他们那样苦苦相逼？你这样，就是彻底与萧……不死不休啊。"

"一个自以为有些天赋的小辈而已，还能让我云山忌惮他？"听得云韵再度提起那个人，老者脸色顿时有些难看，袍袖一挥，冷笑道，"那小子被追杀逃离加玛帝国已经三年了，这三年中，附近的几个帝国中都没有他的消息，说不定他早已经死在哪个地方了。"

听得云山的话，云韵摇了摇头，不再开口。

"好了，我来也不是和你扯那个家伙的。只要你将那小子忘记，我就会让你重登宗主之位，但现在看来，你还是忘不了他。"云山见又闹得不太愉快，皱了皱眉，旋即语调阴冷地道，"那萧家，我是绝对不会放过的。我已经接到了消息，萧家残党应该是躲在米特尔家族的庇护之下。海波东那个老家伙，几次三番阻我云岚宗之事，真当老夫收拾不了他不成？这一次，我要让萧家在加玛帝国彻底完蛋！"

"你要动米特尔家族？"闻言，云韵顿时一惊，语气中忍不住有些怒意，"米特尔家族是帝国三大家族之一，若是云岚宗对他们出手，定然会引来众多势力的不满。老师，你难道想将云岚宗置于加玛帝国所有人的对立面吗？"

"一群跳梁小丑而已。"云山的脸上掠过一抹不屑，冷笑道，"他们若是想动，那也正好。加玛帝国平静太久了，能大清洗一次，对我云岚宗来说倒也不错。"

云韵震惊地望着面前性子大变的云山，实在难以置信她最为敬重的老师，如今竟然会变成这个模样。

"老师，你再执迷不悟，云岚宗迟早会毁在你手上！"云韵咬着牙，怒声道。

"云韵，你现在越来越大胆了！竟然敢如此与我说话！"云山脸色一冷，呵

斥了一声，旋即袍袖一挥，转身向着大殿之外走去，"云岚宗不会在我手中覆灭，相反，我会将它带到一个前所未有的高峰，那是以往云岚宗任何一任宗主都未曾达到的！"

在即将走出大殿时，云山脚步一顿，冷冷地道："还有，你最好将那个小子忘掉，不要再痴心妄想他还会回加玛帝国，就算他能回来，老夫也会第一时间取他小命。况且云岚宗灭其满门，你作为云岚宗的宗主，你们之间，绝对没有可能。"

说完，云山走出大殿。袍袖挥动间，厚重的大门再次轰然紧闭。

望着那紧闭的大门，云韵紧握玉手，片刻后，那张顾盼生辉的俏脸之上，浮现些许黯然……

一望无际的蔚蓝天空，慵懒的云朵挂于天上，偶尔微风吹拂，方才有细微移动。阳光从云层倾洒而下，照射在下方那些崇山峻岭之上，分外温暖。

寂寥的天空，突然间有阵阵狂风拂动的声音传来，旋即天际边缘处，出现了一些小黑点。片刻后，黑点携风而来，最后化为十几头浑身散发着凶悍气息的飞行魔兽，带着低吼声呼啸而过。

在那领先的一头飞行魔兽巨大的脑袋之上，一名黑袍青年盘腿而坐，淡淡的碧绿斗气浮现在身体表面，将那迎面而来的狂风悉数挡住，青年本人则心无旁骛地进入修炼状态。

修炼持续了许久，黑袍青年终于微微抖动眼睑，旋即缓缓睁开眼睛，目光向下面那极为遥远的地面扫了扫，随后偏头对着身后一行人问道："我们现在到何处了？"

听得萧炎问话，那正与林焱等人笑谈的萧厉转过头来，快速地从纳戒中取出一张地图，笑道："一个名叫万岩的小国。这里已经远离了黑角域，按照我们的速度，再有一个月时间，便能够抵达加玛帝国边境。"

"还有一个月吗？"萧炎喃喃了一声，望向林焱等人。经过长达一个月时间的赶路，众人都略微感到疲乏。虽然其间偶尔会降落歇息，但几乎大半的时间都是在这虎鹰兽身上度过的，这般枯燥的行程，可不是寻常人能够忍受的。还好此行大多数人都是实力较强之辈，实在无聊还能用修炼来打发时间。

"唉，这行程若是再持续几个月，我非疯了不可。"瞧见萧炎望过来，林焱冲着他一脸无奈地道。

萧炎笑着点点头，目光四处扫了扫，旋即道："紫妍呢？又忍不住自己跑了？"

"嗯，那丫头坐不住，已经先往前面跑了，不过有美杜莎女王跟着。"萧厉点了点头，凑近萧炎，嘴中啧啧称奇地道，"没想到那冷冰冰的女人对紫妍倒是不错，竟然主动提出跟着保护她。"

"随她们吧，有彩鳞在，紫妍应该不会出岔子。"萧炎笑了笑，目光在后方十几头虎鹰兽上扫过，道，"没什么意外发生吧？"

"嗯，一切都很顺利。不过，这么一大批人从天空飞过，偶尔经过一些势力所在范围时，总会引起一些骚动，若是这些势力也有强者的话，还会上来察看一番。有些家伙看见我们这支人马如此强横，还想请我们下去一叙。"萧厉笑道。

"尽量不要与这些势力起冲突，我们只是路过而已，不管遇见什么事，都不要插手，至于邀请，也直接拒绝。"萧炎微微点头，沉吟了一会儿道。

从黑角域到加玛帝国，万里迢迢，其间遍布各种各样的势力，一旦陷入麻烦之中，恐怕会极大地延迟他们抵达加玛帝国的日期，这是急于回去的萧炎不想看见的事。

"呵呵，这我自然知道，而且我也通知了阴骨老他们，就算遇见一些前来察看的强者，我们也会客气相待，将他们打发走。"萧厉笑了笑，道。

萧炎点了点头，站起身来，眺望着遥远的南方天际，半响，轻吐了一口气，

缓缓地道:"不知道大哥他们怎么样了……"

闻言,萧厉沉默了片刻,拍了拍萧炎的肩膀,安慰道:"放心吧,大哥虽然实力不如我们,但他心思多,点子层出不穷,云岚宗想抓住他也没那么容易。"

萧炎微微点头,叹道:"希望吧……"

"对了,这段时间修炼,可有晋阶斗皇的感觉了?"感觉到气氛有些压抑,萧厉笑了笑,将话题扯开。

"哪有那么容易……"萧炎苦笑着摇了摇头。他努力修炼了将近一个月时间,可惜那触摸到斗皇屏障的感觉依然未曾出现,这令他有些无奈。想从斗王晋阶到斗皇,果然不是件容易的事。

"不能使用丹药提升吗?我记得斗王强者都能够服用一枚斗灵丹来提升一星的实力吧?以你如今的实力,若是服用一枚的话,那不是正好能够突破?"萧厉摩挲着下巴,说道。

"斗灵丹的确能使斗王强者提升一星的实力,对我却没有什么作用。那丹药不可能使斗王巅峰强者突破那层障壁,不然的话,每个实力达到斗王巅峰的人吃一枚斗灵丹,都能轻松突破至斗皇了。"萧炎摇了摇头,无奈地道。这办法他老早就想到过,不过连药老都说,以他如今的实力,斗灵丹的效果已经不大,更别说想借它之力突破至斗皇了。

"斗灵丹不行,其他丹药呢?"

"我这次的突破,怕是不能再依靠外力。"萧炎摇了摇头。在地底两年时间,虽然令他实力暴涨了一大截,但是也留有一些隐患,如今他正在努力消除这些隐患。倘若现在再借助外力,短时间内的确能够得到不弱的力量,但日后说不定会成为他向更高层次进军的障碍。这种与透支体力没有多少差别的事情,萧炎可不想干。

"那就只能慢慢来了,这种事,急不来。"提议皆被否定,萧厉只能无奈地摇摇头。这种事,他也帮不了多少忙。

萧炎笑着点了点头，这段时间，他的确是有点心急了。

咻！

就在萧炎与萧厉谈话间，突然有破风声从前方响起，旋即两道身影急速闪掠而来，上了萧炎他们所在的这头虎鹰兽。萧炎等人转头望去，原来是紫妍与美杜莎女王二人。

望着一脸开心笑容的紫妍，萧炎鼻子嗅了嗅，从空气中闻出了一缕极淡的药香味，当下不由得惊诧地道："你们去弄药材了？"

"嘿嘿，你鼻子还真灵。"被萧炎一语道破了自己的行踪，紫妍嘿嘿一笑，手掌一翻，几个造型精致的玉盒便出现在了手中。小妮子讨好般地将它们递向萧炎，嘿嘿笑道："这些药材你可以留一些日后给彩鳞姐姐炼制丹药，其余的都要给我炼制成药丸，不能私吞了！"

萧炎有些愕然地接过玉盒，一个个地打开，眼中的惊异之色顿时浓郁了起来，嘴中喃喃道："这是……玉龙涎？极寒灵芝？这些药材……你们从哪儿弄来的？"

不怪萧炎会感到惊讶，这几种药材，大多是炼制复魂丹所需要的，萧炎当初也与美杜莎女王谈起过。没想到在黑角域都颇难寻见的药材，会被紫妍这个小妮子一口气拿出好几种来。

"紫妍天生便对这些灵药有特殊的感应，想找到自然是轻而易举之事。"美杜莎女王揉了揉紫妍的小脑袋，冲着萧炎淡淡地道。

萧炎撇了撇嘴，他倒是忘记了紫妍的这项异能，看来日后若是要寻找药材，得把这个小妮子带上才行。

"不过这些药材……并不像是才离地的啊？它们不是你们自己去寻找并且挖掘出来的吧？"把玩着玉盒，萧炎似是发现了什么，突然皱眉道。

闻言，紫妍嘿嘿一笑，旋即小声道："这是一路上一些势力储存的东西，彩鳞姐姐说反正他们留着也是浪费，所以我们就偷偷地把它们拿了过来……"

萧炎目瞪口呆地望着讪笑的紫妍,脸色逐渐铁青,怒视着美杜莎女王:"你竟然带她去偷药材!"

"有些事情我自己会解决,又不用你操心。而且这些药材都是你给我炼制复魂丹所需要的,我可不想等约定时间到了,你跟我说药材还没找齐全。"美杜莎女王撇了撇嘴,毫不在意地道。

萧炎眼角抽搐,没想到这一大一小两个人竟然这么能惹祸,还好她们偷取药材时没被人发现,不然他们这一路,别想走得这么顺利安稳了。

"让他们加快速度!"萧炎脸色铁青地转过头,对萧厉沉声道。

"嗯。"萧厉苦笑一声,背后斗气双翼一振,朝着其他飞行兽飞了过去。

"你们两个,以后没我的允许,不准离开!"瞧见萧厉离开,萧炎再度转头对紫妍与美杜莎女王怒声道。

看到萧炎那有些铁青的脸色,紫妍偷偷吐了吐舌头。一旁的美杜莎女王倒是竖了竖柳眉,不过在萧炎那愤怒的目光下,也只得咽下到嘴边的话。

将这两个令人头疼的家伙震慑住后,萧炎这才悄悄松了一口气。他低头看了一眼手上的玉盒,无奈地摇了摇头,将它们收进纳戒中。

经过这件事之后,萧炎等人的赶路速度明显加快了许多。直到好几日后终于远远离开了紫妍她们犯事的那些地方,萧炎才彻底放心,把速度稍稍放缓。

时间在枯燥的飞行之中,如指间细沙般迅速流逝,萧炎一行人马与加玛帝国边境的距离,也越来越近……

经过长达两个月的飞行赶路,萧炎等人距离目的地近了。按照地图所示,不久后,他们便能抵达加玛帝国的边境。

再度翻越一座雄浑山峦,众人视线的尽头,突然出现了一座庞大的要塞轮廓。

要塞依山而建,犹如一头猛虎,扼守着帝国通往外面的要道,任何想要离开帝国之人，都必须从这庞大要塞之中通过。这座防卫森严的要塞，经年下来，不知道吞噬了多少战场亡魂，令周边许多帝国对其充满了畏惧。

因此，这个要塞有一个颇为凶煞的名字。镇鬼关！

当萧炎的目光扫到出现在遥远尽头的庞大要塞轮廓时，脸上的笑容在此刻凝固。他从虎鹰兽的巨大脑袋上站起，凝视着那座即使相隔老远也依然散发着一股煞气的城市要塞，片刻后，一抹笑容在他的嘴角浮现，旋即迅速扩大，最后，一道压抑了三年多的咆哮大笑，在天空中如雷鸣般响彻。

"加玛帝国，我萧炎回来了！"

大笑声在天空如雷鸣般翻滚不休，好在此处平日人烟稀少，否则定然招来无数惊诧的目光。

望着萧炎失态的举动，站在十几头飞行兽之上的人，都惊诧地看了过来。这个一直保持着和煦笑容，似乎从来不会慌乱的年轻人，如今这般失态，还是他们首次看见。

"这里就是加玛帝国了吗？"林焱几人有些好奇地走上前来，一边朝着那极为遥远之处的要塞望去，一边问道。

"嗯，这是加玛帝国的一处边境要塞，只要通过这里，就算是进入加玛帝国的国界了。"萧厉点了点头，道。

"当年，我被云岚宗追杀，便是从此处逃出来的。没想到，三年之后，我会再次从这里回去。"萧炎收起脸上的狂笑，转头冲着林焱等人淡笑道。那笑容中颇有些怀念的味道。

"呵呵，既然如此，那还等什么？"萧厉一笑，拍了拍萧炎的肩膀。当年萧炎在云岚宗的一路追杀中出逃，在加玛帝国闹得沸沸扬扬，但实际的种种，远比那些流传出来的更为精彩与险恶。

萧炎也轻轻笑了笑，修长的手掌从袍袖中探出，幽海纳戒光芒一闪，庞大的漆黑重尺便闪现而出。

"这形象，不知在如今的加玛帝国中，是否还有人能记着？"玄重尺斜插于背后，硕大的尺身几乎与萧炎的身高持平，他拍了拍尺身，微笑着道。

林焱等人望着那背着黑尺，负手站于虎鹰兽脑袋之上的黑袍青年，突然感觉到，一股凌厉的杀伐之气正逐渐从这个一直温和的家伙体内散发而出。几人对视了一眼，皆在心中暗道："看来这加玛帝国，会因为这个家伙的回归变得不太平了……"

"诸位，加快速度！"手掌轻轻一挥，萧炎的声音在所有人耳边清晰地响起，那一直云淡风轻的语气，也在此刻多了一分迫切。

听到萧炎的吩咐，天空中响起一阵应诺声，旋即在几道兽吼声中，十几头飞行兽振动着肉翼，携着狂风，对着那遥远的要塞急速飞掠而去。

虽然有上千米远，但是在飞行兽急速飞行之下，不到十分钟的时间，那庞大要塞便近在咫尺！

萧炎手掌一挥，天空之上的飞行部队便立刻停住，所有目光都投向了最前方那道背负着重尺的年轻身影。

此处距离地面至少有千米之远，在这个高度，下方若是有人抬头仰望的话，怕也只能隐约看见一些小黑点，但是以萧炎的眼力，却能极为清晰地将地面上的所有动静收入眼中。

目光先是在那要塞城门上方硕大殷红的字上扫过，那熟悉的名字，令萧炎浑身上下犹如通过电流般，产生一种酥麻的感觉，体内血液也沸腾起来。

"镇鬼关……一别三年，城未变，人却是变了模样啊！"轻轻地叹息一声，萧炎低声道。

"三弟，似乎有点不对劲……这镇鬼关今日是不是太安静了点？据我所知，这可是方圆百里中最为庞大的要塞，就算是夜里也极为喧嚣，可现在……"就在萧炎感叹时，萧厉突然皱了皱眉头，有些疑惑地道。

闻言，萧炎一怔，目光在那安静的要塞中扫了扫，眼中也闪过一抹讶异：

"的确……我当年从这里离开时,这里的人流量可是非常庞大的,今日怎么……"

"难道你回来的消息已经被人提前知道了?"林修崖也探过头来,开口问道。

"这怎么可能?黑角域与加玛帝国间隔如此遥远,我回来的消息,加玛帝国应该无人能知。"萧炎摇了摇头,说道。

"城中有打斗痕迹,不少实力较强的人都集中在一个地方。"一直沉默的美杜莎女王突然淡淡地道。

听得美杜莎女王这话,萧炎一愣,旋即缓缓闭目,雄浑的灵魂感知力量从眉心中如潮水般地扩散而出,快速地扫向下方整座要塞。

看到萧炎的动作,萧厉等人停止了说话,安静地等待着他的探查。

半晌之后,萧炎睁开双眼,目光从城门转向了要塞中心的位置,嘴角浮现出一抹笑容,轻声道:"这要塞果然有点不平静,没想到刚回加玛帝国,就能碰见熟人。"

"熟人?"萧厉一怔。

"走吧,下去看看。"萧炎一笑,挥了挥手,旋即指挥着虎鹰兽呼啸而下,十几头飞行兽紧随其后。

镇鬼关,城主府中心的一处宽敞前院。此时,这里的气氛剑拔弩张,两方人马针锋相对,明晃晃的武器在阳光的照耀下带着几分森然意味。显然,这里并非在进行什么演习,而是真刀真枪的血拼。

"蒙力,你竟然敢私自对本统领出手,此事若是传到帝都,你人头定然不保!"在一方人马的簇拥下,一名体形壮硕得犹如一尊铁塔般的中年男子,愤怒地望着对面一脸冷笑的男子,呵斥道。

"嘿嘿,木铁,你别跟我来这一套。虽然这事我筹备了许久,但若是无人支持,我自然也不敢做这种大逆不道的事。"一身黄色衣袍的男子阴声笑道。

"支持?你是说……云岚宗?!"被称为木铁的男子,眼瞳顿时一缩,震惊地喝道,"云岚宗究竟想干什么?若是被皇室知道,定然会调遣军队围剿它!"

"嘿嘿,皇室?那又如何?以云岚宗的实力,怎会惧他们?"蒙力嘿嘿一笑,目光转寒,阴森森地道,"只要将你杀了,我就自有办法掌控这镇鬼关。这里的军队,以我这些年建立起来的威望,收编起来虽然有些麻烦,但是也并非不可能!"

"你竟然想收编帝国的军队?"轻吸了一口凉气,木铁心中翻起了惊涛骇浪。他知道,这里的事若传到帝都,恐怕整个加玛帝国都会出现惊天变动,没想到云岚宗竟然疯狂到了这种地步。

"虽然今日这城主府会成为你的葬身之地,但是有些事,你还是不要知道的好。"蒙力笑道。

"凭你这斗灵巅峰的实力,也想杀我?"木铁怒笑道。

"木铁统领,我知道你不久前已经突破到了斗王级别,不过,你在斗王层次的脚跟都还没站稳,也敢如此嚣张?"蒙力不屑地一撇嘴,旋即高声道,"云帆长老,此人便拜托您老出手了!"

蒙力的声音刚刚落下,就突兀地响起一阵破风声,旋即十几道身着白色袍服的人影出现在前院高耸的院墙之上,而当先一人,苍老的面容平淡如水。随着这位老者的出现,一股压迫气息笼罩了整个城主府。

"云帆?云岚宗的长老?"木铁脸色难看地望着眼前的老者,心中忍不住涌上一抹灰暗。他在斗灵巅峰徘徊多年,方才在前不久侥幸突破至斗王级别,论起实力来,他连真正的一星斗王都算不上,如何能与这位实力已达到三星斗王的云岚宗长老相抗衡?

"木铁统领,你还是将兵符交出来吧!你木家在帝国中实力也不弱,若是投靠我云岚宗,日后所得必然会比今日多,但若是执迷不悟,木家离覆灭怕也不远了。"云帆淡淡地瞥了一眼脸色难看的木铁,缓缓地道。

"云岚宗叛国，必遭天谴。我木铁是帝国之将，若降了你们，别说外人，连我也看不起自己！"木铁怒斥道。

"冥顽不灵！"云帆摇了摇头，脸色逐渐变冷，手掌微握，一柄修长的深蓝长剑便出现在手中。

剑尖平抬，锁定着木铁，云帆冷漠地道："凡是阻我云岚宗之人，下场唯有一死，既然你执迷不悟，那也别怪老夫心狠了。"

"哈哈，也好，自从突破至斗王，我还从未与人交过手，今日就算是死在你手中，也算不上亏。不过你云岚宗的野心，定然只会胎死腹中！"

听得云帆声音中蕴含的杀意，木铁也被激起战意。虽然木铁知道自己绝对不可能是他的对手，但是在这种情况下，就算是战死，也比投降来得好！

云帆老眼微眯，脸色越发冰寒，一股雄浑无比的斗气自其体内缓缓涌出，斗气所产生的压迫之力，令院中不少人赶忙后退。

面对着云帆那强悍的斗气气势，木铁脸色逐渐凝重，他从纳戒中取出一柄巨斧，将体内斗气运转至极限……

然而，就在一场激战将要爆发时，一道清朗的笑声缓缓自天空传下，随后盘旋在院落之中，久久不散。

"呵呵，离开三年，没想到云岚宗竟然已经嚣张如斯，当真是出人意料。看来云山老狗野心不小啊……"

第二十章
加玛情势

  突如其来的笑声，直接将院中剑拔弩张的气氛打破了。众人皆一脸愕然，在这加玛帝国，竟然还有人敢如此辱骂云山？

  云帆脸色阴冷，缓缓抬起头来，与众人一起看向天空。

  当望见天空中盘旋的十来头巨大飞行兽之后，所有人的脸色都微微一变：这些不速之客是何方人马？

  木铁也惊疑不定地望着天空中的飞行魔兽，摸不清情况的他赶忙一挥手，那簇拥在后面的大批队伍便拥了上来，将他团团围住，警惕地望着天空中那些不速之客。

  "诸位恐怕不是加玛帝国的人吧？"云帆脸色阴沉地望着天空中的十来头飞行魔兽，冷声道，"这是云岚宗的事，奉劝诸位不要多管闲事！"

  "呵呵，果然是云岚宗啊。"在云帆声音落下后，那悬在天空中的虎鹰兽背上传来一声讥笑，旋即身影闪掠，十几道人影径直从兽背之上跃下，稳稳地落在院中。

随着这十几道人影的落下，云帆笼罩着整个城主府的气息立刻如潮水般退缩，瞬间便被完全压制回体内，丝毫溢不出来。

气息竟然被对方压制到这种地步，云帆的脸色顷刻间变得极其难看，从这一手来看，对方的实力明显远超于他。

云帆的气势被压制，院中不少人都有所察觉，顿时皆面面相觑，心中警惕起来。所谓来者不善，善者不来，今日之事，恐怕并不好解决。

木铁低声命令周围队伍不可妄动，然后谨慎地望向从魔兽之上跃下来的十几道人影。

目光先停留在站于最前方的一名黑袍青年身上，木铁盯着那张年轻面孔，不禁一怔，隐隐有种熟悉的感觉，一时间却难以想起何时与这种强者有过交集。心中思索间，目光又飞快地从其他人身上扫过，片刻后，木铁心中涌上一片惊涛骇浪。他发现这十来道人影，竟然每一个人的实力他都看不透，出现这种情况唯有一个原因，那便是这些人的实力皆远超于他！

木铁咽了一口唾沫，只觉得满嘴的干涩。十几名斗王或者更强大的强者，这般恐怖阵容……这些家伙究竟是从什么地方来的？为什么没听到过一点消息？就算是附近一些帝国，想要短时间内召集到如此多的强者，也颇为困难啊！

木铁的脸色难看，那云帆的脸色也好不到哪里去。他同样发现，这群人之中，实力最低的，恐怕也与他相仿。至于其他人，尤其是立于首位的黑袍青年，和他后面那名妖艳冷媚的红衣美人，更令他从心底感到恐惧。

整个前院都因为这群不速之客而陷入了一种异样的寂静，那云帆和墙上的其他云岚宗之人，都不敢有丝毫动作。

"不知阁下究竟是何人？老夫云帆，是云岚宗的长老。宗主云山，不知阁下是否有过耳闻？"半响，云帆终于压下了心中的惊骇，冲着那居于首位的黑袍青年微微拱手，声音比起先前客气小心了许多。他将云山之名搬出来，无疑是想让这些来历不明的人有所忌惮。

"云山？听过……我也与他有着不小的瓜葛。"黑袍青年笑了笑，嘴角噙着一抹戏谑。

闻言，云帆顿时松了一口气。既然对方听过云山之名，想必也知道那是一位斗宗级别的超级强者！

望着云帆那松了一口气的模样，黑袍青年嘴角的戏谑扩大了一些，缓缓向前踏了两步。随着他脚步的前移，那木铁与云帆两方的人马皆连忙后退一步，极为警惕地看着他。

黑袍青年微微偏过头来，将目光投向被手下严密保护的木铁。瞧见黑袍青年望过来，木铁顿时头皮一麻，那紧握着巨斧的手臂抖了抖。他能够感应到，若这个神秘的黑袍青年对自己出手，恐怕自己不会有半点逃生的机会。

"呵呵，木铁大哥，不用紧张，当年的恩情，在下一直铭记着呢。"黑袍青年轻轻一笑，说出来的话语，令院中双方人马都愕然了。

木铁同样因为黑袍青年这话一脸愕然，旋即视线停留在青年那有些熟悉的脸上。片刻后，木铁突然看到了青年身后背负的硕大黑尺，思绪一动，三年前的记忆，终于涌上脑海。

"你……你……你是萧炎？"

激动中夹杂着难以置信的声音从木铁嘴中传出，双方人马闻言，再度呆住。

萧炎，一个已经逐渐被遗忘的名字，直到此刻被木铁提起，那发生在三年之前的某些事，才从在场一些人的脑海中翻涌而出。

望着那背负着黑色巨尺的黑袍青年，这一刻，这张多了几分成熟的面孔，与当年那张有些稚气的脸，缓缓重合……

"萧炎？怎么可能？你还活着？"云帆也因为那突然从木铁嘴中冒出来的名字呆住，片刻后，他突然犹如被踩到了尾巴的猫，不可置信地尖声叫道。那院墙之上的一干云岚宗弟子也一脸震惊，到现在，他们才明白先前萧炎那句"与他有着不小的瓜葛"是何意。他们之间的确有着不小的瓜葛，而且还是生死之仇!

望着满院众人的各种神情,萧炎笑着摇了摇头,对云帆笑道:"云山那老狗都还活着,我为何要死?"

云帆嘴角抽搐着,眼中依然残留着难以置信。这个三年前将云岚宗闹得天翻地覆的罪魁祸首竟然还活着,而且看他如今的实力,居然已经远超自己。想到这里,云帆的心脏忍不住剧烈地跳了跳。到现在,云帆方才明白,为何云山宗主会动用整个宗门的力量来追杀这个当时才十几岁的少年……这个家伙成长的速度实在是太恐怖了!

"杀了他!"云帆抖动着眼皮,突然狰狞地大喝一声,"这个家伙,留不得!"

随着云帆的喝声落下,那院墙之上的十来名云岚宗弟子顿时发出一声厉喝,然而斗气刚刚从体内涌出,便听得尖锐破风声响起,下一个瞬间,锋利的剑尖便带着殷红鲜血纷纷从他们胸前透出,他们眼中的生机随即迅速消散。在意识即将消散时,他们勉强转头,却只见到一张张冷漠且充满着嗜血之意的面孔。

噗!噗!

听到尸体从院墙上掉落,最后砸在地板上所发出的闷响声,木铁忍不住一阵惊讶,目光隐晦地从那不知何时出现在院墙之上的十几道黑影身上扫过,心中一阵骇然。他能感觉到,这些黑衣人居然全部是斗灵巅峰的强者。看那一击必杀的狠辣手段,木铁心想,若是这十来人一起围攻他的话,恐怕他会有五成的概率死于他们手中。这些人,简直就是最为杰出的死士!

"这些人,全都是他的属下吗?还有那些没有出手的强者……"咽了一口唾沫,木铁骇然地望着那微笑站立的黑袍青年,依然难以置信。这才短短三年时间,当年那孤身一人被云岚宗追杀得犹如丧家之犬的家伙,竟然拥有了如此庞大的势力!

瞧见那些从宗门内带出来的精锐竟然如此轻易便被斩杀,云帆的心脏也猛然跳了跳,目光在青年那微笑的面孔上扫过,心中逐渐地涌上一丝不安。今

日……

"刀斧营，动手！"突然间一道厉喝从云帆身后的蒙力嘴中发出。此时，这个家伙正一脸狰狞地望着萧炎。他没想到即将得手的东西，竟然被这个混蛋给搅和了，既然如此，那就全部杀了。

"混蛋，你竟然敢私自调动军队！"听到蒙力的喝声，木铁顿时怒喝道。

蒙力一声奸笑，听得外面逐渐变响的整齐步伐声，他的目光更加阴狠了。

萧炎淡淡地望了一眼蒙力。他还记得这个人，当年在逃离加玛帝国时，在这个要塞，自己便是被这个家伙所阻拦……

萧炎缓缓抬起头来，对着天空中那十几头巨大的飞行兽挥了挥手。

"嘿嘿，萧门主，这些小虾米交给我们即可，你可不用操心。"一道笑声从天空传来。随后，一道道黑影暴掠而下，雄浑斗气顷刻间在城主府之外伴随着刀剑碰撞与惨叫声爆发。

听到外面传来的阵阵杀伐声，半晌后却不见一个士兵冲进来，那蒙力脸上的笑容逐渐僵硬。他在外面埋伏了上千人马，可如今……

血腥味缓缓从外面弥漫进来，那云帆与蒙力的脸逐渐涌上一抹苍白，惊惧不已。

萧炎瞥了二人一眼，缓步上前，轻柔的声音，却令云帆与蒙力浑身冰凉："云岚宗对我萧家所做之事，我会百倍奉还。今日，便先从你二人开始吧……放心，云山老狗也会下去陪你们的。"

望着缓步走过来的黑袍青年，木铁精神有些恍惚，三年前那被追杀得极其狼狈的少年在离开时所留下来的话语，突兀地再次在耳际回响起来。

"请你帮我转告云山，少则两年，多则五年，我萧炎还会回来……"

"这家伙……竟然真的……做到了。"望着那缓步走来且脸上的笑意透着一抹冰寒的黑袍青年，云帆深吸了一口气，手掌紧握着深蓝长剑，体内斗气如洪水般翻滚不休，而随着体内斗气的奔涌，心中的惊惧倒减少了许多。

他死死地盯着萧炎，心中却翻转起了念头："这小子此次回加玛帝国，定然会找云岚宗报仇。看来得将这个消息尽快传到宗内，不然宗门恐怕会措手不及。"

眼中光芒闪烁，云帆偏头对身旁也是一脸苍白的蒙力低声道："待会儿我来拖住他，你趁机离开，然后将萧炎回来的消息告知宗主！"话音落下，他也不待蒙力回答，肩膀一颤，一对淡蓝色的斗气双翼涌现，脚尖轻点地面，身形化为一道模糊影子，夹杂着凌厉剑罡，朝萧炎暴射而去。

"小心！"看见云帆突然出手，木铁心中一紧，赶忙出声提醒。提醒声刚刚落下，他才反应过来，面前的这个青年，已经不再是当年那个被追杀得如丧家之犬的少年。

萧炎转头冲着木铁笑了笑，修长的手掌上，一团碧绿火焰突然浮现而出。他轻抬双眼，瞧着急速放大的一人一剑，嘴角微动，脚掌之上，淡淡的银色光芒闪掠而现。

深蓝长剑带着凌厉剑气撕裂空气，旋即带着阴寒劲风，暴射至萧炎胸膛。当所有人的目光都汇聚至此时，云帆突然一声厉喝："走！"

一旁，那早已有所准备的蒙力听得喝声，脚掌狠狠地一跺地，身形便宛如一枚炮弹，闪电般地朝着城主府之外掠去。

"想走？"听到蒙力逃跑时所带起的破风声，萧炎一声冷笑，左手对着其逃窜方向探出，旋即猛然一握，一股强悍吸力顿时自掌心中暴涌而出。

在这般强悍吸力下，院中顿时狂风大作，甚至连那巨石都抖了抖，一些树木更是直接拦腰而断。那逃窜的蒙力也突兀地停顿在半空，随后身体急速倒退，任其如何挣扎都无济于事。

"喝！"在萧炎将蒙力吸过来之时，那云帆手中的长剑突然脱手而出，化为一道深蓝寒芒，对着近在咫尺的萧炎的胸膛狠狠刺去。长剑脱手，云帆背后双翼一阵急速振动，眨眼间便掠上半空，转身就逃。

"诱饵吗？"看着突然放弃所有攻势转身就逃的云帆，萧炎讶异地挑了挑眉。这老家伙也是个奸诈之人，先前说让蒙力先逃，原来是想借他来使自己分心。

那一旁的林焱、紫妍等人瞧见云帆逃窜，刚欲有所动作，萧炎就笑着将他们阻拦下来："让我来吧。"

随着萧炎笑声的落下，那本来在吸力的影响下正对着他倒飞而来的蒙力，却陡然停顿在半空中。瞬息后，一股强猛推力自萧炎掌心中暴涌而出，最后结结实实地砸在蒙力的后背之上。在这两股力量的正反冲击下，蒙力的脸色骤然一白，当即喷出一口殷红的鲜血。

萧炎手掌一挥，空间一阵波动，一股无形的力量将蒙力随手甩在墙壁之上，蒙力重重落地，生死不知。

蒙力的身体刚刚落地，萧炎的身形就诡异地消失了。望着他鬼魅般的身法，木铁等人顿时连眼珠子都凸了出来，这速度也太可怕了吧？

萧炎身体消失，淡淡的雷鸣声回荡在院落中。片刻后，就在木铁等人面面相觑时，天空中突然传来尖锐的破风声，旋即一道身影极其狼狈地从天而降，狠狠地砸落在地上，顿时尘土弥漫。

"三星斗王而已，若是让你在我面前逃掉，还怎谈寻云山了结恩怨？"轻笑声在天空响起。众人一抬头，便见到那背负着玄重尺的青年，正扇动着背后碧绿的火翼，缓缓停留在半空，淡漠地望着云帆。

院落中，尘土逐渐消散，云帆的身影也露了出来。此刻，这位平日高高在上的云岚宗长老一脸惨白，嘴角还残留着血迹，双眼带着几分惊恐，难以置信地望着天空中那黑袍青年。先前两人交手不过三回合，他便直接被重伤，对方的实力居然恐怖至斯。

"萧炎，你若杀了我，云山宗主定然不会饶你！上次你能侥幸逃脱，这次恐怕就没那好运了！"云帆瞥了一眼在墙角处摔得不知死活的蒙力，眼皮跳了跳，色厉内荏地喊道。

嘴角挑起一抹讥讽，萧炎笑着摇了摇头，却懒得废话，屈指一弹，一团碧绿火焰便自掌心浮现，而随着这团火焰的出现，这片天地的空气顿时变得炽热起来。

"云岚宗毁我萧家，这些仇，我会让你们一笔笔地加倍偿还。日后云岚宗的人，我见一个，杀一个，那云山老狗，迟早也会轮到。"萧炎淡淡地笑了笑，注视着手中那团碧绿火焰，旋即摇了摇头，屈指一弹，那团火焰便脱手而出，准确地落在一脸惊骇的云帆的身体之上。

碧绿火焰刚刚接触云帆身体，便将云帆变成了一个火人。已经是重伤状态的云帆还来不及调动斗气抵抗，身体便在一道低沉声响中，爆裂成了灰烬……

望着地面上的一堆灰烬，整个院落一片安静，虽然此刻炽日高照，但是木铁等人依然如处深渊般浑身冰凉。那先前还活蹦乱跳的一名斗王强者，居然瞬间便在他们眼前尸骨无存。

袍袖一挥，一股劲风将地面上的漆黑灰烬吹散，萧炎背后的碧绿火翼缓缓消散，脚底银色光芒一闪，身形便再度犹如鬼魅般出现在了院中。

"木铁大哥，三年不见，别来无恙啊。"脚掌落地，萧炎脸上的那份冷漠瞬间消散，和煦笑容再次将之映衬为阳光青年。不过经过刚才的那一幕，已经没有人会再认为这个青年是什么心慈手软之辈。

听到萧炎的声音，木铁的脸上露出一抹僵硬的笑容，那模样颇为难看，他似乎也有所感觉，旋即狠狠地搓了搓脸，这才苦笑道："你……你真的是萧炎？"

萧炎闻言，哑然失笑道："在这加玛帝国，还有其他人敢叫萧炎？"

木铁尴尬地点了点头。的确，"萧炎"这名字，这些年几乎已经成了加玛帝国的禁词，只因为那庞大的宗门对这个名字深恶痛绝！

"木铁大哥，当年之事，多谢了。"萧炎缓步走向木铁，微笑道。木铁身旁的那些护卫的身体顿时紧绷了起来，握着武器的手掌都有一点哆嗦，他们可是亲眼看见一名斗王强者被这个年轻人搞得尸骨无存。

木铁挥了挥手,遣散周围那些丢人的护卫,到此时他方才感觉到,发生在面前的这些事是事实,并非虚幻。只不过,这事实太令人难以置信了。

"咳……萧炎兄弟,呵呵,其实当年我也是收到了家族传信,让我若方便就暗中给予你一些帮助。不过我想,以你当年的实力,要离开镇鬼关也并非难事,我那点忙,算不得什么。"木铁搔了搔头,铁塔般的壮硕身形令他笑起来有种憨厚的感觉。

"呵呵,木家吗?萧炎记住了。"萧炎笑了笑,对着城主府之外指了指,说道,"抱歉了,出手太重,外面或许需要你出面清理一下。"

木铁嗅了嗅弥漫在空气中的血腥味道,顿时心里苦笑了一声:"这个家伙,果然不再是当年那青涩稚嫩的少年了。这一次,恐怕云岚宗将会因为这个青年,发生天翻地覆的变化。"

"萧炎兄弟,不管怎样,今日多谢你出手相助。不然恐怕蒙力那家伙的诡计还真会得逞。"木铁脸色郑重地对萧炎一抱拳,诚挚地说道。

萧炎笑着摆了摆手,十指交叉,轻声道:"三年未回加玛帝国,不知木铁大哥能否与我说说如今国内的情形。"

"唉,这几年帝国可是多事之秋啊!这些事全都是云岚宗掀起来的。"木铁皱着眉头叹息了一声,旋即对萧炎道,"此事说来话长,若萧炎兄弟不急着走的话,进屋让我给你细细说说吧。"

闻言,萧炎略一沉吟,并未拒绝。如今初回帝国,最紧要的事情便是将国中的情势搞明白,横冲乱撞可是愚蠢之举。

"如此的话,那便麻烦木铁大哥了。"

见萧炎并未拒绝,木铁顿时大喜,连忙将他请进大厅。木铁清楚,萧炎再次回归加玛帝国之事,若是传开,定然会成为加玛帝国最为轰动的消息!

城主府一处宽敞客厅内,身为主人的木铁,在将萧炎一行人皆安排到上座后，才坐回自己的位置，吩咐侍女斟茶，伺候得颇为周到。

"呵呵，没想到一别三年，萧炎兄弟的实力竟然已经到了这般地步。"端起茶水抿了一口，木铁笑着道，目光不着痕迹地扫过萧炎身旁的萧厉、林焱等一行人，心中仍有点心惊肉跳的感觉。木铁心中清楚，这一次萧炎回来，可怕的并不只是他本身超强的实力，还有这些不知他从何处招揽来的强者，这些在座的人，恐怕随便拿出一个，都足以和帝国十大强者相抗衡。

萧炎微微一笑，并未在这个话题上过多纠缠，沉吟了一会儿，缓缓地道："木铁大哥，这几年似乎加玛帝国并不平静啊……"

闻言，木铁苦笑了一声，叹息道："的确不平静啊，这一切都是云岚宗搞出来的。"

"哦？"萧炎挑了挑眉。

木铁喝口茶润润嗓子，似乎在整理思绪，片刻后，开口道："当年你离开加玛帝国后不到半年，云岚宗便一改以往那超然物外的作风，不仅大肆招收弟子，还将门下弟子分派至全国各处的重要城市。他们的这些小动作，皇室和三大家族都有所察觉，不过碍于云山的实力，无人敢说什么。后来，云岚宗越发地嚣张……"

说到这里，木铁偷看了萧炎一眼，迟疑了一会儿，方才道："再之后，云岚宗便干出了剿灭萧家的事情……这事当时在帝国内闹得沸沸扬扬。"

萧炎握着茶杯的手微微紧了紧，那对漆黑的眸子虚眯着，淡淡的精光从中闪掠而过。

见到萧炎这副平静的模样，木铁一怔，立刻明白，恐怕面前的青年早就知道这件大事了。

"木铁大哥可知道我萧家残存下来的族人现在何处？"萧炎摩挲着茶杯，轻声道。

"这个我也不太清楚，当初发生那事后，萧家族人便彻底失去了踪迹。若是

萧炎兄弟要寻找的话,我建议你去一趟米特尔家族,他们或许知道一些情况。"木铁摇了摇头,旋即沉吟道。

"米特尔家族吗?"萧炎微微点头,看来还是得去找海波东才能够知道大哥他们的行踪。

"呵呵,如今的米特尔家族已经彻底处于雅妃小姐的掌控之中。啧啧,这个女人年龄不大,本事却连我们家族的长老都暗中赞叹不已。短短三年时间,她便令米特尔家族跃居三大家族之首,令人不得不服。"木铁笑着道。

"雅妃姐?"听得这个储存在脑海深处的名字,萧炎一怔,旋即嘴角浮现出一抹温和笑容。当年自己被云岚宗追杀逃亡之际,多亏她与米特尔家族出手,才令自己有了逃生的机会,她对自己的恩情,萧炎绝不会忘。

"没想到啊,她竟然还真能将米特尔家族掌控在手中,以前倒小看她了。"萧炎揉了揉鼻子,轻笑道。他清楚地知道,一个女人,特别是在斗气修炼上并没有太多天赋的女人,在这以斗气为主导的世界中,想成为一个家族的掌控人,该有多大的难度啊!

木铁笑了笑,旋即随意地问道:"萧炎兄弟此次回来……怕是要有不小的动作吧?"

"只是针对云岚宗而已。"萧炎淡淡地笑道,瞟向木铁,突然道,"木铁大哥可有云山的消息?"

闻言,木铁一愣,旋即尴尬地摇了摇头,道:"那个层次的强者,我又怎么可能对他有所了解?只不过偶尔能够从族中长老的传信中知道,如今的云山,实力恐怕比三年前更强了。"

对于这近乎无用的话语,萧炎也很无奈。他凝视着茶杯中扩散的细小涟漪,脑海中突然闪现出一张兼具高贵与雍容的美丽容颜,那眉宇间的一嗔一笑,令萧炎的心突兀地慌乱起来。

咔!手中茶杯因为用力太大而裂出一丝缝隙,众人皆一脸愕然地望着气息突然出现暴动的萧炎，满头雾水。

"三弟，怎么了？"坐在萧炎身旁的萧厉，连忙碰了一下他，问道。

"没事。"被萧厉一碰，萧炎逐渐回过神来，深吸了一口气，让慌乱的心平静下来，摆了摆手，随后随意地问道，"对了，木铁大哥，不知道如今的云岚宗是何人掌管？"

"还能是谁？自然是云山喽。"木铁摊了摊手，道。

眉毛一扬，萧炎心中翻滚了几次，终于吐出了一个被其抗拒了三年时间的名字："云韵呢？她才是宗主吧？"

"云韵宗主吗？在你离开加玛帝国之后不久，她就被云山卸了宗主之位，不再管理宗内之事。如今云岚宗的所有事务都由云山掌管。"木铁沉声道。

闻言，萧炎默默地点了点头，内心深处在不自觉间松了一口气。

"如今云岚宗的这些举动，大多都是云山安排的，而且看这一次在镇鬼关发生的事，恐怕云岚宗这段时间会有大动作。"木铁缓缓地道，"这里的事若是传到帝都，皇室说不定也会骚动起来。从这些动静来看，前不久族中长老给我的书信中说到的情况，怕是属实的。"

"什么情况？"萧炎一怔，问道。

木铁紧绷着脸，将手中茶杯放在桌上，片刻后，方才沉声道："云岚宗恐怕要对三大家族动手了……"

萧炎一皱眉头，这云岚宗难道真的想将帝国内所有势力都清除掉？

"是否会对因特尔家族与纳兰家族出手，现在尚不清楚，不过能够肯定的一点是，云岚宗必然会先找米特尔家族开刀！"木铁脸色凝重地道。

"为何？"

"嘿嘿，这一点，恐怕萧炎兄弟也应该知道一些。米特尔家族的海波东老爷子与你关系不浅，当初你被云岚宗追杀时，米特尔家族还暗中相助，甚至后来萧家被云岚宗围剿时，也是米特尔家族在暗中保护萧家，方才使萧家未被灭族。"

虽然米特尔家族做得颇为隐秘,但是我们都能够得到一点风声,云岚宗自然也知道。"

"不知道什么原因,云岚宗似乎对你们萧家很感兴趣,不断地大肆搜寻残存的萧家族人,却没有什么结果。现在看来,应该是因为有米特尔家族的暗中帮助吧……所以,若想找到萧家族人,作为他们庇护者的米特尔家族,绝对会是云岚宗先下手的目标。"木铁笑了笑,摩挲着下巴道。

萧炎微微点头,看来得尽快赶往帝都啊!不然的话,不仅米特尔家族会重蹈萧家覆辙,而且在他们庇护之下的萧家族人也会凶多吉少。

"如今帝都定然是风起云涌,那里距离云岚宗太近,一旦爆发战争,就会极其混乱。"

"木铁大哥,我回加玛帝国的消息,还请你帮忙保密,让你那些手下也保密。不然的话,传到云岚宗耳中,恐怕他们不仅会加快动作,还会加强防范。"萧炎从椅子上站起来,偏头对木铁沉声道。

"嗯,没问题。"木铁毫不犹豫地点了点头,道,"保险起见,这边境上发生的事,我会拖延几日再向皇室禀报,不然他们定然也会知道你回来的消息。"

"既然如此,那就多谢了。"萧炎拱手笑道。

"萧炎兄弟,你……这就打算去帝都?"看见萧炎起身,木铁连忙站起来问道。

"时间紧迫,便不在这里久留了。等将事情解决了,再请木铁大哥一叙。"萧炎笑着点了点头,道。

闻言,木铁也不好出言相留,只得点了点头,然后亲自将萧炎一行人送出客厅。

出了客厅,萧炎等人身形一闪,掠上了停留在天空中的虎鹰兽。站在虎鹰兽那巨大的脑袋上,萧炎对着下方的木铁拱了拱手,朗笑道:"木铁大哥,日后若有事需要相助,只管来寻萧炎。"

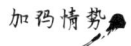

"呵呵，萧炎兄弟，此行去帝都，多加保重。若是可以的话，请帮衬我木家，木铁感激不尽！"木铁笑了笑，冲着萧炎诚恳说道。

萧炎微笑着点了点头，手掌一挥，虎鹰兽便发出一阵低吼声，携带着狂风迅速升空，最后化为小黑点消失在天际。

望着萧炎等人消失的地方，木铁轻叹了一声。他知道，本就风起云涌的帝都，恐怕将会因为萧炎一行人的到来，直接天翻地覆……